Nadin Maari wurde in Deutschland geboren, wuchs allerdings in Österreich auf und lebt heute mit ihrer eigenen Familie wieder in Deutschland. Begeistert stöbert sie nach Worten, ersinnt Figuren und webt Geschichten – am liebsten mit einem Glitzerkörnchen Magie und Glücksende.

NADIN MAARI

DIE KLEINE
Chocolaterie
AM See

Überarbeitete Neuausgabe September 2022

Copyright © 2022 dp Verlag, ein Imprint der
dp DIGITAL PUBLISHERS GmbH
Made in Stuttgart with ♥
Alle Rechte vorbehalten

Die kleine Chocolaterie am See

ISBN 978-3-96087-959-9
E-Book-ISBN 978-3-96087-689-5
Hörbuch-ISBN: 978-3-98637-690-1

Copyright © 2020, dp Verlag, ein Imprint der
dp DIGITAL PUBLISHERS GmbH
Dies ist eine überarbeitete Neuausgabe des bereits 2020 bei
dp Verlag, ein Imprint der dp DIGITAL PUBLISHERS GmbH erschienenen Titels Die Chocolaterie der süßen Herzen (ISBN: 978-3-96087-535-2).

Covergestaltung: Anne Gebhardt
Umschlaggestaltung: ARTC.ore Design
Unter Verwendung von Abbildungen von
stock.adobe: © fottoo, © vagrig, © by-studio, © Eileen Kumpf
elements.envato.com: © PixelSquid360
Lektorat: SL Lektorat
Satz: dp DIGITAL PUBLISHERS GmbH
Druck und Bindung: Books on Demand GmbH, Norderstedt

Das Werk darf – auch teilweise – nur mit
Genehmigung des Verlages wiedergegeben werden.

Sämtliche Personen und Ereignisse dieses Werks sind frei
erfunden. Etwaige Ähnlichkeiten mit real existierenden Personen,
ob lebend oder tot, wären rein zufällig.

*Für meine wundervollen Omis
und all die anderen einzigartigen Großmütter.*

*Lachend drehen wir uns umeinander, so leicht und
unbeschwert wie früher, wie damals. Wie davor.*

I never met a chocolate I didn't like.
Deanna Troi

Kapitel 1

C wie Chocolaterie

Cappuccino-Trüffel
Cremig süßer Cappuccino, eingebettet in herbe, duf-
tende Schokolade, umschmeichelt von einem Hauch
Zimt, zart schmelzend und die Seele streichelnd.

Chocolat, Chocolate, Cioccolato, Czekolada, Choklad, Шоколад, Schoggi, Σοκολάτα, Chocolata, Çikolata, Čokolada, Chocola, Chokolade, Csokoládé, Čokoláda, Sjokolade.

Das sieht großartig aus! Appetitlich glänzt die dunkle Schokoschrift vor mir und der Duft des herben Trinario-Kakaos verlangt geradezu, mir eine der grazil geschriebenen Köstlichkeiten auf der Zunge zergehen zu lassen. Jeder Buchstabe verspricht Aromen von Nelke und Zimt, Fichte und Pinie, darüber liegt ein Hauch Zitrus. Perfekt.

Aber nein! Ich bin nicht so maßlos und futtere meine eigene Dekoration auf. Schließlich sollen die hauchzarten Schokoladenwörter zwischen meinen Trüffeln und Pralinen, den Schokoladentafeln und dem Konfekt das i-Tüpfelchen der Auslage in der Chocolaterie sein.

Nur, langsam gehen mir die Sprachen aus. Davon muss es doch noch mehr geben. Platz hätte ich zur Genüge, vor allem in dem Regal gegenüber der Schokobar mit den Trinkschokoladen würden sich ein paar weitere Schokoschriften gut machen.

Gibt es eigentlich in jeder Sprache das Wort Schokolade? Wie viele Sprachen gibt es überhaupt?

»Google, bitte wie viele Sprachen gibt es auf der Welt?«

Mein Handy erwacht in seiner porzellanenen Schokoladenhalterung zum Leben: »Weltweit gibt es heute etwa sechstausendfünfhundert Sprachen, die sich in fast dreihundert genetische Einheiten, einhundertachtzig eigentliche Sprachfamilien mit mehr als einer Sprache und einhundertzwanzig isolierte Sprachen einteilen lassen.«

Oh! Da ist ja noch Luft nach oben. Dann muss ich jetzt nur noch herausfinden, welche weiteren sechstausendvierhundertvierundachtzig Sprachen es für mein Schokoschriftprojekt gibt. Plus Elbisch.

Frank Sinatra unterbricht meine linguistischen Betrachtungen der Schokowelt und kündigt vibrierend meine Schwester an. Dank der Freisprecheinrichtung muss ich nicht einmal die Hände von meiner geliebten Schokolade lassen.

»Hey Schokofee, wie weit bis zu den Ellenbogen steckst du gerade in guter Schoki?« Mays Stimme klingt abgehackt und wird von starkem Rauschen begleitet.

»Hey Flugfee, wie hoch in den Wolken steckt gerade dein Kopf?«

Meine Schwester lacht ihr Tinkerbelllachen und ihr Charme rieselt wie Konfetti auf mich herab. »Ich bin auf dem Heimweg von San Francisco, aber wir haben noch ein paar Stündchen vor uns. Ich brauche dringend das großartigste Sorry-Schokorezept aus Gwenis altem Rezeptbuch.«

Ich halte inne und das Wort *Choklad* schwebt auf halber Höhe eingeklemmt in der Pinzette in meiner Hand über den Moltobeerentrüffeln. »Was hast du dem armen Ole denn dieses Mal zu beichten?«

»Ich sage nur Cookinseln«, haucht mir May so verführerisch ins Ohr, dass ich statt meiner entzückenden Chocolaterie glasklares, türkises Wasser vor mir sehe, das in sanften Wellen auf einen weißen Sandstrand trifft, während Palmen in einer Brise rascheln.

Damit mir nicht die Schokolade durch meinen Inseltagtraum schmilzt, kehre ich zurück in den dunkelgrauen Berliner Novembermorgen, nicht ohne wenigstens einmal kurz und mitleiderregend zu seufzen. Mein letzter Strandurlaub ist mindestens ein Jahrhundert her und schon eigentlich gar nicht mehr wahr. »Und was genau haben die Cookinseln mit deinem Ehemann zu tun, dass du dich bei ihm entschuldigen musst?«

Es knackst und rauscht sehr ohrunfreundlich und May ist kaum zu verstehen. »... Flug zu Cookinseln ... Ole ... Geburtstag ... Piloten Clark und Brad ... bye ... muss mich kümmern ...«

Zack, weg ist meine Schwester. Zurück irgendwo hoch oben in den Wolken zwischen hier und San Francisco, wo sie mit ihrer stets strahlenden Laune als Co-Pilotin die Passagiere auf dem langen Flug sicher durch die Lüfte navigiert.

May ist einfach so. Sie steht morgens singend auf, umarmt sich und die Welt und geht abends pfeifend schlafen. Dazu ist sie kein Kind von Traurigkeit und legt sich gern mal bei dem einen oder anderen Verehrer dazu – oder eher legte, denn seit sie mit Ole verheiratet ist, liegt sie nur noch bei diesem einem Mann – hoffe ich. So ist das Grüppchen ihrer Verflossenen doch recht beachtlich, wobei sowohl Clark als auch Brad dazugehören. Da ist es wohl eher das kleinere Problem, dass sie offensichtlich ausgerechnet zu Oles Geburtstag unterwegs sein wird.

Ach May, manche Prioritäten solltest du wirklich lieber anders setzen.

Da ich aber genau weiß, dass meine Gardinenpredigten bei ihr verpuffen wie Morgentau im Sonnenschein, mache ich lieber das, was ich am besten kann – erstklassige Schokolade und in diesem Fall eine schokoladige Überraschung für Ole, die ihn vergessen lassen wird, dass May mit Superman und Mister Universum auf die Cookinseln fliegt. An seinem Geburtstag.

Vorsichtig platziere ich das wundervolle *Choklad* vor die herbsüßen Moltobeerentrüffeln und greife nach einem der Blöcke mit Klebezetteln, die ich unter der Theke gestapelt habe. Ich notiere mir ein paar Stichworte zu Oles Sorry-Schokolade und skizziere sogleich eine mögliche Form dazu. Ein Surfbrett wäre cool, er liebt das Surfen. Oder besser nicht, das erinnert zu sehr an die Cookinseln. Wie auch immer, auf jeden Fall muss die Schokolade mindestens fünfundachtzig Prozent Kakaoanteil haben, Ole wird das Glück daraus brauchen.

Welche Sprache wird eigentlich auf den Cookinseln gesprochen? Cookisch? Wohl kaum. Aber Schokolade gibt es dort doch bestimmt, wie auch immer sie heißen mag. Ehe ich meine allwissende Freundin Google befragen kann, ertönt das charakteristische Knacken einer vollkommenen, hochprozentigen, tiefdunklen Tafel Schokolade, wenn das erste verheißungsvolle Stück abgebrochen wird. Ich liebe die Türglocke meiner *Schokofee*.

»Guten Morgen, meine liebe Julie, haben Sie denn schon geöffnet?«

»Für Sie doch immer, Herr Munzel.« Mein Blick wandert von seinem grauen Haarflaum zu der Kakaobohnenuhr über dem Durchgang, in dem er stehen geblieben ist. Zwar öffnet die *Schokofee* erst ab zehn Uhr ihre Pforten für die Gäste, aber irgendwo auf der Welt ist es jetzt garantiert schon zehn Uhr. »Setzen Sie sich gern an Ihren Lieblingsplatz im Wintergarten, ich bringen Ihnen gleich Ihre französische Schokoladenmilch.«

»Ich danke Ihnen aufs Herzlichste, meine Liebe.« Mit einem Nicken verbeugt sich Herr Munzel leicht vor mir und schlurft zurück in den Wintergarten, durch den er eben hereingekommen ist. In einem Sessel vor dem Panoramafenster in Richtung des *Seeschlösschens Wannsee* macht er es sich gemütlich und greift nach dem *Tagesspiegel* auf dem niedrigen Tisch vor sich. Umrahmt von prächtigen Kakaopflanzen, die saftig grün ihre Pracht zur Schau stellen, raschelt sich Herr Munzel durch die Seiten der Zeitung.

In die Milch, die ich bereits erwärmt habe, rühre ich mit einem Schneebesen delikate, edelbittere Schokolade aus ecuadorianischem Nacional-Kakao, bis sie geschmolzen ist und mich mit ihrem Duft nach trockenen Früchten und Sonne umhüllt. Während die Köstlichkeit ruht, verteile ich das slowenische *Čokolada*, zusammen mit dem norwegischen *Sjokolade*, zwischen den Himbeerpralinen.

Liebevoll rühre ich wieder die wundervolle *Chocolat chaud à l'ancienne* für Herrn Munzel um und gieße sie in eine altmodische Schokoladenkanne aus feinstem Tettau-Porzellan. In ein zweites Kännchen gieße ich den Rest und bestreue die Süßigkeit mit einer Prise Fleur de Sel, wohingegen Herrn Munzels Schokoladenmilch einen Hauch Zimt aufgestäubt bekommt.

Gerade als ich ihm seine Leibspeise serviere, öffnet sich ein zweites Mal an diesem Morgen die Tür zur *Schokofee*. Zusammen mit einem Schwall feuchtkalter, grauer Novemberluft schlüpft Herr Wester herein, grüßt mich formvollendet, reicht mir seinen Mantel und lässt sich gegenüber von Herrn Munzel in einen Sessel sinken. Genießerisch schnuppernd zieht er seine Spezialität zu sich heran. »Das duftet ja wieder ganz famos, Fräulein Blum.«

»Und es schmeckt noch viel famoser.«

»Apropos famos, Sie gestatten einem alten Mann zu sagen, wie famos auch Sie heute wieder aussehen?« Ein Lächeln, welches in den Fünfzigerjahren garantiert reihenweise Mädchenherzen zum Glühen gebracht hat, durchzieht Herrn Westers furchiges Gesicht, wobei mich seine silbergrauen Augen wohlwollend anstrahlen. Und noch heute, sechzig Jahre später, lässt er junge Frauen wie mich erröten und ich streiche mir lachend über die Taille meines blumenübersäten Kleides, das exakt dieselbe granatrote Farbe hat wie die Blüten der Kakaopflanzen rund um mich herum.

»Sie Charmeur, lassen Sie beide es sich bitte schmecken und wenn Sie noch etwas benötigen, rufen Sie mich.« Beschwingt gehe ich durch den bogenförmigen Durchgang aus dem Wintergarten zurück in die Chocolaterie und richte mir dabei das Tuch, das meine schokobraune Haarflut zumindest am Anfang des Tages halbwegs bändigt.

Kaum habe ich mir überlegt, wo ich das schweizer *Schoggi* drapieren soll, beginnt der Ansturm des Tages. Die Schokoladenknacktürklingel knackt in einem fort und ein Strom an schokoverliebten Kunden beehrt meine Chocolaterie. Liebevoll wähle ich für sie zart schmelzende Trüffeln aus, verpacke süße Geschenke und berate schokohungrige Gaumen. Für die Gäste, die es sich im Wintergarten bequem machen, schmelze ich je nach Vorliebe würzige dunkle oder aromatische helle Schokolade in warmer Milch, arrangiere köstliches Konfekt auf blütenweißen Tellern und reiche Törtchen, aus deren Inneren die noch warme, dickflüssige Schokolade quillt, wenn die Gabel sie zerteilt.

Trotz des grauen Tages funkelt die *Schokofee*, es duftet nach frisch gemahlenem Kakao, edler Vanille und einem Hauch Zimt. Gegen Mittag reißt eine schüchterne Sonne ein paar Lücken in die Wolkendecke und schickt ihre Strahlen durch die großen Panoramafenster der Chocolaterie. Warm glänzen die honigfarbenen Dielen im goldenen Licht. Es lässt die Maserung des Olivenholzes leuchten, aus dem die Schokoladenbar und die Regale geschreinert wurden. Verliebt fahre ich mit den Fingern eine geschwungene Struktur auf der Theke nach. Leon hat hier großartige Arbeit abgeliefert, die Oberfläche fühlt sich an wie Seide.

»Wenn Se dann mal fertig sind mit Ihre Träumerei, will ich zwee Marsriegel.«

Ich zucke zusammen und blicke auf. Der Mann vor mir sieht aus, als hätte er Erfahrung mit Unmengen an Marsriegeln. Der könnte glatt die zwei geforderten Riegel quer in seinen Mund schieben. Aber nicht mit mir! »Sie meinen, Sie möchten gern eine hervorragende Edelbitterschokolade aus Ecuador, die mit einer wundervollen Honigcreme gefüllt und von einer Lage goldgelben Karamells gekrönt ist?«

Ohne ihm die Chance auf ein Nein zu geben, hole ich von der Schokobar einen Riegel vollkommenen Glücks, schneide diesen auf, sodass sein goldenes Inneres zum Vorschein kommt, und reiche ihn dem Schokoladenfrevler. Der Duft der edlen Criollo-Kakaobohne, vermischt mit dem nuancenreichen Acahual-Honig, wirkt seinen Zauber und die Knopfaugen meines Kunden weiten sich. Ich sehe regelrecht den Appetit auf den Happen Purzelbäume in ihm schlagen. »Probieren Sie ruhig, der Erste geht aufs Haus.«

Mit spitzen Fingern greift er nach dem Schokotraum und schiebt ihn sich in den Mund, wo der Geschmack augenblicklich explodiert. Oh ja! Treffer und versenkt.

Er räuspert sich umständlich und schielt zur Schokobar. Unter einer Glashaube stapeln sich die Riegelköstlichkeiten und locken ihn. »Bei den Dings, bei den, Sewissen-schon-Riegeln krich ich imma Zahnweh. Aber das hier ...«

Ich lächele strahlend wie eine Prophylaxeschwester bei der Zahnreinigung. »Meine Riegel sind ja auch keine in Fett gebadeten Zuckernacktmulle.«

Wieder schielt er zur Schokobar.

»Wie viele darf ich Ihnen einpacken?«

Umständlich zuppelt er ein kariertes Taschentuch aus dem Ärmel und betupft sich damit die Stirn. »Ähm, alle.«

»Aber gern doch. Wünschen Sie sonst noch etwas?«

»Dat reicht. Für heute. Denke ich.« Er legt dreißig Euro in die Geldschale und greift nach der Packung mit den Riegeln. »Stimmt so.«

Oh ja, wie recht er hat, genauso stimmt meine Welt und ich hoffe, dass ich seine damit ein wenig köstlicher machen konnte. Und das nächste Mal zeige ich ihm, wie wundervoll die wirklich längste Praline der Welt mundet.

Apropos Welt, mir fehlen noch immer Sprachen für meine Schokoladendekoration. Wie wäre es mit Walisisch? Ich will eben zum Handy greifen und nach einer Übersetzung suchen, da stürmt Leander herein und rennt dabei fast eine meiner ältesten Kundinnen um, deren Namen ich noch immer nicht herausgefunden habe. Sie ist mindestens so zugeknöpft wie ihre hochgeschlossene Spitzenbluse von neunzehnhundertfünf. Ich kenne nur ihren Schokogeschmack und der badet in allem, was mehr als fünfzehn Volumenprozent beinhaltet.

»So passen Sie doch auf, junger Mann«, echauffiert sie sich auch sogleich und pikst ihn mit ihrem Mary-Poppins-Regenschirm. »Und ziehen Sie sich gefälligst anständige Beinkleider an!«

»Sorry, ich meine Entschuldigung, dass ich Sie nicht gesehen habe.« Leander entfernt sich mit erhobenen Händen aus der Reichweite des Regenschirmes und wendet sich mir zu. »Und sorry, dass ich so spät dran bin, mich hat die Polizei aufgehalten und ewig mein Bike inspiziert. Nur weil ich verkehrt in eine Einbahnstraße rein bin! Die alten Pingel, die sollen lieber mal die Autofahrer ins Visier nehmen ...«

Ehe er sich weiter über die altbekannten Streitigkeiten zwischen Radfahrern und Autofahrern auslassen kann, halte ich ihm eine Chilitrüffel unter die Nase. »Hier, probiere mal, das müsste genau dein Geschmack sein.«

Ich bin wenig darüber erstaunt, dass er die Trüffel direkt aus meiner Hand futtert, anstatt danach zu greifen. Na, auch egal, Hauptsache nicht wieder die Straßenkampfgeschichten. Leander ist ja wirklich ein großartiger und zuverlässiger Kurier für meine Schokoladenbestellungen und ich weiß, dass alle Kreationen heil und sicher an ihren Bestimmungsorten ankommen, doch manchmal ist seine Meinung dann doch sehr meinungshaft.

Nur leider kommt mir seine Zuverlässigkeit heute ungelegen und das, obwohl er sogar zu spät ist, denn kochend heiß fällt mir ein, dass ich die Schokoladen für die mittwöchigen Pralinenabos noch nicht fertig habe. Eigentlich habe ich damit noch nicht einmal begonnen. Ich lächele ihn an und neige den Kopf, ganz so, wie die hübschen Damen im Film es immer so gut hinbekommen. »Magst du eine heiße Schokolade zur Stärkung? Gemütlich im Wintergarten und vielleicht ein Törtchen dazu? Und einen kleinen Spaziergang durch den

Schlosspark? Gisela wäre bestimmt entzückt, dich mal wieder zu sehen.«

Leander stemmt die Hände in die knallgelbe Taille. »Ich war dort erst letzten Sonntag spazieren, genauso wie letzten Mittwoch und, wenn mich nicht alles täuscht, auch den Mittwoch davor.«

»Es tut mir leid, wirklich, aber ich habe so viel zu tun. Ich habe nicht auf die Zeit geachtet. Die Schokoladen sind alle fertig und wenn du nur ein klitzekleines bisschen warten magst, packe ich alles schnell zusammen.« Ich lächele ein Ehepaar an, das gerade die Chocolaterie betritt, und nicke einem Grüppchen Damen im Wintergarten zu.

Die rollenden Augen von Leander sind regelrecht zu hören. »Und das bevor oder nachdem du deine Kundschaft bedient hast?«

Ich greife nach zwei weiteren Chilitrüffeln von der Schokobar und drücke sie Leander in die Hand, während ich ihn sanft in Richtung Wintergarten schiebe. Leider sind dort alle Plätze belegt.

Ergeben schließt Leander den Reißverschluss seiner knallengen Jacke. »Du bist mir was schuldig, du Schokohexe. Ich habe in der Nähe noch einen Auftrag, den kann ich vorziehen, in einer Stunde bin ich wieder hier und dann ...«

»... dann steht alles fix und fertig für dich bereit. Du bist der Größte!« Ich kreuze Zeige- und Mittelfinger beider Hände und nehme mir ganz fest vor, die Pralinenabobestellungen sofort zu verpacken. Nachdem ich das Whiskykonfekt der Namenlosen hübsch eingewickelt und abkassiert habe. Und nachdem ich das Ehepaar bei seiner Wahl der Schokolade der Woche beraten habe.

Und nachdem ich noch gefühlte siebenhundert heiße Schokoladen für meine entspannt plaudernden Gäste geschmolzen und gerührt habe.

Weit nach vier Uhr kehrt wieder Stille in die *Schokofee* ein. Vielleicht habe ich heute nicht immer zur richtigen Zeit alles im Griff gehabt, doch am Ende gab es für jeden die richtige Schokolade – und darauf kommt es schließlich an.

Zufrieden richte ich die letzten Pralinen in der Theke gerade und fülle die Gläser der Schokobar mit ihren Köstlichkeiten auf. Da ich in den vergangenen Tagen gut vorgearbeitet habe, könnte ich mir heute einen frühen Feierabend gönnen. Vor ein paar Wochen habe ich das Reiten für mich entdeckt, also theoretisch. Gut, um das Buch *Der Pferdeflüsterer* zu lesen, habe ich rund ein halbes Jahr gebraucht, aber ich finde nur abends Zeit zum Lesen und dann schaffe ich höchstens zwölf Zeilen, ehe mir die Augen zufallen. Sorry, Herr Evans, an Ihrem Buch liegt es ganz sicher nicht. Wie auch immer, heute ist ein guter Tag, um mit dem Reiten zu beginnen, schließlich habe ich hier auf dem Schlossgrund ganz exklusiv einen Reitstall zur Verfügung.

Aber es ist schon ganz schön dunkel draußen.

Egal, in der Reithalle gibt es Licht.

Pfeifend hänge ich die Schürze an den Haken, schließe die Chocolaterie ab und wandere hinüber zum Schlosshof. Böiger Wind samt grauem Nieselregen tanzen um mich herum und ich vergrabe die Hände in den Taschen des Mantels. Das Wetter könnte wirklich mal angenehmer werden. Ich taste nach meinem Handy, um nach dem Wetterbericht zu schmulen, doch ich habe es nicht eingesteckt. Soll ich zurück gehen? Ach was, ich hole es später. Oder morgen.

Kapitel 2

H wie Hunde

Himbeer-Ganache
Gibt es etwas Sinnlicheres als in heißer Sahne ge-
löste Schokolade à la couleur?
Oh ja, das gibt es, nämlich wenn auf der sinnlich-
sahnigen Schokoladencreme süße Himbeeren das
Wunder vollenden.

Der Weg zwischen der Chocolaterie und dem Schloss ist gesäumt von blühendem Winterschneeball. Im Dämmerlicht lässt der Kontrast zwischen dem stahlgrauen Himmel und den lieblichen rosa Blüten das fiese Wetter gleich viel weniger ungemütlich erscheinen und ich atme tief den Honigduft der Sträucher ein.

Auch die weiße Fassade des Seeschlösschens mit seinem leuchtend roten Spitzdach, die von altmodischen Laternen golden beschienen wird, kämpft tapfer gegen die hundert Graunuancen an, die von dem Wannsee im Hintergrund ergänzt werden. Das Wasser wirkt heute so kalt und abweisend, dass ich mir nicht vorstellen kann, dort jemals wieder fröhlich zu planschen.

Verlassen liegt die bogenförmige Auffahrt da und der Kies knirscht laut unter den Sohlen meiner Stiefel.

Vielleicht sollte ich wieder umkehren in meine heimelige Chocolaterie und ein paar nette, wärmende

Trüffeln herstellen. Doch da öffnet sich das imposante Eingangstor des Schlosses und innerhalb von Sekunden bin ich umgeben von bellenden, schwanzwedelnden Hunden, die mir alle auf einmal ihre Liebe schenken wollen. Allen voran Willi, der riesige Rottweiler, der meint, ein Schoßhündchen zu sein. In seiner Aufregung stolpert er über die Yorkshire-Dame Happy, die sich nach dem Aufrappeln kurz schüttelt und dann wieder ihren Luftsprüngen hingibt. Währenddessen läuft die scheue Erna ein paar Schritte auf mich zu und wieder rückwärts von mir weg. Sie würde so gern wollen, traut sich aber nicht.

»Ist ja gut, ihr Lieben, lasst mich heil.« Lachend verteile ich möglichst gerecht meine Streicheleinheiten, was gar nicht so einfach ist, wenn ein Sechzig-Kilo-Hund neben zwei Fünf-Kilo-Exemplaren um Aufmerksamkeit buhlt.

»Julie, wie schön, zu dir wollte ich gerade.« Gisela umarmt mich ähnlich stürmisch wie die Hunde, was ihren altmodischen Glockenhut beträchtlich in Schieflage geraten lässt. »Und ihr! Aus!«

Wow, wenn ich den Hunden das sage, kichern sie höchstens, doch bei Gisela wirkt es. Augenblicklich sitzen alle drei Racker brav auf ihren Hinterteilen, die Zungen bis zum Anschlag aus dem Maul hängend.

Gisela richtet den Hut auf ihrem Schopf, doch das Ergebnis sieht lediglich anders schief aus. »Bille hat sich gestern von den Gästen, die abgereist sind, unsere letzten Betthupferl aus dem Kreuz leiern lassen, jetzt haben wir keine mehr für die heute angereisten Gäste. Ich sage dir, dieses Mädel würde ungeniert ihre eigenen

Rippen zum Abendessen servieren, wenn man sie darum bittet. Und sich dafür auch noch bedanken.«

»Meine Betthupferl sind ja auch die besten.« Kokett verneige ich mich vor Gisela. »Ich laufe schnell zurück und hole welche, ich habe ohnehin schon den ganzen Weg über mit mir gehadert, zurückzugehen, weil ich mein Handy liegen gelassen habe.«

Entsetzt schlägt Gisela die Hände vor der Lodenmantelbrust zusammen. »Oh du meine Güte! Das geht ja natürlich überhaupt gar nicht. Ihr jungen Leute ihr, ohne euer Handy! Lauf rasch, meine liebe Julie, nicht, dass diese Absenz einen bleibenden Schaden anrichtet.«

Betont langsam verschränke ich die Arme. »Und wer genau benötigt noch einmal meine Betthupferl für seine Gäste? Nicht auszudenken, wenn ich diese kleinen Köstlichkeiten nicht fände, wo ich doch sooo mit meinen Entzugserscheinungen zu kämpfen habe.«

Nonchalant gibt mir Gisela einen Nasenstüber. »Oh meine Liebe, ich kenne da eine herzensgute Chocolatière, die es gar nicht aushalten würde, wenn unsere Gäste ohne ihr berühmtes Schloss-Betthupferl zu Bett hupfen müssten.«

Pikiert hebe ich den alten Kater Nörgi auf den Arm, der mir um die Beine streicht, und drehe mich von Gisela weg. »Schokolade ist nun mal eine Berufung, und entweder gibt man sich ihr ganz hin oder gar nicht.«

»Aber selbstverständlich, deshalb bist du ja auch unser Goldstück.« Gisela klopft mir auf den Popo und pfeift die Hunde zu sich. »Bringst du die Schokolade bitte direkt zu Lotte, sie verteilt sie dann, wenn die neuen Hausgäste durch das Schloss geführt werden.

Ich muss zum Flughafen, Holger abholen. Hab einen schönen Abend.«

Mit dem Kater auf dem Arm drehe ich mich zu Gisela zurück und winke ihr mit Nörgis Pfote zu. Ich bin vieles, aber nachtragend zu sein gehört definitiv nicht zu meinem Portfolio. Das ist mir viel zu anstrengend. »Du auch, und grüße Holger von mir. Ich freue mich, dass er wieder hier ist.«

»Und ich mich erst.« Wie ein junges Mädchen dreht sich Gisela einmal im Kreis, sodass der weite Rock zusammen mit ihrem Mantel schwingt. So verliebt wie die beiden noch nach so vielen Jahren sind, möchte ich auch gern sein. Es ist das pure Glück bei ihnen, selbst wenn es mal rappelt.

Apropos viele Jahre, begehen Gisela und Holger nicht dieses Jahr zu Weihnachten ihren vierzigsten Hochzeitstag? Das muss doch gebührend gefeiert werden!

Ich setze Nörgi auf die Bank vor der *Schokofee*, wo er mich mit zusammengekniffenen Katzenaugen ob meiner Unverfrorenheit anklagt. »Ich bin gleich wieder da, aber in die Chocolaterie darfst du nicht hinein, das weißt du doch. Selbst wenn du wie deine Brüder nicht dieses puschelige Perserfell hättest.«

Sein Maunzen lässt mich fast schwach werden, aber nur fast, und so schließe ich schnell die Tür hinter mir, eile durch den Wintergarten in die Schokoküche, wasche mir die Hände und hole aus der Kühlung die vorbereiteten Betthupferl. Bevor ich wieder hinausstürme, klebe ich noch einen weiteren Notizzettel an meine Erinnerungspinnwand: G + H = 40 ???

Ich will eben abschließen, da fällt mir mein Handy ein, also sause ich zurück und nehme es dieses Mal mit.

Im Schloss ist es angenehm warm und Nörgi windet sich träge aus meinem Arm, um seinen Lieblingsplatz auf dem Kaminsims im kleinen Salon einzunehmen. Dass er sich dort nicht seinen Pelz verbrennt, wundert mich immer wieder, aber vermutlich hat er so viel Fell, dass es gar nicht auffällt, wenn mal eine Schicht verloren geht.

Über die geschnitzte Freitreppe der Eingangshalle gehe ich in den ersten Stock und dort in den Südflügel, wo die drei Ferienwohnungen des Schlosses untergebracht sind und auch Lotte ihren Herrschaftsraum, ich meine ihr Büro, hat.

Ich atme tief durch, straffe die Schultern und klopfe zögerlich an. Es raschelt hinter der Tür, dann wird sie geöffnet und die gestrenge Hausdame mustert mich durch den Kneifer, der auf ihrer Nase klemmt. »So haben mich meine Ohren doch nicht getäuscht, bitte Frau Blum, wie oft muss ich Ihnen noch sagen, dass Sie gefälligst hörbar anklopfen sollen, wenn Sie Einlass begehren! Und stehen Sie bitte gerade, eine junge Dame wie Sie sollte keinen so krummen Rücken machen.«

»Jawohl, Fräulein Lotte.« Ich drücke meinen Rücken noch gerader, auch wenn es sich anfühlt, als hätte ich ein Bügelbrett vernascht. Aber Widerstand ist hier zwecklos, und davon mal abgesehen würde ich mich diesen gar nicht getrauen. »Ich habe hier die gewünschten Betthufperl für Sie.«

»Bitte Frau Blum, so beginnen Sie doch keine Sätze mit ich! Das schickt sich nicht. Und die Gute-Nacht-Grüße für unsere Gäste sind nicht für mich, sondern eben für die Gäste.« Die Hausdame streckt die Hände aus und ich lege den Karton mit den Süßigkeiten hinein. Nicht ohne dabei ein klein wenig zu zittern. Aber schon viel weniger als früher.

Froh, meinen Auftrag und meine Last endlich los zu sein, knickse ich vor ihr.

»Frau Blum, ich bitte Sie! Was legen Sie heute nur für ein seltsames Gebaren an den Tag.«

Oh, das frage ich mich auch gerade. Und wenn ich schon beim Fragen bin, wie komme ich jetzt hier halbwegs anständig so schnell wie möglich weg?

»Fräulein Lotte, Fräulein Lotte, es ist etwas Schreckliches passiert, der alte Enno, er hat ... er hat nicht ...« Die dreifache Rettung in Gestalt der jungen Schlossköchin kommt heftig atmend neben mir zum Stehen. Billes ohnehin immer roten Wangen leuchten intensiv und der Dutt unter ihrem Häubchen verdient den Namen nicht mehr, so zerrupft wie er aussieht.

Und schon geht es los. »Frau Viersturm, erstens schreien wir nicht! Zweitens verbitte ich mir, Herrn Boltenhagen als alten Enno zu bezeichnen, und drittens, wie sehen Sie überhaupt aus! Und bitte stehen Sie gerade!«

Froh, nicht mehr das Zentrum der Aufmerksamkeit zu sein, entferne ich mich seitwärts mit kleinen Schritten.

»Sie bleiben, wo Sie sind, Frau Blum. Bitte.« Fräulein Lotte nimmt mich durch ihren Zwicker ins Visier, ehe sie sich wieder an Bille wendet. »Und Sie, Frau Viersturm, erzählen mir, was dieses ganze Tohuwabohu zu bedeuten hat, bitte.«

Bille knetet unbarmherzig ihre Schürze und ich befürchte, wenn wir hier fertig sind, wird es diese Schürze auch sein, für immer und ewig, denn diese Falten werden sich nie wieder glätten lassen. Andererseits kennen Billes Schürzen keine andere Behandlung von ihr, sobald sie ihr Allerheiligstes, die Schlossküche, verlässt. »Der alte, ich meine der Enno, also der Herr Boltenhagen, der hat keine Stimme mehr.«

Frau Lotte hebt die linke Augenbraue in einem perfekten Schwung. »Bitte, wo ist das Problem? Wenn er an einer Dysphonie leidet, so kochen Sie ihm doch bitte einen Salbeitee und lassen ihn damit gurgeln.«

»Das haben wir schon gemacht! Und er bekommt noch immer keinen Pieps heraus!« Der Stoffberg in Billes Händen nimmt ungeahnte Größe an und ich will ihr schon solidarisch meinen Mantel zum Zerknüllen anbieten, da zwingt Fräulein Lottes Blick sie dazu, das arme Stoffknäuel doch endlich loszulassen.

»Sie versuchen mir also mitzuteilen, dass Herr Boltenhagen die heutige Führung durch unser *Seeschlösschen Wannsee* nicht durchführen kann?« Frau Lotte tippt sich mit dem Zeigefinger auf die Nase, nimmt den Kneifer ab und zeigt damit auf mich. »Frau Blum, wenn Sie bitte so nett wären, die Führung zu übernehmen. In Anbetracht von Frau Viersturms überreiztem Gemüt fällt meine Wahl auf Sie.«

»Ich?« Entsetzt hebe ich die Hände. »Aber warum machen Sie nicht die Führung?«

»Bitte, Frau Blum, meine Aufgabe ist es, die Gäste am Ende der Schlossführung gebührend in Empfang zu nehmen und ihnen einen unvergesslichen ersten Abend zu bereiten.«

»Ich wollte reiten gehen.« Zugegeben, in meinem Kopf hört sich die Erklärung viel besser an.

»Seit wann bitte reiten Sie?« Fräulein Lottes Blick wandert an meinem Kleid nach unten zu meinen Wildlederstiefeln. »Mir dünkt, Sie sind eher für eine innerhäusliche Veranstaltung gekleidet.«

»Ich wollte heute mit meinem neuen Hobby anfangen.«

Frau Lotte schließt für einen Moment die Augen, wie um sich zu sammeln. »Ihre Hobbys wechseln in so regelmäßigen Abständen, dass selbst ich mit dem Zählen nicht nachkomme, und ich merke mir sonst alles. Also, wenn ich bitten dürfte, die Gäste warten. Und Gäste lassen wir nicht warten!«

Damit scheucht sie Bille und mich die Treppe nach unten. Schicksalsergeben wende ich mich dem Salon mit den wartenden Hausgästen zu, während Bille eilig in die Küche zurückhuscht.

Keine Panik, ich kann das. Ich kenne das Schloss, ich weiß, wo ich hinein- und wieder hinauskomme, ich weiß, wo die Küche ist und der kleine Salon und natürlich auch die Gästewohnungen.

Und wenn ich nicht gleich mehr weiß, wird dies eine ziemlich kurze Schlossführung werden.

Doch zum Glück bin ich mit Google befreundet. Ich ziehe das Handy aus der Manteltasche und diesen danach gleich aus. Mir ist jetzt definitiv warm und die Truhe neben der Salontür ein prima Mantelversteck.

Eine Nachricht von Lukas blinkt mir vom Display entgegen. Tief verschüttet zwischen all den Terminen in meinem Kopf – und meinem neuen Hobby – leuchtet plötzlich ein ganz besonderer Termin auf. Oh nein! Ich bin gerade jetzt mit Lukas verabredet! Wir wollten endlich unsere Hochzeit planen!

Da wir aber nicht unbedingt gleich heute oder morgen heiraten, hat Lukas bestimmt Verständnis, wenn ich unser Treffen absage oder besser verschiebe. Schnell tippe ich eine liebe Entschuldigung an meinen Verlobten und widme mich wieder der Recherche zum Schloss: »Google, erzähle mir bitte etwas zum *Seeschlösschen Wannsee*.«

Doch meine Freundin bleibt stumm und ich sehe dabei zu, wie das Display schwarz wird. Theorie eins: Meine Frage hat ihre Intelligenz beleidigt. Theorie zwei: Der Akku ist leer.

Als mir jemand auf die Schulter tippt, zucke ich zusammen und fahre herum. »Enno!«

Der Schlossmann-für-Alles verzieht entschuldigend das Gesicht und ruckelt an der Schiebermütze auf seinem Haupt. Dann zeigt er kopfschüttelnd auf seinen Mund.

»Noch nicht besser?«

Weiteres Kopfschütteln vernichtet meine aufgekeimte Hoffnung.

»Hast du ein Handy dabei?« Probehalber drücke ich den Startbutton an meinem Telefon, doch es bleibt aus.

Enno kräuselt die buschigen Augenbrauen und will etwas sagen, was jedoch in einem Hustenanfall mündet.

Ach, stimmt ja, Enno braucht solch einen Schnickschnack nicht, er hat schließlich sein Walkie-Talkie. Leider scheidet auch Bille aus mit ihrem Dinosaurier-Tastentelefon. Und über Frau Lottes mobile Vorlieben weiß ich nicht Bescheid, auch wenn hier alles möglich ist – von einem tragbaren Wählscheibenmodell bis hin zum neuesten iPhone. Außerdem traue ich mich ohnehin nicht, sie zu fragen.

Für einen Moment starre ich auf die verschlossene Salontür. Es gibt ein paar Dinge, die ich über das Schloss weiß, und ich würde sagen, dass diese nicht die uninteressantesten sind.

Ich wende mich wieder Enno zu. »Eine Frage nur, aus welcher Epoche stammt das Schloss?«

Er beugt sich zu mir und flüstert etwas durch seinen Pfirsichatem. Pfirsichbonbons sind die einzige Ausnahme in meiner Schokowelt, extra für Enno.

»Renaissance?«, frage ich nach.

Er nickt und gestikuliert wild mit den Armen. Doch ich kann nicht erraten, was es bedeutet.

Schließlich legt er die Hände gefaltet an seine Wange und schließt die Augen, um sie gleich wieder zu öffnen und heftig mit dem Kopf zu schütteln.

»Schlafen?«

Kopfschütteln.

»Nicht schlafen! Ah, ich verstehe, nicht abends, morgens, also früh. Frührenaissance!«

Enno nickt begeistert angesichts meiner historischen Meisterleistung und zeigt mir ein paar Ziffern mit den Fingern.

»Eins, fünf, fünf, null. Erbaut in 1550! Du bist ein Schatz.« Damit umarme ich ihn kurz, atme tief durch und gehe in den Salon, um bei der heutigen Schlossführung zu debütieren.

Verstohlen linse ich auf meine Armbanduhr. Eine Viertelstunde Herumführen im Schloss sollte reichen. »Liebe Gäste, wenn Sie mir nun bitte nach draußen folgen möchten. Nur ein paar Meter weiter erwartet Sie das Highlight unseres fabelhaften *Seeschlösschens Wannsee*.«

Ich geleite die zwei Frauen und vier Männer durch das Eingangstor und hinüber in die Chocolaterie. Bibbernd schließe ich die *Schokofee* auf und schalte das Licht an. Goldene Lampen funkeln zwischen den Kakaopflanzen und wohlige Wärme begrüßt uns im Wintergarten.

»Voilà, herzlich willkommen in der alten Gutsküche des Schlosses. Damals wie heute das Herzstück dieses wunderbaren Anwesens.«

Fröhlich miteinander plaudernd folgen mir die Schlossgäste durch den Wintergarten in die Chocolaterie. Auch hier tauchen kleine, versteckte Lampen den Raum in warmes Licht, doch so, dass die kühl gehaltene Schokolade nicht beeinträchtigt wird.

Ich drehe mich einmal um mich selbst. »Ebenso wie das Schloss stammt die ursprüngliche Gutsküche aus der Frührenaissance. Sie wurde auch noch bis zur Mitte des letzten Jahrhunderts aktiv genutzt, jedoch in ein Bistro umgebaut, als das Schloss für Besucher geöffnet wurde. Mit der Idee der Gästewohnungen vor etwa zehn Jahren wurde die neue Küche im Nordtrakt des Schlosses so modernisiert, dass von dort aus die Gäste bewirtet werden können. Vor drei Jahren hatte ich das Glück, hier meine Vision eines Schokoladenparadieses zu erschaffen und mit meiner *Schokofee* ein Teil des Schlosses werden zu dürfen.«

Wohlwollend blicken sich die Gäste in dem alten Gebäude um, in dem so viel Geschichte lebt und Tag für Tag spürbar ist.

»So, und damit Sie nun selbst Teil dieser Geschichte werden, bitte ich Sie zu mir an die Schokotheke. Wir machen jetzt unsere eigene Schokolade.«

Zufrieden lösche ich drei Stunden später das Licht in der *Schokofee*. Unter viel Gelächter und noch mehr Kostproben haben wir zartschmelzende Schokoladen gerührt, die nun über Nacht in der Schokoküche fest werden dürfen, während die Schlossgäste sanft in ihren Himmelbetten schlummern. Intensiver Duft nach geschmolzener Criollo-Kakaobutter und das herbe Aroma von gemahlenen Trinitario-Kakaobohnen begleiten mich hinaus und glücklich schließe ich die Chocolaterie zu.

Kapitel 3

O wie Old

Orangen-Bonbon
Bonbons sind keine Schokolade.
Na gut, sie sind aber auch lecker. Vor allem, wenn
süße Orangen auf unwiderstehlich karamellisierten,
dickflüssigen Zuckersirup treffen.

Genauso glücklich öffne ich die Tür zu meinem Häuschen, das sich nicht weit von der Chocolaterie entfernt in eine Lichtung des *Düppeler Forstes* schmiegt. Es ist nicht abgeschlossen.

»Lukas?« In dem kleinen Flur steht ein Hocker unter einem Berg von Jacken begraben und von Stiefeln jeglicher Höhe umringt. Ich schäle mich aus dem Mantel und den Schuhen und packe alles einfach dazu.

Die alten Dielen knarzen, während ich erst einen Blick in die Küche werfe, aus der es herrlich nach Schnitzel duftet, und weiter in die Stube gehe, wo ich Lukas endlich finde.

Mit geschlossenen Augen sitzt er entspannt in Gwenis abgewetztem Ohrensessel, abgeschirmt vom Lärm der Welt durch riesige Kopfhörer. Wobei sich der Lärm rund um mein Häuschen auf Vogelgezwitscher und gelegentliches Grunzen von Wildschweinen beschränkt und das nicht unbedingt im November.

Langsam beuge ich mich zu ihm und küsse ihn sacht auf die Wange.

Lächelnd öffnet Lukas die Augen, legt die Kopfhörer zur Seite, schlingt die Arme um meine Taille und zieht mich auf seinen Schoß. »Wenn Träume wahr werden.« Zart küsst er sich an meinem Hals aufwärts, bis sich unsere Lippen treffen. Voller Lust küsse ich den Mann, den ich so sehr liebe, lasse mich in seine Umarmung fallen und genieße seine Hände auf meinem Körper, die mir geschickt aus dem Kleid helfen.

Feine Gänsehaut überzieht meine Haut, während ich eingekuschelt in Lukas' Armen meinem pochenden Herzschlag nachfühle, der sich langsam beruhigt. Die Hitze unserer Liebe ist noch spürbar, doch nicht genug, um mich, nackt wie ich bin, ausreichend zu wärmen.

»Die Heizung macht schon wieder Probleme«, raunt Lukas schläfrig in meine Haare und zieht mich noch fester an sich.

»Oh, da weiß ich ein gutes Mittel.« Ich richte mich auf, sodass wir uns ansehen, und fasse nach Lukas' Händen an meiner Taille.

»Heiße Schokolade?«

Langsam lege ich Lukas' Hände auf meine Brüste und beuge mich ihm entgegen. »Danach ...« Und wieder genieße ich das Spiel zwischen seinem Körper und meinem, werde eins mit ihm, lasse mich hinwegtragen von unserer Leidenschaft.

Schwitzend kommen wir schließlich zur Ruhe und genießen unter einer alten Patchworkdecke unsere Zweisamkeit.

»Es tut mir leid, dass ich dich vorhin versetzt habe.« Ich puste mir ein paar verirrte Haarsträhnen aus dem Gesicht.

Lukas' Brummen klingt nicht sonderlich verzeihend und ich richte mich ein wenig auf, um ihn anzusehen. »Ehrlich. Der Tag flog einfach dahin und dann kam mir noch die Schlossführung dazwischen und anschließend der spontane Schokokurs. Du weißt, wie wichtig mir die *Schokofee* ist. Also nicht, dass mir unsere Hochzeit nicht auch wichtig wäre, aber ...«

»Aber?«

Ich räuspere mich. »Nichts aber. Sorry, das habe ich nur so dahingesagt.«

Lukas schweigt, doch sein Schweigen fühlt sich nicht behaglich an.

»Bitte sag etwas. Wenn du möchtest, reden wir jetzt gleich über unsere Hochzeit. Wann möchtest du heiraten?«

Sanft fährt Lukas mit einer Hand unter die Haare an meinem Nacken. »Jetzt, heute, morgen, nächste Woche. Wann immer du möchtest.«

Die Decke auf meinen Schultern ist ziemlich warm und ich ziehe die Arme darunter hervor. Mir ist ein wenig schwindelig, ich glaube, ich sollte unbedingt etwas essen. »Du Scherzkeks. Zuerst feiern wir ohnehin Viannes Hochzeit. Außerdem muss unsere Hochzeit wohl durchdacht und vorbereitet werden. Und obendrein kostet sie eine Menge Geld, das heißt, dass wir wohl kaum im kommenden Jahr heiraten werden.«

»Ich denke nicht, dass unsere Hochzeit so aufwendig werden muss, dass dafür monatelange Planungen notwendig sein werden. Und was die Kosten angeht, finden wir bestimmt auch eine Lösung, die uns nicht in den Ruin treibt.« Nachdenklich sieht mich Lukas an.

»Siehst du, da haben wir schon den Termin. Wir heiraten nächstes oder übernächstes Jahr. Das war doch einfach.« Ich rutsche ein wenig höher und küsse ihn so leidenschaftlich, dass er, wenn überhaupt, in diesem Augenblick nur an unsere Hochzeitsnacht denken kann.

»Bleibst du heute Nacht hier oder musst du noch nach Hause?«, flüstere ich in sein Ohr, nachdem ich mich schwer atmend von ihm gelöst habe.

Er lacht leise. »Wenn du mich schlafen lässt.«

»Herausforderung angenommen. Und wir werden noch sehen, wer hier wen nicht schlafen lässt.« Damit erhebe ich mich, lasse die Decke von mir gleiten und verlasse hüftwackelnd die Stube. Ich weiß, Lukas' Blick klebt an meinem hübschen Po.

Heißhungrig verspeise ich mein buttriges Schnitzel, eingemummelt in einen Jumpsuit aus plüschigem, weißem Frottee. »Haben die Heizungsrohre vorhin doll gegurgelt, als du gekommen bist?«

Lukas schenkt mir dampfenden Pfefferminztee nach, ehe er sich seinem Schnitzel zuwendet. »Gurgeln ist untertrieben, die haben nach Hilfe geschrien. Julie, du musst dringend einen Heizungsinstallateur kommen lassen, unsere Basteleien reichen längst nicht mehr aus. Die Heizung wird bald völlig hinüber sein.«

»Das passt schon und der Winter ist auch bald rum. In gut vier Wochen ist Weihnachten, dann ist das Jahr vorbei und der Frühling beginnt. Und sollte die Heizung wirklich in die Knie gehen, habe ich ja immer noch den guten alten Kachelofen.«

»Schon klar, in der guten alten Stube. Und die restlichen Zimmer lässt du vereisen, oder was? Davon mal abgesehen, dass du dich mit dem alten Schornstein am Ofen in Nullkommanichts vergiftest.« Kopfschüttelnd hält Lukas beim Schnitzelschneiden inne. Sein lockiges, braunes Haar steht in alle Richtungen ab und passt hervorragend zu seinem empörten Gesichtsausdruck.

Ich zucke mit den Schultern. »Ich kann es gerade nicht ändern.«

»Du könntest zu mir ziehen.«

»Und Gwenis Haus verlassen? Niemals!« Mit einem Ruck stehe ich auf und hole mir ein Glas Leitungswasser. Ich will Lukas' verletztes Gesicht nicht sehen, seine braunen Augen spiegeln so klar seine Emotionen wider.

Zittrig trinke ich ein paar Schlucke des bitteren Wassers und lächele ihn vorsichtig an. »Selbst, wenn ich zu dir ziehen würde, wäre dem Haus nicht geholfen. Ich habe einfach nicht die finanziellen Mittel, um es instand setzen zu lassen. Und nein, ich werde es nicht verkaufen. Und nein, ich werde kein Geld von dir annehmen.«

Lukas klappt den Mund wieder zu, da ich auf all seine Hilfsangebote ohnehin schon die Antworten habe. Ruhig steht er auf, nimmt meine Hand und geht mit mir nach draußen, nachdem er unsere Jacken aus dem Stapel im Flur gefischt hat.

In der Mitte des Vorgartens bleibt er stehen und leuchtet mit der Taschenlampe seines Handys auf das Dach des Hauses.

»Das Dach hat schon immer dazu geneigt, sich selbst abzudecken«, murmele ich beim Anblick der verschobenen alten, dunkelroten Dachziegel. Wenn ich könnte, würde ich höchstpersönlich wunderschöne, glänzende, neue Ziegel einzeln auf das Dach legen. Aber ich kann nun mal nicht. Handwerklich könnte ich vielleicht schon, aber nicht finanziell.

»Das ist nicht lustig, Julie.« Mit gerunzelter Stirn sieht mich Lukas im Schatten der Handylampe an. »Der Sturm letztes Wochenende hat ziemlichen Schaden angerichtet. Beim nächsten Sturm wirst du richtig Probleme bekommen.«

Energisch verschränke ich die Arme vor der Brust und stapfe zurück ins Haus. »Für den Sturmschaden müsste die Versicherung aufkommen. Ich kümmere mich morgen darum.«

Es ist kalt, als ich die Decke anhebe, um das Bett zu verlassen. Und dunkel. Schnell schlüpfe ich in die dicken gestrickten Socken, die neben dem Bett liegen, und wickele mich in eine alte Strickjacke von Gweni. Seufzend drücke ich den Rücken durch, dem die durchgelegene Matratze des handgedrechselten Bettes nicht gut bekommt. Auch darum wollte ich mich schon vor Monaten kümmern, irgendwo klebt sicher der Zettel mit der Erinnerung daran. Vermutlich sind es sogar mehrere Zettel in unterschiedlichen Farben, je nachdem wie dringend ich den Matratzenkauf zu jenem Zeitpunkt angesehen habe. Heute würde es ein knallpinker Zettel werden, quasi Prio eins.

Nach einer Katzenwäsche knarze ich die Treppe nach unten, von wo mir herrlicher Kaffeeduft entgegenweht. Lukas ist bereits angezogen und wie es aussieht auch schon mit dem Frühstück fertig.

Ich schmiege mich in seine Arme und genieße unseren Guten-Morgen-Kuss. »Du bist früh dran.«

»Demnächst findet das Adventskonzert der Musikschule statt. Ein paar Schüler hatten noch interessante Änderungsvorschläge, ich will vor dem Unterricht ausprobieren, was davon geht und was nicht.« Mit einem Kuss auf meine Stirn entlässt mich Lukas aus seiner Umarmung und reicht mir einen tiefschwarzen Kaffee in meiner Schokobohnen-Lieblingstasse. »Und du denkst bitte daran, mit deiner Versicherung zu reden. Heute! Ich habe dir einen Zettel auf dein Telefon geklebt. Und an die Haustür.«

Mit der warmen Tasse in den Händen schlumpere ich Lukas in den Flur hinterher und warte, während er seine Schuhe und Jacke anzieht. So sehr, wie ich das Nachhausekommen zu Lukas liebe, so sehr liebe ich auch unsere Abschiede. Nicht, weil er dann endlich weg ist, sondern weil es so schön ist. Vertraut und warmherzig, verliebt und geborgen.

Lukas streicht mir die Haare aus dem Gesicht, die ich heute noch nicht gebändigt habe, und nach einem Lächeln nur für mich küssen wir uns innig.

Mir bleibt noch ein wenig Zeit, ehe ich in die *Schokofee* muss, und so suche ich den Ordner mit den Versicherungsunterlagen. Diesen finde ich recht schnell in Gwenis altem Schreibtisch im Gästezimmer, doch was ich darin lesen muss, treibt mir für einen Moment den Puls in ungesunde Bereiche. Es klebt ein grellgelber

Zettel in dem Ordner: Gebäudeversicherung abschließen – dringend!

Mist! Das hatte ich gleich erledigen wollen, als ich eingezogen bin.

Genau wie die Hausratversicherung! Mir ist so schlecht, der Kaffee in meinem Magen rumort und ein bitterer Geschmack macht sich in meinem Mund breit. Ob vielleicht eine der Versicherungen der Chocolaterie einspringen könnte?

Mir ist klar, dass die Versicherungswelt so nicht funktioniert, aber solch einen dürren Strohhalm habe ich gerade bitter nötig.

Seufzend rappele ich mich zusammen mit dem recht nutzlosen Ordner auf und mache mich für den Tag in der Chocolaterie fertig. Dort werde ich mir überlegen, wie es weitergeht oder mich wenigstens von der ganzen Hausmisere ablenken lassen.

Kräftig ziehe ich die widerborstige Haustür ins Schloss und schließe ab. Der altmodische Schlüssel zu diesem windschiefen Häuschen ist mein ganz eigener Zugang zu einer Welt, die ich verloren habe.

An den krummen Gartenzaun gelehnt sehe ich mir mein Häuschen seit Langem mal wieder genauer an. Über den blitzblauen Himmel jagen fette weiße Wolken und tauchen es abwechselnd in Licht und Schatten. So schlimm, wie Lukas meint, ist der Zustand des Daches gar nicht. Sicher, hier und dort müsste etwas daran gerichtet werden, wie am ganzen Häuschen, aber eines nach dem anderen. Ich müsste mich Reparatur für Reparatur vorarbeiten, die wichtigsten zuerst.

Ich habe von meiner Mutter mal ein Zeitmanagement-Seminar geschenkt bekommen, da wurde uns von einer Dingsbums-Methode erzählt, irgendetwas zum Priorisieren. Von irgendeinem amerikanischen Präsidenten oder so. Ich glaube, es ging darum, was wichtig ist und was unwichtig. Genau, und dazu, was dringend ist und was nicht.

Okay, mal sehen. Das Dach sieht wirklich nicht gut aus, wenn ich es noch länger schleifen lasse, wird der Schaden umso größer sein. Also, wichtig ist die Reparatur des Daches. Auch die meisten Fenster bereiten mir massiv Kummer, somit sind auch die Fenster wichtig. Der Schornstein bröckelt und funktioniert nicht mehr ganz so wie er soll – wichtig. Die Heizung selbstverständlich und auch das Warmwasser, doppel-wichtig.

»Guten Morgen, mein Schatz.«

Aufgescheucht drehe ich mich um. Meine Mutter – wichtig – strahlt mich über den Zaun hinweg an.

»Hey, guten Morgen, was machst du denn zu so früher Stunde hier?« Ich öffne das Gartentor mit dem verbeulten Briefkasten, um meine Mutter hereinzulassen.

»Ich habe dir doch eine Nachricht geschrieben, dass ich die Umzugskartons brauche.« Sie richtet sich die buntgeringelte Mütze auf ihrem schokobraunen Haar. Das sieht lecker aus, wie ein köstliches *Tartufo di Pizzo* mit einer bunten Zuckerhaube in Wirbeln darauf. Das muss ich nachher gleich mal versuchen.

Eine kalte Böe wirbelt Laub von der Eiche im Garten auf und lässt es im Sonnenlicht tanzen. Ich ziehe den Reißverschluss meiner Jacke weiter nach oben. Mein eingeschlafenes Handy habe ich total vergessen. »Mein Telefon hat sich gestern verabschiedet.«

»Und da hast du es bis heute nicht geschafft, es zu laden? Und im Übrigen habe ich dir schon vor einer Woche geschrieben.«

»Oh.«

»Na wie auch immer. Ich habe dich ja noch rechtzeitig erwischt.« Meine Mutter hakt sich bei mir unter und zieht mich in Richtung Kellereingang.

»Du bist wirklich wegen der Kartons hier? Sag nicht, dass du schon wieder umziehen willst!« Mit einem Ruck bleibe ich stehen und sehe auf meine Mutter hinunter, mit einem möglichst strengen Gesichtsausdruck, wie ich hoffe.

Sie ist davon völlig unbeeindruckt und lacht über das ganze Gesicht. »Ich habe endlich eine Wohnung im Prenzlauer Berg gefunden, in der Kastanienallee! Das Haus ist so cool! Über und über voll mit Stuck und roten Backsteinen zwischen den Sandsteinen. Und erst die Wohnung, ein Traum von einer Berliner Altbauwohnung, sage ich dir. Dort will ich wohnen!«

»Der wievielte Traum einer Berliner Altbauwohnung wäre das dann, bitte? Lass mich mal kurz nachzählen ...«

Meine Mutter rüttelt grinsend an meinem Arm. »Aber nicht in der Kastanienallee, da habe ich noch nie gewohnt.«

Kopfschütteln ist die einzig angemessene Reaktion auf das Hobby meiner Mutter. »Wenn du sonst nichts zu tun hast als schon wieder umzuziehen.« Also mir wäre das ja ein Graus. Der Einzug in Gwenis Haus reicht mir für die nächsten zehn Jahre.

»Ich bin nun mal nicht so ein Nesthocker wie du und dein Vater. Und dein Bruder.«

»Nur gut, dass wenigstens May mit ihrer Reiserei nach dir kommt, wenn wir sonst schon nicht allzu viel gemeinsam haben in unserer Familie.«

Mit einem Ruck zieht meine Mutter ihren Arm aus meiner Armbeuge. »Ja, ja, ich weiß, du armes, armes Scheidungskind. Wie kannst du solch eine zerrüttete Familie dein Eigen nennen.«

»Ist doch wahr! Wir haben nicht einmal die gleichen Namen!« Ich weiß, ich weiß, ich bin erwachsene siebenundzwanzig Jahre alt, selbstständig und stehe mit beiden Beinen fest im Leben, und es ist nicht so, dass wir untereinander verkracht wären. Nein, es lebt halt nur jeder sein eigenes Leben, aber irgendwie zusammen, nur nicht gemeinsam.

»Dein Vater heißt Blum, genau wie du«, brummelt meine Mutter.

»Das war es dann aber auch schon«, brummele ich zurück.

»Ach Kind, komm drüber weg!« Damit steigen wir die steile Treppe zum Kellereingang hinunter. Wir halten uns am wackeligen Geländer fest, was die ganze Sache nicht unbedingt sicherer macht.

Der Schlüssel im Schloss der Kellertür knirscht und knarzt und ich würde mich nicht wundern, wenn er eher abbricht, als sein Werk des Türöffnens zu vollbringen. Doch schließlich springt die Tür auf und macht den Weg frei in ein dunkles Kellernichts. Ich trete zur Seite, damit meine Mutter hineingehen kann.

Die zieht die Augenbrauen hoch. »Deine Kellerangst war ja niedlich, als du fünf Jahre warst, aber heute ist sie gelinde gesagt merkwürdig.«

»Dieser Keller ist gruselig, das ist so ein richtiger Kellerkeller!«, verteidige ich mich. Und ich muss mich zusammenreißen, um mich nicht heftig zu schütteln. Schon allein der Gedanke an diese fiese, feuchte Dunkelheit und den modrigen Geruch lässt mich bibbern. Außerdem gibt es da unten Ecken, wo niemals Licht hinkommt, wer weiß, was da alles zum Leben erwacht ist. Oder zum Gegenteil.«Es kann ja nicht jede so eine toughe Horrorautorin sein wie du, Frau Selda Thorne!«

»Horrorthriller, mein Liebe!« Kopfschüttelnd geht meine Mutter an mir vorbei und schaltet das Licht an. Surrend flammen die Neonröhren auf und tauchen das alte Gemäuer in grelles, gelbes Licht. Kurz verschwindet meine Mutter in einem dunklen Nebengang, um kurz darauf mit einem Armvoll zusammengefalteter Kartons wiederaufzutauchen. Sie drückt sie mir in die Hände und macht sich noch einmal tapfer auf Kartonjagd.

Endlich ist sie zufrieden und ich kann den Kellerkeller wieder für lange Zeit abschließen. »Die Umzugskartons kannst du gern behalten. Ich brauche sie ohnehin nicht.«

»Das werden wir ja sehen.«

»Warum?« Die Kartons lassen sich blöd tragen und ich muss sie mehrfach richten, während ich die Treppe nach oben stiefele.

Wieder im Sonnenlicht bleibt meine Mutter vor mir stehen. »Du ziehst doch sicher bald zu Lukas, oder? Jetzt hast du ja lange genug hier gewohnt.«

Ich verstehe nicht, was sie sagt. »Ich ziehe nicht zu Lukas, ich bleibe hier. Immerhin möchte Gweni, dass ich auf das Haus aufpasse.«

»Julie, Gweni möchte schon lange …«

»Dies ist der einzige Ort, an dem ich immer zu Hause war. Ich bleibe hier!«

»Julie! Deine Oma …«

»Kein Wort mehr!« Damit drehe ich mich um und schleppe die Kartons zum Auto meiner Mutter.

Kapitel 4

C wie Cool

Chili-Schokolade
Süße, warme Schokolade geht eine Liaison ein mit
scharfem, heißem Chili. Eine Beziehung voller Leiden-
schaft und Feuerwerken – auf der Zunge und für das
Gemüt.

»Auf Wiedersehen, und grüßen Sie mir recht herzlich Ihren Mann.« Beschwingt öffne ich die Tür der *Scho-kofee*, um meine betagte Kundin hinaustreten zu lassen. Ein Schwall kalter Luft fährt mir dabei unter das knielange Kleid und bauscht es auf wie eine Hibiskusblüte.

Schnell schließe ich die Tür und eile durch den voll besetzten Wintergarten zurück in die Chocolaterie, wo mein Handy mir meinen Bruder ankündigt, in Form von Beethovens *Große Fuge* – sein Wunsch!

»Hey«, schnaufend komme ich hinter der Theke zum Stehen und lehne mich an das Fenster, die Sonne warm im Rücken.

»Julie, du musst mir unbedingt irgendeine von deinen Schokoladen für Orélie zusammenrühren!«

»Dir auch einen guten Tag, lieber Herr Bruder!«

»Sorry, Schwesterherz, ich bin in Panik.«

Seinem Tonfall nach scheint er nicht zu untertreiben. August ist ein in sich ruhender, distinguierter Rechtsanwalt, immer Herr der jeweiligen Situation, doch gerade klingt er wie ein gefällter Baum. »Was hast du denn angestellt?«

»Ähm«, hüstelt er mir ins Ohr. »Ich glaube, ich habe irgendwie meinen Hochzeitstag vergessen.«

»Wie bitte? Der war vor drei Wochen! Ich habe dir höchstpersönlich wundervolle Schokolade für Orélie vorbeigebracht! Ihre Lieblingstrüffeln! Dafür habe ich ein Date mit Lukas abgesagt! Wir wollten unsere Hochzeit planen!«

»Sorry«, flüstert er.

Nein, nein, nein, wenn mein Bruder so mit mir spricht, kann ich ihm nicht wie eine Furie die Leviten lesen. Der Hochzeitstagdrops ist ohnehin gelutscht. Jetzt heißt es Ruhe bewahren und die richtige Schokoladensorte finden. »Okay, ich denke mir etwas aus und du bist heute Abend pünktlich zum Ladenschluss hier, holst das Geschenk für deine tolle Frau und entschuldigst dich in aller Form! Und mit entschuldigen meine ich das ganze Programm, verstehst du mich!«

»Danke Julie, du bist die Beste. Allerdings muss ich heute Nachmittag noch einmal ins Gericht, eventuell wird es einen Tick später. Bye Schwesterlein.«

Tief durchatmend schließe ich für einen Moment die Augen. Meine Familie macht mich wahnsinnig! Ständig gerät einer von ihnen – oder alle auf einmal – mit seinem Partner aneinander. Dabei ist die Liebe doch so einfach. Sie brauchen es doch nur so zu machen wie Lukas und ich!

Da Augusts Anliegen dringend ist, wirbelt mir heute schon wieder alles durcheinander. Ich schmule in den Wintergarten. Dort haben es alle meine Gäste bequem und sehen gut versorgt aus. Leander würde erst zum Feierabend kommen, um die Freitagstrüffeln für meine Abokunden abzuholen, somit kann ich die Vorbereitungen darauf auf später verschieben. Und die Führung, die gerade im Schloss stattfindet, dauert noch mindestens eine Stunde. Die Kunden, die danach den Weg zu mir finden, kann ich locker nebenbei beraten.

Also kümmere ich mich erst einmal um Augusts Schokoladengeschenk für meine Schwägerin.

Besondere Missionen erfordern besondere Maßnahmen, und so hole ich das uralte Schokoladenrezeptbuch aus der Truhe neben der Schokobar. Es wird gemunkelt, es befände sich schon seit Generationen im Besitz unserer Familie und würde seit jeher von einer Chocolatière zur nächsten vererbt. In diesem Fall von meiner Gweni an mich.

Wie immer, wenn ich das Rezeptbuch in die Hände nehme, kriecht mir Gänsehaut den Rücken hinauf. Früher dachte ich, das käme daher, dass mich dieses alte Buch in Ehrfurcht erstarren ließe. Aber seitdem mir meine Freundin Sunny von den Legenden der Schokoladenhexen erzählt hat, die als Preis für einen Liebesfluch ihre Liebe für die beste Schokolade geopfert haben, ist meine Leidenschaft für das Buch ein wenig abgekühlt.

Wie auch immer, hier versammeln sich die besten Schokoladenrezepte, die ich kenne.

Orélie kennt sich als passionierte Zuckerbäckerin in der Welt der Confiserie bestens aus, was jedes Mal eine wundervolle Herausforderung ist. Sie liebt buttrigen Blätterkrokant und Marzipan und als Französin versteht sie es, einen hervorragenden Weinbrand zu genießen. Wie wäre es also für den Sorry-Schoko-Traum mit einem Duett aus zartestem Armagnac-Marzipan und pluderigem Blätterkrokant, umhüllt von vanuatuischer Zartbitterschokolade?

Beim Durchblättern des Buches finde ich ein köstlich klingendes Rezept zur Herstellung von Weinbrandmarzipan und auch eines für einen Blätterkrokant auf Basis von Macadamia. Wenn das nicht genau das ist, was ich suche.

Ich sammele die Zutaten zusammen und es dauert nicht lange, bis ich im Schokoflow glücklich vor mich hinwerkele. Das seidige Marzipan nimmt langsam Form an und betört mich mit seinem Armagnacduft nach Trauben und Orangen, vermischt mit holzigen Gewürzen und warmer Vanille. Dazu die karamellige Süße des Krokants und das herbbittere Aroma der tiefdunklen Vanuatu-Schokolade.

Bald trocknet ein Dutzend glänzende Köstlichkeiten in Herzform vor mir und ich bestreue sie zur Vollendung am rechten Rand mit rosasilbernem Zucker.

Gerade sinkt der letzte Zuckerkrümel in die noch weiche Schokolade, als ein gut gelaunter Holger zusammen mit den Besuchern des Schlosses die *Schokofee* betritt.

»Oh! Der rosa Zucker links auf den Pralinen sieht aber lecker aus. Darf ich?« Herzhaft beißt Holger in Orélies Geschenk und ich springe beherzt zwischen ihn und die anderen Leckerbissen, damit er sie nicht in seinem Überschwang verteilt.

Die nächsten Stunden wirbele ich zwischen der Schokobar, der Küche und dem Wintergarten umher. Zwischendurch bringt mir Bille ein Risotto vorbei, welches mich für eine Viertelstunde in einen köstlichen Italienurlaub schickt.

Gerade noch rechtzeitig fallen mir am späten Nachmittag Leander und die Lieferung ein, die ich noch für ihn fertig machen muss. Na gut, es ist nicht unbedingt gerade noch rechtzeitig, aber zumindest sehe ich ihn auf seinem Rad angebraust kommen und beginne, noch ehe er die Chocolaterie betritt, dunkelrote Schächtelchen mit den gewünschten Pralinen und Trüffeln zu füllen.

»Und? Alles klar auf Berlins Straßen?« Über die Theke hinweg lächele ich Leander zuvorkommend an, während meine Hände flink Haselnusstrüffeln, Himbeerpralinen und Marzipankonfekt in die Schachteln betten.

»Du bist wieder nicht fertig. Hast du ein Glück, dass ich so problemlos durchgekommen bin.« Leander streckt sich ausgiebig und schielt auf eine Schale voller Bruchschokolade mit Puffreis, die jedes Kinderherz höherschlagen lässt.

»Netter Hintern.«

Leander friert in seiner Bewegung ein und folgt Vianne, die soeben hinter ihm die Chocolaterie betreten hat, mit den Blicken, als sie augenzwinkernd an ihm vorbeigeht.

»Bediene dich«, helfe ich ihm aus seiner misslichen Lage und zeige auf die Puffreisschokolade.

»Und du benimm dich.« Kopfschüttelnd gehe ich um die Theke herum und umarme meine Freundin. »Er ist fast noch ein Kind«, flüstere ich ihr ins Ohr und unterdrücke ein Kichern.

»Netter Hintern bleibt netter Hintern.«

Leander stolpert bei dem Schritt zur Schokobar über seine eigenen Füße und stützt sich so unglücklich ab, dass er die Schale mit der Bruchschokolade umstößt. Seine Wangen nehmen einen so intensiven Rotton an, dass die Hitze bis zu mir strahlt. Ich stupse Vianne in die Seite, damit sie aufhört, den armen Kerl in Verlegenheit zu bringen.

Sie zuckt nur mit den Schultern. »Ich stehe doch nur hier.«

Im Grunde hat sie recht. Egal wo Vianne geht und steht, jedes männliche Wesen im Umkreis von drei Kilometern stolpert über seine Füße, reißt Dinge herunter und zerfließt vor ihr. Dafür kann sie nichts, ich glaube, sie wurde schon so geboren. Und wäre sie nicht meine beste Freundin, würde ich diese nordische Göttin bestimmt aus vollem Herzen hassen, so wunderschön, charmant und auch noch klug sie ist.

Um Leander aus Viannes Bann zu erlösen, schiebe ich ihn von der Schokobar weg in den Wintergarten und reiche ihm die Schale mit den Resten der Puffreisschokolade. Nach einem aufmunternden Klaps auf die Schulter lasse ich ihn dort sitzen und sich erholen.

Zurück in der Chocolaterie, wickelt Vianne derweil ein Pfirsichbonbon aus seiner knisternden Hülle und steckt es sich mit einem Seufzen in den Mund. »Du hast unseren Termin verschwitzt, richtig?«

Vehement schüttele ich den Kopf, während ich wieder hinter die Theke gehe, um die Lieferung für Leander weiter einzupacken. »Nein, natürlich nicht. Wir wollen endlich den Sweet Table für deine Hochzeit besprechen.« Ich räuspere mich kurz, ehe ich etwas leiser weiterspreche. »Nächste Woche.«

Vianne neigt den Kopf, dabei spielen silberne Reflexe in ihrem champagnerblonden Haar, das sie heute zu einer lässigen Hochsteckfrisur zusammengefasst hat. »Nope.«

»Übernächste Woche?«

»Oh nein.«

»Heute?«

»Oh ja.«

»Mist.«

»Das dachte ich mir schon. Aber was solls, ohne dein Zeitunmanagement wäre es echt langweilig in meinem Leben.« Vianne grinst mich an und klopft auf die Tasche an ihrer Schulter. »Vorausschauenderweise habe ich mir Arbeit mitgebracht. Ich warte im Wintergarten auf dich, einverstanden?«

Erleichtert atme ich aus. »Danke, ich beeile mich.«

»Nicht nötig, auf meinem Pad sind Designentwürfe für die nächsten zehn Jahre gespeichert, ich weiß mich zu beschäftigen. Und außerdem kann ich hier getrost mal mein Telefon auf lautlos stellen, denn es wäre ja unhöflich, die anderen Gäste durch Gespräche zu stören, nicht wahr?«

»Das ist sehr rücksichtsvoll von dir. Wie wäre es zur Belohnung mit einer *Polkagris*?«

»Mach zwei Zuckerstangen daraus und wir sind im Geschäft.« Damit wendet sie sich um und läuft zum Wintergarten.

»Ach Vianne!«, rufe ich ihr hinterher.

»Ja?«

»Bitte mache einen Bogen um Leander, der muss heute noch mit dem Rad fahren und das mit meinen guten Leckereien im Gepäck.«

»Wollen wir?« Dankbar lasse ich mich in einen Sessel Vianne gegenüber fallen. Die Pralinenabos sind mit Leander auf dem Weg, die Kunden bedient und die Gäste der Chocolaterie auf ihren Heimwegen. Für heute kehrt Ruhe ein in der *Schokofee*. Das gedämpfte Licht der Lampen sperrt die dunkle, kalte Nacht aus und ein duftendes Gesteck mit drei flackernden Kerzen auf dem Tisch lässt mich zum ersten Mal in diesem Jahr voller Erwartung an Weihnachten denken.

»Ich freue mich so sehr auf meine Hochzeit.« Entspannt streckt Vianne ihre Beine aus und blickt lächelnd in die Kerzenflammen.

»Eine Weihnachtshochzeit, wie ich dich beneide.«

Vianne sieht zu mir hin. »Das kannst du auch haben.«

Ich winke ab. »Das hat Zeit. Es gibt einfach viel zu viel zu tun. Wusstest du übrigens, dass Gisela und Holger dieses Jahr Weihnachten ihren vierzigsten Hochzeitstag feiern? Da muss ich mir unbedingt noch etwas Tolles ausdenken.«

Vianne schüttelt den Kopf. »Wie lange willst du denn noch warten? Lukas und du, ihr seid jetzt seit einenhalb Jahren verlobt. Zeit genug, würde ich sagen.«

»Lukas und ich feiern lieber erst einmal deine Hochzeit, jetzt bist du dran.« Energisch greife ich nach dem Skizzenblock und einem Bleistift auf dem Tisch. »Also, es ist schon mal klar, dass wir für deine Riesenhochzeit einen riesigen Sweet Table brauchen. Es bleibt dabei, dass Miela ihre großartigen Macarons zaubert?«

»Ja, sie will sogar unsere Hochzeitstorte daraus basteln.« Vianne tippt auf ihrem Pad herum und zeigt es mir. »So ungefähr soll die Macarontorte aussehen.«

»Cool.« In der Skizze türmen sich bunte Macarons zu einem Kunstwerk auf. Das Ganze sieht so lecker aus, dass ich am liebsten in das Bild hineingreifen und eine Handvoll der süßen Leckereien herauspflücken möchte. »Aber nicht unbedingt die typische Hochzeitstorte.«

»Ich bin ja auch keine typische Braut.«

»Oh nein! Das bist du in der Tat nicht.« Mein Bruder schließt ordentlich die Eingangstür hinter sich, deutet eine Verbeugung vor Vianne an und küsst ihr formvollendet die Hand. Für mich hat er immerhin einen Gruß in Form eines diffusen Winkens übrig.

Aufrecht und mit übereinandergeschlagenen Beinen setzt er sich zu uns. Ich kenne keinen Mann außer ihm, der so sitzt. Er schmult auf die Notizen in meinen Händen. »Hochzeitsvorbereitungen? Da kannst du noch eine Menge von Vianne lernen, kleine Schwester.«

Ich stehe auf und sehe meinen Bruder auffordernd an. »Bist du nicht wegen etwas Anderem hier?«

»Orélie ist noch unterwegs, also keine Eile.«

»Du könntest die Zeit nutzen für, sagen wir mal, Ambiente schaffende Vorbereitungen.« Wie kann mein

Bruder nur so die Ruhe weghaben? An seiner Stelle würde ich auf Knien zu Hause auf meine Frau warten.

»So schlimm ist es ja nun auch wieder nicht.« Gechillt verschränkt er die Hände hinter dem Kopf.

»Das hat sich vorhin aber ganz anders angehört.« Genervt wuschele ich ihm durch die Haare. Sehr zu seinem Leidwesen hat er genauso dickes, schokobraunes Haar wie alle in unserer Familie, und dieses lässt sich schlecht bis gar nicht bändigen. Für ihn der einzige Makel an seinem ansonsten makellosen Auftreten.

Da ich die Sache mit ihm und Orélie nicht ganz so entspannt sehe, hole ich das Geschenk für seine Frau und nötige ihn schließlich, aufzustehen, nach Hause zu fahren und einen netten Abend für die beiden vorzubereiten.

»Aber wir haben es nett zu Hause.« Mein Bruder sieht mich verständnislos an, als ich ihm die Tür öffne. »Orélie hat doch alles.«

»Ja, außer dich.« Dass ein intelligenter Mann wie mein Bruder nur so liebesdumm sein kann!

»Das ist unlogisch. Wir sind seit Jahren verheiratet.«

»Ja genau, und damit, dass du ihr einen Ring an den Finger gesteckt hast, endet deine Anwesenheitspflicht zu Hause nicht.«

Indigniert richtet er seine keineswegs schiefsitzende Krawatte. »Wir arbeiten nun mal alle sehr gern sehr viel. Das solltest du am besten wissen, oder warum bist du noch nicht zu Hause bei deinem Lukas, wenn doch die Chocolaterie schon längst geschlossen hat?«

»Das ist etwas völlig anderes!«

»Mit dieser Erklärung sollte mir mal einer vor Gericht kommen!« Schwungvoll drückt mir August einen

Schmatzer auf die Stirn und hält das rote, herzförmige Geschenk hoch. »Danke dafür, du bist die Beste.«

»Nimm dir mal ausgiebig Zeit für deine Frau, das wird auch dir guttun.« Mit einem Winken schließe ich die Tür der *Schokofee* und husche fröstelnd zurück zu Vianne, die es sich mit hochgezogenen Beinen auf dem Sessel gemütlich gemacht hat und auf ihrem Pad malt. »So, und nun weiter mit deinem Sweet Table.«

Vianne dreht das Pad zu mir, ihre Augen funkeln. »So soll mein süßer Tisch für die Hochzeit aussehen.«

»Wow! Das sind aber drei Tische.«

»Keine Sorge, der eine Tisch ist für Mielas Macarontorte und der andere wird von Bille mit Puddings und Cremes gefüllt.« Vianne tippt mit dem Touchpen hier und dort auf die Skizze und die leeren Schüsseln füllen sich wie von Zauberhand mit Inhalten. Ich rieche regelrecht die süßen Desserts.

»Also darf ich den größten Tisch füllen.«

Vianne lässt den Stift sinken und sieht mich an. »Bitte Julie, wenn dir das alles zu viel ist, sage es. Ich möchte unbedingt, dass meine Hochzeit auch für dich eine tolle Feier wird. Ich will nicht, dass du dich für den Sweet Table zerreißt.«

Theatralisch lege ich mir die Hand auf die Brust. »Ich verspreche dir hoch und heilig, dass du mich ganz und in vollen Stücken auf deiner Hochzeit vorfinden wirst, und das zusammen mit dem großartigsten Sweet Table aller Zeiten. Auch wenn dieser süße Tisch alle üblichen Maße sprengt und größer ist als mein gemütliches Häuschen mit dem windschiefen Dach. Ahhh!« Entsetzt springe ich auf und sehe mich nach einer Uhr um, wohl wissend, dass es im Wintergarten keine gibt. »Wie spät ist es?«

Vianne schaut auf das Pad. »Kurz nach halb neun. Was hast du denn nun wieder vergessen?«

»Versicherungsmenschen sind jetzt vermutlich nicht mehr im Dienst, oder?« Ich kräusele die Nase. Vielleicht gibt es ja einen Spätdienst?

»Vermutlich nicht. Ist in deinem Haus nun endgültig das Licht ausgegangen?« Vianne schaltet das Pad aus und räumt die Unterlagen in ihre Tasche.

Ich weiß, der Spruch ist witzig gemeint, aber er trifft mich bitterernst. »Es kann ja nicht jede in einer sieben Trilliarden teuren Wannseevilla wohnen!«

»Jetzt verschätzt du dich aber, meine Liebe. Meine Villa ist mindestens zwölf Trilliarden wert.«

»Sorry«, murmele ich. »Aber manchmal wächst mir für einen Moment alles über den Kopf.«

Vianne steht auf und umarmt mich fest. »Das meinte ich vorhin mit dem Sweet Table. Ich weiß, du willst ihn von Herzen gern machen, aber ich weiß auch, wie viel Arbeit dich das kosten wird.«

»Das ist keine Arbeit«, murmele ich an ihrem duftenden Hals. Mmh, erdbeerig.

»Doch, das ist Arbeit, Julie. Und das solltest du schleunigst zur Kenntnis nehmen. Verstehe mich nicht falsch, ich freue mich, dass dir dein Job so viel Freude macht, aber am Ende des Tages ist es nur ein Job!«

Ihre Worte treffen mich und ich winde mich aus ihrer Umarmung. »Sagst du das deinen Angestellten auch?«

Ernst nickt Vianne. »Ja. Und vor allem sage ich es mir selbst.«

Kapitel 5

O wie Oh nein

Othello-Praline
Dicke, cremig geschmolzene, dunkle Schokolade vereint sich mit einem kräftigen Espresso, umhüllt von einem zartbitteren Schokoladengewand, bestäubt mit feinstem Kakao und Zimt.

»Sehen wir uns morgen?« Aufatmend lasse ich den schweren Rucksack von meiner Schulter auf den Boden der Eingangshalle des Schlosses gleiten. Mit dem Fuß schiebe ich ihn hinter die Säule mit dem Kopf irgendeines Vorvorfahrens von Gisela. Oder von Holger? Egal. Ich kenne ihn nicht persönlich und bin auch froh darüber, so grimmig, wie er in die Eingangshalle blickt. Ich wechsele mein Handy in die andere Hand, um mir die Schulter besser lockern zu können. »Sorry Lukas, was hast du gesagt?«

»Ich sagte, wir können uns jederzeit treffen. Das Wochenende gehört ganz uns. Außerdem sind wir ohnehin verabredet.«

»Oh! Der Spieleabend, richtig?« Ich verziehe den Mund, als hätte ich Zahnweh. Es fühlt sich auch wirklich ein bisschen danach an.

Lukas seufzt und ich kann seine ausgeprägten Stirnfalten dabei regelrecht vor mir sehen. »Du hast es vergessen.«

»Sorry«, piepse ich.

»Das sagtest du gerade schon. Die letzten beiden Male warst du leider auch nicht dabei, du verpasst echt was. Allein wie sich Sunny jedes Mal die Regeln zurechtbiegt hat großen Schauwert. Was Tom ihr natürlich nicht durchgehen lässt, was Claire daraufhin mit irgendeinem ihrer Frag-mich-nicht-Superkaffees zu schlichten versucht und Miela mit einer wilden Teemischung dagegenhält. Tobias, Henrik und ich haben uns beim letzten Mal gefühlt wie in der ersten Reihe eines Comedyclubs. Das war echt witzig.«

Oh ja, das kann ich mir gut vorstellen. »Samstagabend, richtig?«

»Jep.«

»Sorry, das schaffe ich nicht. Ich habe versprochen, Mama morgen bei ihrem Umzug zu helfen.«

»Selda zieht schon wieder um? Davon hast du mir gar nichts erzählt. Ich kann euch gern helfen.«

Katzengefauche lenkt meinen Blick weg von der Vorvorfahrenstatue und hin zu der Truhe neben dem Salon, wo Nörgi gerade einen bilderbuchreifen Katzenbuckel vollführt. Was seinen kleinen Bruder Piepsi wenig bis gar nicht interessiert, denn der angelt weiter begeistert nach dem buschigen Schwanz des Älteren. »Nörgi wird gerade wieder von Piepsi als Spielzeug zweckentfremdet.«

Lukas lacht dröhnend. »Dann geh mal lieber Streit schlichten. Ich muss jetzt ohnehin los, die ersten Schüler schlurfen schon rein. Und wie gesagt, meldet euch bitte, wenn ich beim Umzug mitanpacken kann. Wenn nicht, sehen wir uns Sonntag?«

»Genau. Und ich habe nicht vergessen, dass der Sonntag ganz unserer Hochzeit gehören wird!«

Demonstrativ hüstelt Lukas. »Feine Julie.«

Lachend stecke ich das Telefon in die hintere Jeanstasche und will eben zu Nörgis Rettung eilen, da schlappt Enno aus dem Salon und trennt die beiden Kater, indem er Piepsi auf den Arm nimmt und das rostrote Fell krault.

»Guten Morgen, Enno. Wie geht es deiner Stimme?« Ich streichele Nörgi über den Kopf, der sofort sein Schnurren anschmeißt und sich wieder in seine Schlafposition kringelt.

Enno winkt ab, was Piepsi als Gelegenheit zum Herunterspringen nutzt. Weg ist er. Auf zu neuen Schandtaten.

»Warst du mal beim Arzt?«

Nun winkt Enno mit beiden Händen ab und schlägt sich auf die Brust.

»Ah, ich verstehe, du bist natürlich nicht krank.« Schmunzelnd wackele ich mit dem Zeigefinger. »Verschlepp es nur nicht. Noch eine Führung möchte ich mir nicht aufbrummen lassen, ich habe genug zu tun.«

Enno deutet eine Verbeugung an, tippt sich an die Schiebermütze und geht zurück in den Salon. Dort dongt gerade tief und dröhnend die uralte Standuhr und macht mir mit ihren acht Schlägen Beine.

Mit überhöhter Geschwindigkeit schlittere ich in die Schlossküche. Bille wirbelt am Herd mit einem halben Dutzend Bratpfannen, aus denen mir ein Geruch entgegenweht, der meinen Bauch so richtig laut nach Futter brummen lässt.

Bille sieht auf und bedeutet mir mit einer Kopfbewegung hereinzukommen. »Hunger?«

»Und wie. Mein Kühlschrank ist leerer als die Kühlschränke in den Möbelhäusern. Guten Morgen übrigens.« Schnuppernd linse ich Bille über die Schulter. »Wie dieser Speck duftet.«

»Morgen, dir auch. Setz dich, ich bringe dir gleich einen Teller. Eier mit Speck und Toast?«

»Gern, ich nehme alles, was ich kriegen kann.«

Bille sieht mich mit gerunzelter Stirn an. »Oder möchtest du etwas anderes? Ich kann dir auch Spiegeleier braten oder einen strammen Max?«

»Och, mir reicht mein strammer Lukas zu Hause.«

Bille sieht jetzt ehrlich entsetzt aus, denn zu ihrer gefurchten Stirn zieht sie die Mundwinkel nach unten.

Entschuldigend hebe ich die Hände. Ich vergesse immer wieder, wie schüchtern sie ist. »Alles gut, Eier mit Speck und Toast wären großartig, danke.«

Bille starrt mich noch einen Moment an, während sie routiniert, ohne hinzusehen, weiter in den diversen Pfannen vor sich rührt.

»Ehrlich.«

Beim Anrichten meines Tellers murmelt Bille vor sich hin. Unsicher, ob sie sich von jedem Stück Essen einzeln verabschiedet, versuche ich, nicht allzu genau hinzuhören. Sonst würde es mir vermutlich nicht mehr schmecken, das wäre ja fast so, als würde ich ihre Kinder aufmampfen.

Doch als das saftige, goldene Rührei mit dem knusprigen Speck erst einmal vor mir steht, gibt es kein Halten mehr. Das ist so lecker. Und auch wenn Schokolade mein Grundnahrungsmittel ist, so kommt eine fluffige Eierspeise knapp dahinter.

»Aber bitte, Frau Blum, so schlingen Sie doch nicht so undamenhaft.« Pikiert klemmt sich Fräulein Lotte den Kneifer auf die Nase und betrachtet mich durch die tadellos polierten Gläser. »Und sitzen Sie gerade, bitte.«

Du meine Güte, hat sie sich soeben aus dem Nichts in dieser Küche materialisiert? Vor Schreck verschlucke ich mich an einem – zugegebenermaßen mehr als übergroßen – Happs mit Ei. Und Speck obendrauf.

Bille ihrerseits steht sogleich stramm, nachdem sie ihren Rührlöffel in eine Pfanne geschmissen hat. Nur sind nun leider ihre Hände frei und so muss die arme Schürze vor ihrem Bauch dran glauben.

Kopfschüttelnd lässt mich Fräulein Lotte husten und wendet sich an Bille. »Bitte Frau Viersturm, die Gäste warten auf ihr Rührei. Wenn Sie Ihre persönlichen Gustationen bitte zurückstellen könnten und endlich die Teller für unsere Gäste herrichten würden, wäre ich Ihnen sehr dankbar.«

Hektisch greift Bille nach einem Stapel Teller. »Ich bin schon dabei, das Ei aufzutun. Aber es muss doch perfekt sein.«

»Ich erwarte nichts anderes von Ihnen, Frau Viersturm, bitte.« Sagts und rauscht mit einem Seitenblick auf mich aus der Küche.

Bille und ich atmen hörbar aus und sacken in uns zusammen. Schnell futtere ich die letzten Reste von meinem Teller und stehe noch im Kauen auf. »Sorry, dass ich dich gestört habe, ich wusste nicht, dass Fräulein Lotte auf dich wartet.« Innerlich verdrehe ich die

Augen. Wenn ich heute noch ein einziges Mal sorry sage, zwicke ich mich selbst, und zwar irgendwo, wo es wirklich wehtut.

Als wäre sie gerade nicht ein zitterndes Bündel gewesen, bereitet Bille flink die Teller vor. Und sie macht das so appetitlich, dass ich in Versuchung gerate, ihr einen davon abzuschwatzen. »Oh nein, Julie! Du brauchst gar nicht so zu schauen. Die hier sind für die Gäste. Aber ich brutzele dir gern noch einen Nachschlag.«

Ich winke ab. »Vielen Dank für das leckere Frühstück, ich muss rüber in die *Schokofee*. Und lass dich nicht von Lotte fressen.«

Mit geweiteten Augen sieht mich Bille an.

»Sorry, ich wollte dich nicht erschrecken, war nur ein Spaß.« Ah! Beim nächsten Mal zwicke ich mich ganz bestimmt.

Bille schiebt mir den Servierwagen hin. »Nimmst du ihn gleich mit hoch zu Fräulein Lotte? Biiitte.«

Ehe ich mir eine halbplausible Ausrede überlegen kann, warum ich dies leider, leider nicht tun kann, klingelt mein Telefon. Ich reiße es mir aus der Tasche, hebe entschuldigend die Schultern und bin raus aus der Küche.

»Hey Lukas, du bist der perfekte Mann für mich.« Lachend sprinte ich durch den Flur zur Eingangshalle. »Einen besseren Zeitpunkt für deinen Anruf hättest du nicht wählen können.«

»Ich kanns halt. Will ich wissen, warum ich so perfekt bin und vor allem, warum du so außer Atem bist?«

»Och, nichts Besonderes. Nur mein Freitagslover und ich. Du weißt schon.« An der Säule des Vorvorfahren angekommen, suche ich nach meinem Rucksack. Vergeblich. Habe ich ihn woanders hingelegt?

»Na dann, aber bitte tut nichts, was wir nicht auch tun würden.« Ich höre Lukas' Lächeln in seiner Stimme und fühle mich von ihm umarmt. »Eigentlich will ich dich nur ganz schnell daran erinnern, dass du bitte an die Liste von Julia denkst, die sie für unsere Hochzeit schon mal erstellt hat. Dann müssen wir nicht ganz bei Null anfangen.«

Nach der zweiten Umrundung der Säule bleibe ich stehen und sehe mich noch immer nach meinem Rucksack um. Eine dunkle Vorahnung bemächtigt sich meiner kleinen Seele. »Und die Liste habe ich noch einmal genau wo?«, frage ich vorsichtig bei Lukas nach. »Und verdrehe jetzt bloß nicht die Augen!«

Lukas schweigt für einen Moment, ich vermute, er sammelt Contenance. Ganz viel, extra für mich. Aber deswegen liebe ich ihn auch so sehr. »Du triffst dich morgen mit Julia im Hotel *Calla* wegen des Sweet Table einer ihrer Promikundinnen.«

»Ah ja, richtig. Das habe ich nicht vergessen.«

»Gewusst hast du es aber auch nicht mehr.«

»Tschüssi, hab dich lieb.«

»Und ich dich erst mal.«

Grinsend stecke ich das Telefon zurück in die Tasche. Doch das Grinsen vergeht mir ganz schnell. Aus dem Speisezimmer schreitet Fräulein Lotte, und als sie mich sieht, verwandelt sich ihr Gesicht in einen einzigen Vorwurf. »Frau Blum, bitte!« Mit einer kaum merkbaren Geste ihrer Hand zitiert sie mich zu sich heran und zeigt auf die Truhe, die an der Wand zwischen dem

Speiseraum und dem Salon thront. »Was bitte meinen Sie, ist dieses edle Stück hier?«

Ist das eine Fangfrage? Muss ich jetzt wirklich antworten? »Eine Truhe?«, versuche ich es ganz allgemein.

»Dies Möbelstück datiert zurück auf das Jahr 1615! Es beinhaltete einst die Aussteuer Ihrer Durchlaucht Estelle Leonore Charlotte Adrienne.« Fräulein Lotte sieht mich über ihren Kneifer hinweg an. Sie hätte gut und gern auch Geschichtslehrerin werden können.

Gehorsam nicke ich. »Das ist furchtbar interessant, aber ich muss jetzt wirklich rüber in die Chocolaterie, Schokolade machen und so, Sie wissen schon.«

Fräulein Lotte hält mich mit erhobenem Zeigefinger zurück. »Nein, das weiß ich nicht. Und bitte unterlassen Sie das furchtbar vor dem interessant. Interessant genügt vollkommen. Anscheinend sind Sie sich nicht des ideellen Wertes dieses Möbelstückes bewusst.«

Damit klappt sie den Deckel der Truhe hoch und greift nach meinem Mantel, den ich letztens vor meiner Schlossführung dort hineingeschmissen hatte. Schön, dass er wieder da ist. Und auch meine rosa Bommelmütze kommt zum Vorschein, zusammen mit meinem selbst gestrickten, roten Lieblingsschal. Das war auch ein tolles Hobby letzten Winter!

Froh, meine schönen Sachen wiedergefunden zu haben, nehme ich sie Fräulein Lotte ab. »Sie haben nicht auch ganz zufällig meinen Rucksack gefunden?«

Offensichtlich bin ich keines Wortes mehr würdig, denn sie seufzt nur abgrundtief und bedeutet mir, ihr zu der Kammer hinter der Treppe zu folgen. Dort holt sie meinen Rucksack heraus. Und eine Glasschale, in der ich üblicherweise bunte Schokolinsen aufbewahre.

Und ein Paar grasgrüne Gummistiefel. Stimmt! Die habe ich im Sommer getragen, als ich mich zusammen mit Enno meinem neuen Sommerhobby, der Gärtnerei, hingegeben habe.

»Die Säule mit seiner Durchlaucht Frederik ist keine Abstellgelegenheit für Rucksäcke, bitte! Nicht gestern, nicht heute und auch nicht in Zukunft! Genauso wie der Kaminsims nicht dazu gedacht ist, mit Glasschalen aus einer modernen Epoche verunziert zu werden!«

Und vermutlich gehören grasgrüne Gummistiefel auch nicht zum Trocknen vor den Kamin gestellt, es sei denn, sie sind mindestens vierhundertfünfzig Jahre alt.

Nun mehr als ausreichend bepackt trete ich schleunigst den Rückweg an. »Danke sehr, Fräulein Lotte. Das kommt alles nicht wieder vor. Versprochen.«

»Liebe Frau Blum, Sie sollten nichts versprechen, was Sie nicht halten können! Und nun entschuldigen Sie mich bitte.« Sie nickt mir huldvoll zu und schreitet von dannen, in Richtung der Schlossküche, wo vermutlich Bille mit den fertigen Tellern auf der Türschwelle kauert.

Schnellen Fußes durchquere ich die Halle, um endlich in die *Schokofee* zu gehen.

»Julie! Guten Morgen.«

Da ich die Stimme gut kenne, sie aber nicht hierhergehört, drehe ich mich mit einem Ruck um. Und tatsächlich schreitet gerade Orélie seelenruhig die Freitreppe herab.

»Was machst du denn hier?« Vor Schreck fällt einer der Gummistiefel auf den Steinboden. Noch immer vollbepackt, versuche ich abzuwinken, wodurch mir der Mantel vom Arm rutscht. »Nein! Sag es mir nicht, ich will es gar nicht wissen.«

Mit spöttisch verzogenen Mundwinkeln grinst mich meine Schwägerin an, während sie auf mich zuläuft. »Dann kennst du die Antwort auf deine Frage anscheinend selbst.«

»August hats vermasselt, richtig?« Genervt lasse ich den Rest meiner wiedergefundenen Sachen auf den Boden fallen und stemme die Hände in die Taille.

Orélie zieht die Augenbrauen hoch, die im selben dunkelroten Ton schimmern wie ihre Haarpracht. »Wenn du unseren Abend gestern meinst, dann hat er es definitiv vermasselt. Wenn du unseren Hochzeitstag meinst, dann hat er auch diesen vermasselt. Und wenn ich hinzufügen darf, eigentlich hat er unsere ganze Ehe vermasselt.«

Ich schlucke schwer bei ihren harten Worten. Doch Orélie ist nicht unbedingt für ihre Sanftmut bekannt, das muss alles noch gar nichts heißen.

»Frau Blum! Ich muss doch wohl sehr bitten!« Fräulein Lotte rast quer durch die Halle auf mich und Orélie zu und zeigt mit beiden Händen auf den nicht unbeträchtlichen Haufen zu unseren Füßen. Bille nutzt die Gelegenheit und flitzt mit dem Servierwagen hinter der Hausdame in den Speiseraum.

»Ähm, sorry, die Sachen sind mir gerade runtergefallen.« Um Schadensbegrenzung bemüht, klaube ich sie hektisch vom Boden.

»Wenn unsere Schlossgäste diese Unordnung sehen! Das geht ja nun wirklich nicht!« Der Spitzenbesatz am Hals von Fräulein Lottes Bluse zittert heftig, als würde ihr Puls mächtig dagegen donnern.

Orélie hilft mir beim Aufheben. »Da ich gerade der einzige Gast bin, der diese *Unordnung* sieht, habe wir ja nun kein Drama hier!«

Fräulein Lotte schließt für einen Moment die Augen. »Wie Sie meinen, Frau Dupont. Wenn Sie mir bitte folgen mögen, das Frühstück wurde im Speisesalon serviert.«

Orélie schüttelt schwungvoll den Kopf. »Nein danke, ich helfe Julie beim Tragen und in der Chocolaterie findet sich sicherlich etwas Essbares für mich.«

Pikiert klemmt sich Fräulein Lotte den Kneifer auf die Nase und nickt Orélie huldvoll zu. »Wie Sie bitte meinen. Sie entschuldigen mich.«

Kopfschüttelnd sehen wir ihr hinterher, ehe wir uns schleunigst aus dem Schloss begeben.

»Allzu viel Frühstückssachen kann ich dir in der *Schokofee* leider nicht anbieten. Ich könnte aber Bille noch etwas abschwatzen.« Fröstelnd gehe ich schneller und stemme mich dabei gegen den fiesen Ostwind.

»Nicht nötig, danke, ich habe ohnehin keinen Appetit.« Orélie nimmt mir die Gummistiefel ab, damit ich die Chocolaterie aufschließen kann.

Süße, warme Luft empfängt uns und trotz der Sorgen um meine Schwägerin entspanne ich mich etwas. Schnell schließe ich die Tür hinter uns. »Setz dich bitte, ich bringe nur schnell die Sachen ins Büro. Was hältst du von einer heißen Schokolade und ein paar Rosencookies dazu?«

»Hört sich prima an, danke.« Damit drückt sie mir die Sachen, die sie getragen hat, in die Arme und setzt sich auf einen Sessel, von dem aus sie durch das große Fenster das Schloss anstarrt. Sie sieht klein aus, so allein da vor den Kakaopflanzen des Wintergartens.

Ich beeile mich, fürchte mich aber auch davor, was mir Orélie gleich erzählen wird. Es sieht ihr überhaupt nicht ähnlich, vor irgendetwas – oder irgendwem – davon zu laufen. Schon gar nicht vor meinem Bruder.

Mit zwei dampfenden Tassen voller Schokoglück gehe ich zurück zu ihr und setze mich ihr gegenüber auf die vorderste Kante des Sessels.

»Danke dir. Aber du musst dir meinetwegen bitte nicht so viele Umstände machen, du hast genug andere Dinge zu erledigen.« Mit einem zaghaften Lächeln auf den Lippen umschlingt sie die Tasse.

Ich tue es ihr gleich und genieße die angenehme Wärme, die durch das dickwandige Porzellan zu spüren ist. »Du machst mir keine Umstände und die anderen tausend Dinge können getrost warten. Mir ist noch nie eine Arbeit davongelaufen.« Aufmunternd sehe ich meine Schwägerin an. »An dieser Stelle solltest du jetzt wenigstens ein wenig lächeln. Komm schon, was immer es ist, wir lösen das mit einem guten Stück Schokolade.«

»Ich befürchte, dieses Mal reicht kein Stück Schokolade.« Orélie blickt von ihrer Tasse auf. »Ich lasse mich von August scheiden.«

Kapitel 6

L wie Lieber

Limetten-Schokolade
Fruchtige, frische, herbe Limette, eingebettet in eine
zuckersüße Fondantcreme, umschlossen von feinster
Zartbitterschokolade – perfekt für den Sommer zum
Glücklichsein, perfekt für den Winter zum Träumen.

Heftig stelle ich meine Tasse zurück auf die Untertasse, die beiden Porzellanstücke klirren empört. Ich sehe an Orélie vorbei zur Schokobar, wo noch immer das alte Rezeptbuch aufgeschlagen liegt. Genauso, wie ich es gestern verlassen habe, nachdem ich Orélies Blätterkrokant-Marzipan-Trüffeln zubereitet habe.

Gänsehaut überzieht meine Arme und kriecht mir den Rücken hinunter. Kurz muss ich mich schütteln. So ein Blödsinn!

Ich zwinge mich zu lächeln. »Das meinst du doch nicht ernst! Aber damit wirst du August einen tüchtigen Schrecken einjagen. Gut so, das hat er verdient.«

Leicht schüttelt Orélie den Kopf. »Ich will ihm keinen Schrecken einjagen, Julie, ich will mich von ihm trennen.«

»Aber ihr liebt euch! Das ist doch nicht zu übersehen!« Vor Frust ruckele ich mit dem Sessel nach hinten und knalle gegen den Übertopf einer Kakaopflanze. Zum

Glück gibt es keine Scherben. Oder wäre es eher Glück, wenn es Scherben geben würde?

Orélie dreht ihre Tasse in den Händen hin und her. »Seine Liebe ist nicht mehr meine Liebe. Irgendwie haben wir beide unseren gemeinsamen Weg aus den Augen verloren.«

»Dann schlagt ihr euch halt mal eine Weile durchs Gebüsch und sucht euch einen neuen Weg! Weißt du eigentlich, wie oft ich mich schon verlaufen habe?«

»Oh ja, das weiß ich nur zu gut. Deinetwegen sind wir damals in Salzburg am Busbahnhof gelandet statt am Hauptbahnhof. Unser Zug nach Wien war natürlich weg.« Orélie kräuselt die Nase und schaut an mir vorbei aus dem Fenster.

Grinsend folge ich ihrem Blick. Das war ein lustiger Trip. Orélie und ich, zusammen mit Lukas und August, hatten so viel Spaß. Das kann doch nicht einfach verpuffen. »Magst du mir erzählen, was gestern Abend bei euch los war?«

»Nichts war los! Wie immer!« Schwungvoll schmeißt Orélie die Arme in die Luft. »August hat mich mal wieder sitzen gelassen. Stundenlang saß ich im *Jules Verne Berlin* am Potsdamer Platz und habe auf ihn gewartet! Aber hat sich der Herr blicken lassen – jusque là, non! Est ce que le type s'est montré ?? Non, bien sûr que non! Je pensais vraiment que on passerait envore une belle soirèe ensemble, que nous irions dîner, seulement nous deux, plein d'attention l'un pour l'autre ...«

»Ähm, Orélie«, bremse ich meine Schwägerin, »du hast gerade wieder ins Französische gewechselt. Du weißt ja, mein Französisch beschränkt sich auf oui und non ...«

»Ô mon Dieu! Dann lerne es halt endlich mal! Du hast doch sonst jede Woche ein neues Hobby.«

Pikiert presse ich die Lippen aufeinander und lehne mich mit verschränkten Armen im Sessel zurück.

»Pardon, Julie. Ich bin sauer auf August und nicht auf dich. Aber es ist so frustrierend. Seit wir verheiratet sind, geht alles andere vor. Ich habe in seinem Leben überhaupt keine Priorität mehr. Es ist, als hätte er mich mit unserer Hochzeit als sein Projekt abgestempelt und zu den Akten gelegt. Das ertrage ich nicht länger.« Orélies dunkelgrüne Augen glänzen, während sie mich traurig ansieht.

»Hast du ihm das mal gesagt?«

Orélie seufzt. »Mehrfach. Auf Deutsch und auf Französisch.«

»Vielleicht reicht Augusts Französisch in diesem besonderen Fall nicht aus.« Langsam lasse ich die Arme sinken und sehe Orélie eindringlich an. »Er liebt dich, das weiß ich genau. Und du bist ganz sicher nicht nur ein beendetes Projekt für meinen Bruder. Er ist halt nicht unbedingt der größte Romantiker auf der Erde.«

»Das bin ich doch auch nicht. Ich erwarte auch keine roten Rosen im Mondschein von ihm, doch ich erwarte, dass er mich sieht und hört. Und auf mein Hochzeitsgeschenk wenigstens reagiert und es nicht völlig ignoriert.«

Dagegen gibt es nichts zu sagen. Das Miteinander mit Lukas ist es auch, das unsere Beziehung so gut trägt. Nur neben ihm herzuleben wäre definitiv zu wenig. Ratlos sehe ich aus dem Fenster. Gisela läuft gerade mit den tobenden Hunden über den Schlossvorplatz, wäh-

rend der Wind ihr immer wieder die Kapuze des Loden-
mantels vom Kopf pustet.

Ich darf nicht vergessen, heute nach Ladenschluss ins
Schloss zu gehen, um die Planungen für den Weihnachtsball am dritten Advent anzugehen. Den Termin
habe ich schon zweimal verschoben. Aber es ist ja noch
Zeit, drei Wochen sind lang. Und von Weihnachten ist
weit und breit nichts zu sehen. Jetzt ist erst einmal
Orélie wichtig. Und die Schokobananen, die ich noch
bis heute Nachmittag fertig machen muss.

Orélie erhebt sich und stellt unsere leeren Tassen auf
ein Tablett. »Entschuldige, du hast zu tun. Ich will dich
nicht länger aufhalten.«

Erst jetzt wird mir bewusst, dass ich mit den Fingern
unruhig auf meinen Beinen herumklopfe. Schnell
springe ich auf und nehme Orélie das Tablett ab. »Nein,
nein, alles gut. Ich überlege nur. Es tut mir so schrecklich leid für dich und August.«

»Es muss dir nicht leidtun, schließlich ist es August,
der von mir erwartet hat, ihm einen Hahn im Wein zu
servieren, anstatt mich mit ihm im Restaurant verwöhnen zu lassen.«

Hahn im Wein? Ich ziehe die Stirn kraus. »Was
meinst du?«

»Coq au Vin.« Orélie blinzelt mich mit aufgerissenen
Augen an und fuchtelt mit dem Zeigefinger vor meiner
Brust herum. »Dein Herr Bruder war der überzeugten
Meinung, ich hätte ihm gesagt, als wir uns verabredet
haben, dass ich uns ein – ich zitiere – köstliches Coq au
Vin kochen würde. Er war ganz und gar nicht der Mei-
nung, dass ich gesagt hätte, dass wir uns ein köstliches
Mahl im *Jules Verne Berlin* gönnen würden!«

Nachdenklich kräusele ich die Nase. »Und es kann nicht ganz zufällig sein, dass du in deinem Überschwang für köstliches französisches Essen vielleicht zu dem Zeitpunkt wieder Französisch gesprochen hast?«

»Bah!« Orélie zuckt mit den Schultern. »Quoi qu'il en soit.«

»Du sprichst ziemlich schnell Französisch ...« Da kann *Coq au Vin* und *Jules Verne* schon mal verschmelzen. Zumindest in meiner Hörwelt. Und vermutlich auch in der meines Bruders, vor allem, wenn er nicht bei der Sache ist.

»Wie auch immer, Julie, so möchte ich nicht weiter in meiner Ehe leben. Ich habe es verdient, aufmerksam behandelt zu werden und ...« Orélie unterbricht sich und umarmt mich hektisch. »Ich muss los. Wir sehen uns.«

Ich halte meine Schwägerin am Arm zurück und warte, dass sie mich ansieht. »Was und?«

»Ich weiß es auch nicht so genau. Es ist eigentlich nichts. Manchmal bin ich nur so eine rührselige Heulsuse und fühle mich irgendwie einsam.«

»Du hast Heimweh, oder?« Sanft umarme ich sie und spüre an meiner Wange, wie sie nickt.

Gefühlte tausend Schokobananen für einen bananenverrückten Kunden später schließe ich die *Schokofee* ab und laufe durch den dunklen Spätnachmittag zum Schloss. So ganz bei der Sache war ich heute nicht in meiner Chocolaterie. Es kommt selten vor, dass ich der Uhr über dem Durchgang viel Aufmerksamkeit widme, doch heute sind die Zeiger viel zu langsam umeinander geschlichen. Ein wenig besser wurde es, als ich das alte Schokorezeptbuch zugeklappt und zurück in die Truhe gesperrt habe.

Ich will nicht, dass sich Orélie und August scheiden lassen! Dann gäbe es in unserer Familie nur noch ein verheiratetes Paar und das wären May und Ole. Und meine Schwester benimmt sich aktuell nicht unbedingt eheschonend.

Ich muss handeln! Dringend! Wenn ich mich recht entsinne, kommt May dieses Wochenende nach Berlin und bis dahin muss ich mit der Schokoüberraschung für Ole fertig sein. Nicht, dass sich die beiden auch noch in die Haare kriegen.

Und dann muss ich mich um Orélie und August kümmern. Ich lasse nicht zu, dass sie auseinandergehen. In meinen Augen haben sie dazu absolut keinen Grund. Ich muss meinem Bruder nur gehörig den Kopf waschen. Und mir eine nette Idee ausdenken.

»Piepsi!« Mein Herz hämmert mir in der Brust, als ich zur Seite springe. Der Kater ist aus einem Busch neben dem Weg hervorgeschossen und wuselt mir nun vor den Füßen umher. »Was machst du denn noch hier draußen in der Kälte? Na komm, ich nehme dich mit rein.«

Doch die Absichten des Katers decken sich nicht mit meinen und mit großen Sprüngen verschwindet der rote Teufel unter dem nächsten Busch.

Dann eben nicht. Kopfschüttelnd lege ich die letzten Meter zum Eingangstor zurück und schlüpfe ins warme Schloss. Goldenes Licht erhellt die Eingangshalle und setzt die Freitreppe in Szene. Aus dem Salon flattern mir Stimmengemurmel und Lachen entgegen, doch ich gehe an der offenen Tür vorbei zum Ballsaal.

Das dezente Licht an den Seiten des Saales spiegelt sich in dem polierten Bodenparkett und verzaubert den großzügigen Raum. Die gegenüberliegende Seite besteht aus einer Fensterfront, hinter der eine Terrasse liegt und von wo aus man im Hellen über eine sanft abfallende Wiese den Wannsee sehen kann.

»Hi, sorry, dass ich zu spät bin.« Da ich damit rechnete, habe ich vorhin extra mehr Bananengelee angerührt und in saftige Schokobananen verwandelt. Mit einer Vollbremsung komme ich vor Gisela, Holger und Fräulein Lotte zum Stehen, öffne die Dose mit der Herrlichkeit und reiche sie herum. Mmh, wie die Nascherei duftet, fruchtig und süß und aromatisch nach ursprünglichem Lacandón-Kakao, wie es ihn nur im Süden Mexikos gibt. Genießerisch gönne ich mir selbst eine Schokobanane und sie zergeht mir auf der Zunge.

Gisela und Holger greifen beherzt zu und lassen sich nicht zweimal bitten, während Fräulein Lotte gediegen den Kopf schüttelt. »Bitte, Frau Blum, ich schlinge doch Ihre köstliche Schokolade nicht im Stehen herunter. Und so ganz ohne adäquaten Teller, nicht einmal eine Serviette bieten Sie mir an. So geht das nicht!«

Na, dann halt nicht. Gönne ich mir eben noch eine zweite Schokobanane. Und Gisela und Holger sich jeweils eine vierte und fünfte.

Zufrieden mit meiner Schokowelt stelle ich die Dose auf einen der Beistelltische, die in regelmäßigen Abständen an der Wand mit der cremefarbenen Seidentapete stehen. Fräulein Lotte setzt sich ihren Zwicker auf die Nase und mustert mich.

Entschuldigend hebe ich die Hände. »Ich nehme die Dose nachher mit. Versprochen.«

»Wie Sie meinen, Frau Blum.«

Gisela grinst hinter Fräulein Lotte und amüsiert sich offensichtlich über unseren Disput. Sie hat ja auch gut lachen, ist sie doch die Einzige, bei der es nicht heißt: Aber Frau Wessner, bitte hier! Und: Aber Frau Wessner, bitte dort!

Holger rettet mich schließlich, indem er Zettel an uns verteilt, auf denen die Details zum Ball stehen. »Wie ihr alle wisst, ist dies der hundertfünfzigste Weihnachtsball des Schlosses und somit ein besonderes Jubiläum. Wir erwarten in diesem Jahr an die zweihundert Gäste, was uns vor große Herausforderungen stellt. Auch ist die mediale Aufmerksamkeit groß und neben der Presse hat sich das Fernsehen unseres Schokoballs angenommen.« Holger zwinkert mir zu und ich kann nicht anders, als ihn breit anzulächeln.

Als ich vor drei Jahren mit der *Schokofee* begonnen habe, konnte ich den damaligen Weihnachtsball mit meinen Schokoladenkreationen so rocken, dass der Weihnachtsball des *Seeschlösschens Wannsee* seitdem fast nur noch unter dem Namen Schokoball in aller Munde ist. Meine Süßigkeiten sind das perfekte i-Tüpfelchen auf den Festen und ich liebe es.

So langsam prickelt nun doch die Vorfreude auf die Weihnachtszeit in mir. Vor mir schweben Visionen empor von weißem Nugat als zartschmelzende Schneeflockenköstlichkeiten und samtig roter Granatapfelganache auf tiefdunkler Bitterschokolade. Zwar macht mir die Menge ein wenig Sorgen, aber mit Billes tatkräftiger Hilfe sollte es eigentlich hinzukriegen sein.

Und Lukas würde bestimmt auch gern helfen. Ach, wird schon. Schließlich ist dann Weihnachten und damit die magischste Zeit des Jahres.

»Soweit alles klar?«

Ich blinzele mich aus meinem Kopfballsaal zurück in den echten Ballsaal und nicke Holger unsicher zu, denn ich vermute, er hat weitergesprochen, während ich nicht mehr richtig zugehört habe. Zumindest blickt Fräulein Lotte mich streng über ihre Nase hinweg an. Nein, ich frage jetzt nicht nach. Alles Wichtige steht bestimmt auf dem Zettel in meiner Hand. Holger ist bei allem immer sehr genau. Ich nicke heftig und stimme ihm in allem zu.

»Sehr schön.« Er reibt sich zufrieden die Hände. »Ich würde sagen, wir treffen uns in einer Woche wieder und besprechen, wie weit wir mit unseren jeweiligen Aufgaben sind.«

Prima, das ging ja schneller, als ich erwartet habe. Da könnte ich eigentlich noch einmal zurück in die *Schokofee* hüpfen und mich an dem weißen Nugat für die Schneeflocken versuchen, die mir gerade vorschwebten.

Schwungvoll winke ich den Dreien zu. »Tschüss ihr Lieben, habt noch einen schönen Abend.« Habe ich gerade Fräulein Lotte in mein ihr Lieben miteinbezogen? Ups. Bevor sie mich dafür rügen kann, eile ich zur Tür hinaus. Doch ich bin nicht schnell genug.

»Frau Blum!«, tönt es hinter mir und ich drehe mich nach einem innerlichen Seufzen um. Fräulein Lotte hält mir meine leere Dose hin. »Wann genau bitte wollten Sie Ihre Dose wieder mitnehmen?«

Ich rümpfe die Nase und ärgere mich, dass ich nicht von allein daran gedacht habe. Das passiert mir aber auch nur in ihrer Gegenwart immer wieder. Ich gehe fast so weit zu sagen, dass es ihre Schuld sein könnte. Fester als nötig nehme ich die Dose entgegen. »Danke.«
»Bitte.«

In Gedanken ganz bei dem weißen Nugat, durchstöbere ich die Vorratskammer der Chocolaterie nach den Grundzutaten. Marcona-Mandeln habe ich da, auch die süßen Pistazien aus Italien finde ich in ausreichender Menge, genauso wie meinen heißgeliebten australischen Akazienhonig. Wundervoll, wie diese hellgoldene Masse im Licht funkelt! Und erst der zarte, süße Geschmack nach weißen Blüten. Nach drei Löffelchen Honigglück schraube ich das Glas schnell wieder zu. Ein wenig Selbstdisziplin muss schon sein.

Das Brummen meines Handys unterbricht den Schwung, mit dem ich in der Vorratskammer Leckereien zusammensuche. Wo habe ich das Telefon nur hingelegt?

Ich finde es schließlich auf dem Fensterbrett neben der Schokobar, wo ich heute Vormittag nach alten Mythen rund um Schokolade gegoogelt habe. Da die Ergebnisse leicht verstörend und nicht in meinem Sinne waren, habe ich relativ zügig Abstand zwischen mich und das Telefon gebracht.

Mittlerweile hat die Mailbox das Gespräch angenommen – und das zum siebten Mal.

Flink wähle ich Lukas' Nummer, der prompt das Gespräch entgegennimmt. »Da bist du ja endlich. Ich bin heute zufällig mit dem Vater eines Schülers ins Gespräch gekommen und wir haben uns über dein Haus unterhalten. Er hat eine Baufirma, die auf solche Problemfälle wie deinen spezialisiert ist. Und wie es mir als Sonntagskind zusteht, hatte er vorhin einen Termin in der Nähe und so begutachtet er gerade dein Haus für einen ersten Kostenvoranschlag.«

»Gwenis Haus ist kein Problemfall!«

Lukas' Schweigen lässt mich meinen Satz überdenken. Das war, glaube ich, ein wenig harsch. »Sorry, das meine ich nicht. Cool, danke, dass du so schnell einen Handwerker organisiert hast, aber das kann ich auch gut allein.« Ruckartig schiebe ich ein paar der Glasschälchen auf der Schokobar hin und her.

Lukas räuspert sich und ich höre ihn gedämpft mit jemandem flüstern, ehe es raschelt. »Dann soll ich ihn wieder wegschicken? Das wäre allerdings schade, wir sind gleich fertig. Ich hatte eher gehofft, du könntest dazukommen und ihn kennenlernen. Er hat ziemlich gute Ideen bezüglich der Reparaturen.«

Irgendwie wurmt es mich, dass sich Lukas in mein Hausprojekt einmischt. Ich weiß nur nicht warum. Vermutlich, weil ich nun nicht mehr zu meinen weißen Nugat-Schneeflocken komme. Eigentlich sollte ich froh sein, denn er nimmt mir einen Riesenpunkt von meiner To-do-Liste ab. Und die Tatsache, dass sich ein Handwerker die fraglichen Stellen ansieht, heißt ja noch nicht, dass ich an dem Haus etwas ändern muss. »Okay, sorry«, entschuldige ich mich schon wieder. »Ich komme hin. Bis gleich.«

Noch ehe ich die Haustür aufschließen kann, öffnet Lukas sie und begrüßt mich mit einem Kuss. Fröstelnd lasse ich mir aus der Jacke helfen und reibe meine kalten Hände aneinander. So richtig warm ist es im Flur leider nicht. Aber definitiv wärmer als draußen!

In der Küche, wo der alte Herd netterweise warm bullert, stellt Lukas mir den Handwerker namens Schild vor, der mich mit festem Händedruck begrüßt. »Juten Tach, Frau Blum. Ein wahres Schätzchen hamse hier!«

Oh ja, das habe ich. Vielleicht nicht das modernste und auch nicht das wärmste, aber das geliebteste. »Vielen Dank, dass Sie sich so kurzfristig Zeit nehmen, aber so eilig ist es nicht.«

Herr Schild runzelt die Stirn und kratzt sich den Kopf, den ein graues Zöpfchen ziert. »Na ja, ick wes nich. Da is schon einiges zum tun, wenn es nich noch schlimmer werden soll.«

Ich zeige auf die Küchenstühle und wir setzen uns. »Fakt ist aber, das Dach können wir nicht jetzt im Winter richten und auch auf die Heizung kann ich nicht verzichten. Also sind wir weit im Frühjahr mit den Reparaturen.«

»Ne, da muss ick widersprechen. Dit Dach müssen wir provisorisch schützen, die nächsten Stürme kommen bestimmt. Und och die Heizung muss geflickt werden, wenn se Ihnen nich janz um die Ohren fliegen soll. Von die Fenster und die Türen will ick gar nicht erst anfangen!«

Ich kann es nicht verhindern und kneife die Augen zusammen, um Lukas böse anzusehen. Das alles brockt er mir gerade ein!

Doch der Kerl tut so, als wäre ich die Liebenswürdigkeit in Person. »Herr Schild hat schon mal überschlagen, mit welchen Notmaßnahmen wir unbedingt rechnen müssen.«

»Jenau. Mit zehntausend sind Se schon jut bedient.«

Na super! Und die zehntausend Euro nehme ich bitte woher? Mein Erspartes ist damals in die Chocolaterie geflossen, und auch wenn es damit sehr gut läuft, fallen nebenbei keine Zehntausender für mich ab.

»Nu kieken Se nich so streng. Dit ist ja nich alles auf einmal fällig, nich wahr.«

Aufmunternd nickt mir Lukas zu. Ich weiß ja selbst, dass ich handeln muss. Aber das Geld und die Zeit und der Dreck ... mein Tag hat auch nur vierundzwanzig Stunden, warum sieht er das nicht!

Herr Schild erhebt sich ächzend vom Stuhl, der ebenso ächzt. »Juti, ick schicke Ihnen wat Schriftliches und dann reden wa wieder.«

Fest schüttelt er mir die Hand und wird anschließend von Lukas nach draußen begleitet. Müde rücke ich einen Stuhl näher zum Herd und setze mich wieder.

Kapitel 7

A wie Ankommen

Ananas-Baiser
Die süßeste Königin der Südfrüchte, vereint mit dem
französischsten aller Küsse, verschmilzt zu einem Bai-
ser a l'ananas und lässt die Sinne in einem süßen
Freudenrausch tanzen.

Am nächsten Morgen strahlt die goldene Herbstsonne vom königsblauen Himmel und lässt den Frost auf der Wiese und den Ästen der Bäume in meinem Vorgarten funkeln. Tief atme ich die frische, klare Luft ein und sehe der Glitzerwolke zu, die beim Ausatmen vor mir schwebt. Im weichen Licht der aufgehenden Sonne sieht Gwenis Haus überhaupt nicht so schäbig aus wie alle tun. Es hat Charme. Eine Art Patina von all der Liebe der Menschen, die hier gewohnt haben und noch wohnen. Das kleine Häuschen ist nun mal keine superglatte, gestylte Yuppie-Villa, genauso wenig wie ich.

Lukas macht sich eindeutig zu viele Sorgen. Gestern Abend hatte er mich so weit, dass ich mir selbst Sorgen gemacht habe, aber heute, im frühen Glanz des Tages, sind sie wieder verschwunden. Schade, dass er gestern kurz nach dem Handwerker ebenfalls gehen musste. Wenn er jetzt hier mit mir stehen würde, könnte auch er sehen, was ich sehe.

Übermütig winke ich dem Häuschen zu, ehe ich mich durch den kleinen Spalt quetsche, den mir das Gartentor zugesteht. Es ist ja auch wirklich lausig kalt heute, da darf man schon mal ein wenig quietschen und festhängen.

Pfeifend kratze ich die Scheiben meines Berlingos frei und düse los zu meiner Mutter. Ich hoffe, ich habe an alles gedacht, damit mich Gisela heute Vormittag entspannt in der *Schokofee* vertreten kann. Habe ich ihr eigentlich notiert, wem von meinen Stammgästen sie am besten die Zimt-Kirsch-Trüffeln anbieten sollte? Mmh, und die weihnachtliche Gewürzschokolade aus zartmilden Kakaobohnen aus Fidschi wäre perfekt für Herrn Munzel.

Ich könnte ganz kurz in der Chocolaterie vorbeifahren, sie liegt ja fast auf dem Weg und ich bin auch nur ganz wenig weit entfernt.

Doch ein Blick auf die Uhr am Armaturenbrett lässt mich mein Umkehrmanöver überdenken, denn eigentlich sollte ich ziemlich genau jetzt bei meiner Mutter sein.

Die Straßenverhältnisse werden bei meiner Hektik leider nicht besser. Ich staue mich durch einen Stau nach dem anderen und könnte jedes Mal vor Frust ins Lenkrad beißen. Was für eine grandiose Zeitverschwendung! Selbstverständlich ist mir auch das Parkplatzglück in der Kastanienallee in keiner Weise hold. Zwar ist mein Citroën im Alltag quadratisch, praktisch, gut – das gilt aber nur in den Randgebieten Berlins.

Schwer atmend komme ich schließlich an der Adresse an, die mir meine Mutter gegeben hat. Hoffentlich finde ich mein Auto nachher in dem Gewirr von Nebenstraßen wieder!

Von einem Umzugswagen ist weit und breit nichts zu sehen, womit ich also nicht die einzige Verspätete bin. Getröstet beginne ich den Aufstieg in die sechste Etage, denn einen Fahrstuhl suche ich vergebens.

Die Tür zur Wohnung ist angelehnt und ich betrete das neue Reich meiner Mutter. Das siebzehnte?

»Julchen! Grüß dich.« Jovial klopft mir mein Vater auf den Rücken. Er ist absolut und total immun gegen meine Versuche, ihm das Julchen abzugewöhnen.

»Papa«, zische ich deshalb nur kurz. Eigentlich bin ich ganz gern sein Julchen, ich finde nur, er müsste es nicht unbedingt laut aussprechen. »Wo ist Mama?«

»Hier.« Mit roten Wangen und strahlenden Augen betritt meine Mutter die Wohnung und wirft die Tür hinter sich mit einer Bewegung ihrer Schulter ins Schloss. Dabei reibt sie sich äußerst vergnügt die Hände. »So, das wars. Fertig. Der letzte Karton ist im Keller verstaut.«

»Wie, fertig?« Irritiert sehe ich mich im Flur um. Stimmt schon, der sieht nicht wie ein Flur aus, der zu einer Wohnung gehört, in die gerade jemand einzieht. Mit den Füßen streife ich mir die Turnschuhe ab, was mir einen tadelnden Blick meines Vaters einbringt. So vehement er beim Julchen verweilt, so vehement weigere ich mich, Schnürsenkel zu öffnen. Geht ja schließlich auch prima so.

Dominiert wird der Flur von einer geschnitzten Holzkommode, die fast seine gesamte Längsseite einnimmt. Unzählige Fächer laden zum Stöbern ein. So lange ich denken kann, zieht diese Kommode mit meiner Mutter um. Wie sie es immer wieder schafft, passende Wohnungen für das doch recht ausufernde Möbelstück zu finden, grenzt an Magie.

»Komm, ich zeige dir alles.« Schwungvoll hakt sich meine Mutter bei mir unter und zieht mich zu dem Zimmer am Ende des Flures. Dabei wendet sie sich zu meinem Vater um. »Und du Werner, sei bitte ein Schatz und koche uns einen Kaffee. Dann können wir es uns so richtig gemütlich machen.«

»Aber sehr gern.« Gehorsam zockelt mein Vater in Richtung Küche. Das Rätsel, warum sich meine Eltern einst getrennt haben, wird wohl ewig eines für mich bleiben.

»Hier ist mein Schlafzimmer.« Meine Mutter schiebt mich in den hellen Raum und augenblicklich versinken meine Füße in einem weißen Flauschteppich. Ein Himmelbett steht gegenüber an der Wand, flankiert von zwei bodentiefen Fenstern.

»Wow! Wie in einem Luxushotel.« Das Bett mit seinen tausend Kissen sieht gemütlich aus und ich würde es am liebsten ausprobieren.

Meine Mutter stupst mich an und zeigt auf eine Tür links von mir. »Sieh dir erst einmal das Bad an.«

Bei dem Anblick des Bades kann ich verstehen, dass meine Mutter vor Stolz knapp zehn Zentimeter unter der Decke schwebt. Allein in die durch eine Glaswand abgetrennte, freie Dusche passt mein ganzes Bad hinein. »Oh ja, hier lässt es sich aushalten.«

»Nicht wahr, mein Schatz?« Die Augen meiner Mutter funkeln und ich schiebe das auf die Glückshormone, die sie immer in Massen ausschüttet, wenn sie mal wieder umzieht.

Die weitere Besichtigung umfasst das Arbeitszimmer, in dem meine Mutter ihre blutrünstigen Horrorthriller ausbrütet und wo sie mir freudestrahlend mitteilt, dass ihre nächste Lesereise sie nach Paris führt, die wundervolle Wohnküche samt Vorratskammer zum Niederknien sowie das Wohnzimmer mit Dachterrasse. Ich gebe mir schon gar keine Mühe mehr, meinen Mund zu schließen. Meine Mutter hat inmitten von Berlin das Wohnungsparadies gefunden.

Nur eines ist mir nicht klar. »Warum hast du mich eigentlich hergebeten, um zu helfen, wenn hier nichts mehr zu tun ist?«

Meine Mutter winkt ab. »Ach, Ralle und Smissi waren gestern mit dem Umzug ihres Kunden schneller fertig als erwartet und haben gleich mit meinem Umzug weitergemacht. Du weißt ja, wie die Jungs so sind. Was sie heute besorgen können, machen sie auch heute.«

»Du bist per Du mit den Leuten vom Umzugsunternehmen?« Ich kräusele die Stirn und glätte sie sogleich wieder. »Warum wundert mich das eigentlich.«

»Genau.« Ich bekomme einen Nasenstüber von meiner Mutter und eine Tasse Kaffee von meinem Vater.

Wir setzen uns auf das Ecksofa. Wohlig seufzend strecke ich die Beine von mir und kuschele mich in die Polster. So lässt es sich aushalten, auch wenn meine Aufgaben vom Rumsitzen nicht weniger werden. Das schlechte Gewissen puckert in mir und ich wippe mit einem Fuß.

»Nun entspann dich doch mal für ein Viertelstündchen. Sei lieber froh, dass ich solch eine Expertin in Sachen Umzugsmanagement bin.«

»Du hättest mir trotzdem Bescheid sagen können, dann hätte ich mir die Fahrerei gespart.« Und an die Fahrt zurück möchte ich gar nicht denken. Das liegt bestimmt an dem Sofa, das ist einfach zu bequem. Dazu dieser herrliche Blick auf die Dachterrasse, wo Bambus und Hortensien in Kübeln einen Hauch von Urlaub über den Dächern Berlins verbreiten.

Mein Vater schlürft in großen Schlucken seinen Kaffee und springt wieder auf. »Ich werde mal die Waschmaschine fertig anschließen.«

»Das kann ich nachher selbst machen. Bleib doch lieber noch ein wenig bei uns sitzen. Es ist so selten geworden, dass wir uns mal gemütlich unterhalten können.« Meine Mutter klopft auf den freien Platz neben sich, doch mein Vater reagiert nur mit gemurmelten Worten, die kein Mensch versteht. Dann ist er auch schon verschwunden.

»Dieser Mann hat keine Ruhe, mal fünf Minuten still zu sitzen.« Meine Mutter zieht einen Flunsch und wickelt sich ihren dicken, braunen Flechtzopf um die Finger.

»Na ja, eigentlich sind wir ja auch zum Helfen hier und nicht zum Rumsitzen«, wage ich sie darauf hinzuweisen. Obwohl Rumsitzen sich ganz schön anfühlt. Immer träger rutsche ich in die Polster des Sofas und liege schon fast mehr als ich sitze. Die Tasse mit dem aromatischen Kaffee in meinen Händen duftet herrlich und mein Blick schweift in den blitzblauen Herbsthimmel. Es ist kuschelig warm und gemütlich.

Schwungvoll wirft sich meine Mutter den Zopf über die Schulter. »Die Wohnung ist großartig, nicht wahr!«

Ich nicke und gähne. Ich muss aufpassen, dass ich nicht vor Wonne anfange zu schnurren.

Meine Mutter weist zu den riesigen Terrassenfenstern, durch die verschwenderisch viel Licht flutet. »Die Wohnung ist hell und hervorragend geschnitten. Im Winter gut zu heizen und im Sommer kühl. Die Zimmer sind bestens aufgeteilt und es gibt für alles genügend Stauraum. Die Heizung funktioniert auf Knopfdruck, Schlafzimmer und Bad sind Wellnessoasen. Und, wie du gesehen hast, ist die Küche ein Goldstück.«

Ich rappele mich hoch und kneife die Augen zusammen, um meine Mutter näher zu betrachten. »Du klingst wie eine Immobilientante, die mir eine Wohnung schmackhaft machen will.«

Tief seufzt meine Mutter. »Das will ich auch, mein Liebchen.« Na, wenigstens hat sie den Anstand rot zu werden.

»Ich ziehe nicht in die Kastanienallee. Warum auch, die Chocolaterie ist am Wannsee, genauso wie mein Häuschen.«

»Du sollst ja auch gar nicht in die Kastanienallee ziehen. Diese Wohnung ist meine Perle und ich bleibe hier bestimmt für eine Weile wohnen.«

Oh ja, bestimmt! Wir sprechen uns nächstes Jahr um diese Zeit wieder! Kalle und Dingsbums haben sich den Termin bestimmt schon rot im Kalender markiert.

Meine Mutter beugt sich vor und umfasst meine Hände, die noch immer die Kaffeetasse halten. »Warum ziehst du nicht zu Lukas oder suchst dir wenigstens mit ihm zusammen eine schöne, moderne Wohnung? Ihr seid jetzt schon so lange zusammen und du wohnst allein in dem alten, baufälligen Haus von Oma, das ist doch auf Dauer kein Zustand!«

Empört ziehe ich die Hände zurück und knalle die Kaffeetasse auf den Tisch. »Dafür der ganze Aufwand? Du veranstaltest extra einen Umzug, um mir eine Wohnung schmackhaft zu machen? Ich liebe Gwenis Haus und zu deiner Information, ich fühle mich darin sauwohl!«

Für einen Moment schweigt meine Mutter. Wie ungewöhnlich. Sicherheitshalber gehe ich in Habachtstellung.

»Wie lang genau bist du jetzt schon mit Lukas verlobt? Eineinhalb Jahre, richtig?«

Vorsichtig nicke ich.

Der Blick meiner Mutter fixiert mich intensiv. »Sag mal ehrlich, warum hast du Lukas' Antrag damals angenommen? Hast du überhaupt vor, ihn zu heiraten?«

Die Stille, die sich nach ihren beiden Fragen zwischen uns ausbreitet, lässt mich meinen Herzschlag umso lauter hören. Er donnert in meiner Brust und das Blut rauscht mir in den Ohren. Meine Wangen brennen und mit einem Schlag ist mir knallheiß. »Darauf werde ich nicht antworten«, knurre ich.

Meine Mutter nickt. »Weil du keine Antwort darauf hast.«

Ich hasse es, wenn meine Mutter die Psychologin spielt! Soll sie dieses Hobby doch in ihren Romanen ausleben. Aber nicht an mir! »Natürlich habe ich eine Antwort darauf. Schließlich habe ich zu Lukas' Heiratsantrag ja gesagt!«

»Das ist die Antwort auf Lukas' Frage, aber nicht die Antwort auf meine Fragen.« Ruhig, als würde zwischen uns nicht gerade ein Streit hervorbrechen, spricht sie mit mir. Was mich noch unruhiger werden lässt.

Genervt stehe ich auf. »Ich muss los. Offensichtlich ist meine Hilfe ja hier nicht erwünscht. In meiner *Schokofee* jedoch schon! Gisela wartet auf mich.«

Meine Mutter steht ebenfalls auf und hält mich am Arm fest. »Julie, du trägst eindeutig zu viel Gepäck mit dir herum.«

Mit einem Ruck befreie ich meinen Arm und drehe mich zu ihr um. »Dann hättest du mich nicht als Scheidungskind aufwachsen lassen sollen!«

Meine Mutter macht einen Schritt auf mich zu und steht nun sehr nah vor mir. Die feinen Fältchen um ihre Augen vertiefen sich, als sie mich ins Visier nimmt. »Diese Ohrfeige gibst du mir seit zwanzig Jahren und ich muss zugeben, sie schmerzt dadurch nicht weniger, aber dennoch kannst du damit gern aufhören. Weder liegst du kaputt in der Gosse, noch zählst du Fliegen an der Wand in einer Zwangsjacke. Also sei bei diesem Thema endlich so erwachsen wie bei allen anderen auch und komme von deinem hohen Ross runter. Das Niveau für dein Jammern ist gefährlich hoch!«

Empört schnappe ich nach Luft.

Doch sie lässt mich nicht zu Wort kommen. »Im Übrigen meine ich dieses von dir ach so oft bejammerte Gepäck gar nicht, sondern dein finnsches Gepäck, meine liebe Tochter!«

Eine Bewegung an der Tür reißt mich aus meiner Starre. Mein Vater steht dort und sieht mich an. »Finn und du, das war ...«

Doch ich rausche nur schweigend an ihm vorbei und verlasse hektisch und mit brennenden Augen die Wohnung.

Je näher ich meiner Chocolaterie komme, desto ruhiger werde ich. Die Tränen habe ich weggewischt und mein Herz schlägt langsamer, während sich meine Gedanken klären.

Dieses Gespräch zwischen mir und meiner Mutter ist nicht das erste dieser Art gewesen. Allerdings haben wir das Thema seit Jahren vermieden. Es war vermutlich einfach mal wieder Zeit dafür. Und es ist ja nur die mütterliche Fürsorge, die hier den Ton angegeben hat.

Also, alles gut. Meine Mutter ist glücklich in der Kastanienallee, mein Vater ist glücklich in seiner Segelschule und ich bin glücklich in Gwenis Haus. Basta.

Betont lässig parke ich quer auf dem Schlossparkplatz, neben dem kleinen Bach, der das Anwesen umgibt. Über eine Holzbrücke betrete ich das Schlossgelände und laufe schnellen Schrittes zur Chocolaterie. Ein Stück daneben auf der Wiese dösen Willi, Erna und Happy fest zusammengekuschelt in der Sonne. Ein schiefes Grinsen mit heraushängender Zunge des Rottweilers ist die einzige Begrüßung, die mir zuteilwird.

Warme Luft umfängt mich beim Betreten der Chocolaterie und der Duft nach Kakao und Vanille heißt mich willkommen. Genau hier bin ich zu Hause, egal wo ich wohne.

Der Wintergarten ist voll besetzt und ich werde herzlich begrüßt. Es dauert einen Moment, ehe ich mich an meinen Gästen vorbeigearbeitet habe, die mir freundlich von ihren geplanten Weihnachtsbesuchen und begeistert von ihren Silvesterplänen erzählen.

In der Chocolaterie mäandert eine Schlange an Kunden vor der Schokotheke und ich gehe mir schleunigst die Hände waschen, um Gisela zu helfen, die mit zerzausten Haaren Trüffeln auswählt, Pralinen in Geschenkboxen legt und schokoladige Kunstwerke wunderschön mit knallbunten Schleifen verpackt.

»Du bist ja schon wieder zurück.« Sie zuppelt an ihrer weißen Spitzenschürze und erreicht damit nur, dass sie noch schiefer sitzt. Was auch nicht verwunderlich ist, da die Träger am Oberteil unterschiedlich geknöpft sind. »Wenn ich an meinen letzten Umzug denke, da war ich tagelang beschäftigt.«

Ich nehme mir eines der Schälchen, die ich immer zum Abwiegen für die Trüffeln aus der Bar nutze, denn meine nächste Kundin steht mit leuchtenden Augen davor. »Meine Mutter ist ein Umzugsprofi. So wie ich im Schlaf Schokolade temperiere und du ein Pferd striegelst, so stemmt sie im Handumdrehen einen Umzug.« Nach einem Lächeln in Richtung Gisela widme ich mich den Kunden und arbeite Seite an Seite mit ihr deren Wünsche ab.

Es dauert eine ganze Weile, ehe es in der *Schokofee* ruhiger wird und Gisela und ich zum Durchatmen kommen. Lachend lehne ich mich gegen die Theke und schiebe ihr eine Tasse *Cioccolata calda* aus zartschmelzender italienischer Pistazienschokolade hin. »Vielen Dank für deine Hilfe, allein wäre ich heute echt ins Schwitzen gekommen. Die Weihnachtszeit wird jedes Jahr verrückter.«

Genießerisch schnuppert Gisela an ihrer Tasse, aus der süßer Dampf emporsteigt. »Immer wieder gern. Ich liebe es, hier mit dir zu wirbeln. Aber du solltest ernsthaft darüber nachdenken, ob du nicht doch eine Mitarbeiterin einstellen möchtest.«

Bedächtig wiege ich den Kopf. »Finanziell wäre es schwierig mit einer zusätzlichen Mitarbeiterin. Auch sind es nur einzelne Tage, an denen es so dermaßen drunter und drüber geht, dass meine eigenen Hände nicht ausreichen. An den normalen Tagen komme ich hervorragend allein zurecht – und die meisten Tage sind ja normal.«

»Wohl wahr, und für die nicht normalen Tage hast du ja mich oder auch mal Bille.«

»Solange sie für sich werkeln darf und keine Kunden bedienen muss.« Schmunzelnd sehe ich hinüber zum Schloss, wo Bille sicher gerade in der Küche herzhafte Delikatessen für die Gäste austüftelt. Hier in der *Schokofee* hat sie mir schon das eine oder andere Mal geholfen, jedoch stets hochrot die Flucht ergriffen, wenn ihre Meinung zu dieser oder jener Schokolade gefragt wurde.

Gisela schneidet eine Grimasse und trägt ihre leere Tasse zum Geschirrspüler in der Schokoküche. »Ich lasse dich dann mal wieder allein. Und mache nicht zu lange.«

Ich nehme Gisela die Schürze ab und komme in den vollen Genuss ihrer schiefgeknöpften, blasslila Bluse zu einem grasgrünen Rock, der weder kurz noch lang noch midi ist und irgendwo auf der Höhe ihrer Waden endet. Und irgendwie auf einer Seite länger ist als auf der anderen. »Bevor ich ins *Calla* fahre, muss ich noch unbedingt für meinen Schwager eine Schokolade basteln, May hat mich darum gebeten.«

Gisela zieht die Augenbrauen in die Höhe und grinst mich an. »Möchte ich wissen, warum nun das schon wieder?«

»Reichen die drei magischen Worte: Ex, Adonis und Südsee?«

Der Pfiff eines Profibauarbeiters entweicht Giselas Lippen und wir umarmen uns zum Abschied.

Kapitel 8

T wie Trueffel

die Trüffel; Genitiv: der Trüffel, Plural: die Trüffeln
kugelförmige Praline aus schokoladenartiger Masse
französisch truffle, Nebenform von: truffe, über das
Italienische oder Altprovenzalische < vulgärlateinisch
tufera < lateinisch tuber, eigentlich = Höcker, Beule,
Geschwulst; Wurzelknolle
Quelle: www.duden.de/rechtschreibung/Trueffel

Trauben-Schokolade
Pralle, goldene Trauben, einen Sommer lang geküsst
von der Sonne, werden umarmt von süßer, zart
schmelzender Schokolade. So entsteht ein Gedicht
zum Naschen.

Nachdem die letzten Gäste des Tages gegangen sind, entscheide ich mich, für Ole eine klassische Schokolade zu zaubern, mit einem Herz aus Cranberrycreme. Für die samtige, dunkle Schokolade wähle ich den herrlichen Porcelana-Kakao einer Farm südlich des Maracaibo-Sees im Westen von Venezuela. Intensiv kakaoig duftet es, als ich das feine Pulver mit der goldenen, geschmolzenen Kakaobutter verrühre. Erdig-würzige Aromen mit Anklängen an getrocknete Aprikosen umfangen mich, während sich die Creme in eine glänzend-dunkle Schokoladenmasse wandelt.

Ich verzichte auf das Conchieren und belasse so ihre feinpudrige Konsistenz. Geschmeidig füllt die Schokolade die Form aus, und während sie erkaltet, widme ich mich der Füllung.

Dafür nehme ich als Basis eine helle Ganache, die ich mit Schlieren meines Cranberrykompotts versehe.

Farblich sieht die weiß-rote Füllung zusammen mit der dunklen Schokolade spektakulär aus, auch duftet es verführerisch herbaromatisch und zugleich süß. Doch es fehlt das i-Tüpfelchen. Dieses Besondere, welches die Schokolade für Ole von all den anderen Schokoladen unterscheidet.

Missmutig trommele ich mit den Fingern auf der Arbeitsplatte und schiele immer wieder zu der Truhe mit dem alten Schokorezeptbuch.

Ach, was solls! Es sind nur Rezepte!

Schnell hole ich es aus der Truhe und setze mich damit an einen Tisch im Wintergarten. Ziellos blättere ich in dem Buch herum und bleibe schließlich an einer Kirschfüllung hängen, die mich geradezu anfleht, das dazugehörige Rezept als Basis für meine Cranberry-Kreation zu nehmen.

In einem fein abgestimmten Verhältnis zueinander füge ich der Cranberrycreme rosa Pfeffer und Ysop hinzu. Wobei ich für das Bienenkraut einen Sprint zu Bille in die Schlossküche hinlegen muss. Ihre Vorratskammer ist netterweise besser ausgestattet als jeglicher Kaufmannsladen in und um Berlin.

Und tatsächlich geschieht das Geschmackswunder, als ich die Creme in die erkaltete Schokoladenhülle streiche und anschließend die Füllung mit einer Schicht der Schokolade zudecke. Der herbsüße Duft, der von der Köstlichkeit aufsteigt, berührt mein Innerstes. Mein Herz schlägt schneller und es kribbelt in meinem Bauch. Das ist es! Das ist genau die Schokolade für Ole!

Stolz, wie nur wahre Chocoholics sein können, richte ich mich auf und bewundere mein Meisterwerk. Zufrieden mit mir und der Schokowelt klappe ich das alte Buch zu und verstaue es wieder in der Truhe neben der Schokobar. Ist halt doch nur ein Rezeptbuch.

Aber ein ganz besonderes.

Es kommt nicht oft vor, doch hin und wieder geschieht es: Ich komme zu früh zu meiner Verabredung mit Julia im Hotel *Calla*.

Magisch funkelt der Weihnachtsmarkt mit seinen tausend Lichtern am Gendarmenmarkt vor dem Hotel. Ein riesiger Weihnachtsbaum vor dem Konzerthaus erstrahlt in goldener Pracht und es duftet nach gebrannten Mandeln und Glühwein. Fröhliche Menschen schlendern warm eingepackt über den Weihnachtsmarkt und genießen den Abend. Genau wie heute Morgen ist der dunkle Himmel klar und gibt den Blick frei auf Zillionen von Sternen.

Still nehme ich all die Magie um mich herum auf und wünsche mir Lukas herbei, um mit ihm diesen Augenblick zu teilen. Da schweben dicke Schneeflocken vom Himmel und mir scheint, als könne heute alles wahr werden.

»Tschuld's!« Unsanft werde ich aus meinem Wintermärchen gerissen und taumele kurz, nachdem mich ein Mann mit intensiver Schnapsfahne angerempelt hat. Das ist dann die weniger schöne Seite eines überlaufenen Weihnachtsmarktes mit Ausschank von hunderten Litern Alkohol.

Seufzend wende ich mich vom Gendarmenmarkt ab und laufe zum *Calla*. Durch die Drehtür fege ich schwungvoll in die Eingangshalle.

Der Kronleuchter in der Mitte des Foyers ergießt sein warmes Licht auf den polierten Marmorboden und lässt die wie Callablumen gestalteten Säulen leuchten. Niedrige Glastische werden von beigefarbenen Sitzgruppen umgeben, auf denen Gäste sitzen.

»Grüß dich, Julie. Schön, dass du mal wieder hier bist.« Herzlich umarmt mich Viktoria, die Managerin des Hotels, die nach Umwegen in einem Beratungsunternehmen hier ihre Bestimmung gefunden hat. Und die große Liebe. »Hast du noch einen Moment Zeit?«

Ich nicke eingeschüchtert. Neben Viktoria fühle ich mich immer befangen, zumindest am Anfang unserer Begegnungen. Ihr Auftreten strotzt vor Selbstbewusstsein, wobei ihr der tadellos sitzende, weiße Hosenanzug zusätzlich Autorität verleiht. Nicht das kleinste Härchen wagt sich aus dem erdbeerblonden Chignon.

Viktoria führt mich in eines der Separees, die die Eingangshalle hinter den Callasäulen säumen. Rote Plüschsofas laden zum Hineinsinken ein und die dezente Klaviermusik des Pianisten am rückwärtigen Kamin entspannt mich augenblicklich. Auf einem Beistelltisch dampft heiße Schokolade aus dickwandigen Porzellantassen. Das Aroma vermischt sich mit dem des goldenen Apfelstrudels daneben aufs Köstlichste.

»Wenn das mal nicht mein guter Pentagona-Kakao ist.« Stolz schnuppere ich an einer Tasse. Das *Calla* vor anderthalb Jahren als Kunden für meine Schokolade zu gewinnen, lässt mich noch heute so manches Mal vor Freude in die Luft springen.

Viktoria greift ebenfalls nach ihrer Tasse. »Selbstverständlich ist er das, bei uns kommt keine andere Schokolade mehr in die Tassen. Und die Gäste lieben es. Auch deine Orangentrüffeln mit der Granatapfelglasur von letzter Woche waren Weltklasse. Ich musste mich echt zusammenreißen, um sie an die Gäste weiterzugeben. Am liebsten hätte ich sie alle selbst gegessen und den Gästen gesagt, sie sollen lieber auf ihre Linie achten.«

Ein breites Grinsen macht sich auf meinem Gesicht breit. Zuzutrauen wäre es Viktoria allemal. Sie nimmt kein Blatt vor den Mund, schon gar nicht vor unverschämten Gästen, die sich in anderen Hotels alles erlauben dürfen. Zwar ist für Viktoria und die Familie Calla, der das Hotel gehört, der Gast durchaus Königin oder König, aber ebenso auch das Personal. Und das spürt man in diesem altehrwürdigen Hotel überall.

»Wie geht es Lukas? Was macht eure Verlobung?« Gnadenlos sticht Viktoria in meine Wunde und mit ihrer Gabel in den bildschönen Apfelstrudel. Die Kruste knispert und sofort intensiviert sich der Duft nach Apfel und Vanille.

Auch ich mache mich über mein Stück her. »Gut. Und dir und Dominik? Habt ihr den Hausbau überstanden?«

Viktoria winkt mit der Gabel ab. »Alles bestens. Seit dem Frühjahr wohnen wir im Haus, und auch wenn die ganze Bauerei recht reibungslos über die Bühne gegangen ist, so muss ich das echt nicht noch einmal haben.«

Genießerisch futtere ich meinen Strudel. »Dass Etwas, was nicht Schokolade ist, so lecker sein kann.«

»Apropos Schokolade, jetzt hätte ich vor Süßkram fast vergessen, warum ich dich unbedingt heute noch sprechen wollte.« Viktoria schiebt sich schnell das letzte Stück ihres Gebäcks in den Mund und stellt den Teller beiseite. Aus der rubinroten Mappe auf dem Tisch nimmt sie ein Prospekt. »Hast du mitbekommen, dass die Trüffelmesse kurzfristig aus München zu uns ins Hotel verlegt wurde?«

Verlegen verziehe ich den Mund. Zu meiner Schande muss ich gestehen, dass das völlig an mir vorbeigegangen ist. Bestimmt war darüber ein Artikel in meiner *ChocWorld*, aber aktuell lese ich seit gefühlten sieben Wochen die Ausgabe zwei diesen Jahres und mittlerweile haben wir Ende November. Wenn ich es recht bedenke, habe ich vor drei Tagen Ausgabe zwölf aus dem Briefkasten gefischt. »Nein, an die Trüffelmesse habe ich gar nicht mehr gedacht. Warum wurde sie denn verlegt?«

Spöttisch zieht Viktoria die Augenbrauen nach oben. »Christoph Kramer.«

Weiterhin ahnungslos zucke ich mit den Schultern. »Aber der kommt doch aus der Gegend um München, oder?«

»Schon, aber zu der Zeit der Trüffelmesse ist Kramer hier in Berlin, weil er zusammen mit dem Fritz Ludewig senior ein Weihnachtsspecial seiner Kochsendung aufzeichnet. Und wenn der grandiose Patissier als Schirmherr nicht zur Trüffelmesse kommt, kommt die Trüffelmesse eben zu ihm.«

»Cool, dann kann ich ja doch mal vorbeischauen. München wäre definitiv dieses Jahr zeitlich nicht drin gewesen.« Und finanziell auch nicht.

Viktoria beugt sich zu mir vor und hält die Broschüre hoch, über die sie mich triumphierend anlacht. »Du solltest nicht nur vorbeischauen, du solltest auf jeden Fall auch daran teilnehmen. Quasi als Bonbon zu all der Schokolade wurde ein Trüffelwettbewerb ausgelobt. Die Siegerprämie beträgt satte fünftausend Euro! Und was noch viel mehr wert ist, einen Artikel in dieser Dingsbums Schokozeitschrift!«

Mein Herz donnert in der Brust und meine Hände flattern, als ich nach der Broschüre greife. Fünftausend Euro! Das hieße, wenn ich all mein Erspartes zusammenkratze und vielleicht noch ein paar Extraevents für die *Schokofee* anbiete, dann könnte ich Gwenis Haus endlich wieder instand setzen lassen, zumindest könnte ich damit beginnen. »Was muss ich tun?«

Viktoria bläst die Wangen auf und zeigt auf die Rückseite des Prospektes. »Na, halt Schokolade herstellen und präsentieren.«

Flink überfliege ich die Vorgaben und mein Magen kribbelt immer mehr. »Schokolade herstellen, das kann ich.«

»Wusste ich es doch! Wir werden das Ding rocken, die gesamte Mannschaft des *Callas* steht hinter dir.« Begeistert klatscht Viktoria in die Hände. »Deine Schokolade wird sie alle vom Platz fegen.«

Meine Wangen glühen vor Aufregung und erste Ideen zu den geforderten Trüffeln rasen mir durch den Kopf.

Drei Varianten sind vorgegeben: eine Sorte mit Alkohol, eine Sorte mit Frucht und eine Sorte eines Klassikers modern interpretiert. Meine Gedanken schweben fort von Viktoria und flattern in die Chocolaterie zu meinem Schokorezeptbuch. »Wann genau ist die Messe?«

»Nikolaus, also am sechsten Dezember, das ist dieses Jahr ein Mittwoch.«

Als hätte ich Zahnweh, zucke ich zusammen. »Das ist in eineinhalb Wochen! Mir war so, als wäre sie erst kurz vor Weihnachten.«

Viktoria kräuselt die Nase. »Na ja, der sechste Dezember ist ja nun auch nicht unbedingt sehr weit weg von Weihnachten.«

Ich seufze tief. Wo eben noch Trüffelrezepte in mir hochgeploppt sind, leuchten jetzt Daten und Termine und Verpflichtungen auf. Vor lauter Zahlen sehe ich keine Schokolade mehr. Die Vorbereitungen würden echt hart werden. Aber die fünftausend Euro und der Artikel in der *ChocWorld* wären es allemal wert.

Unruhig rutsche ich auf dem Sofa hin und her.

Lachend steht Viktoria auf. »Ich sehe schon, du möchtest am liebsten gleich loslegen. Dann will ich dich nicht länger aufhalten. Julia kommt bestimmt auch gleich. Ich durfte die Braut, um die es geht, übrigens schon kennenlernen ...«

»Und?«

»Sagen wir, sie ist recht speziell.« Grinsend verabschiedet sich Viktoria mit einer Umarmung von mir und ich schlendere zurück ins Foyer, wo mir Julia prompt mit ihrer Klientin entgegenkommt. Oh! Ich glaube, ich weiß, was Viktoria eben mit speziell meinte.

»Grüß dich, Julie. Darf ich vorstellen, Annette-Karoline Balkenstein. Frau Balkenstein, das ist die Chocolatière, Frau Blum, die Ihren Sweet Table zaubern wird.«

Frau Balkensteins klammes Händchen berührt kurz meine Hand. Der Geruch von altem Leinöl hängt zwischen uns und verstärkt sich bei jeder ihrer Bewegungen. »Sehr erfreut, aber wie ich eben schon Frau Grafen mitteilte, wird es nur ein sehr kleiner Sweet Table werden. Mein Verlobter und ich legen sehr viel Wert auf gesunde Ernährung, selbstverständlich ökologisch und, viel wichtiger, regional und vegan. Aber wenn der Tisch schon in unserem Hochzeitspaket inkludiert ist, verschwenden wir ihn natürlich nicht.«

Natürlich nicht! Aber für mich ist ein kleiner Sweet Table ideal, denn der spielt mir hervorragend in meine engen Zeitkarten. Und ökologisch zertifiziert sind alle meine Kakaos. Zu der geforderten Regionalität trage einfach ich bei. »Seien Sie gewiss, ich werde die Süßigkeiten ganz nach Ihren Wünschen anfertigen.«

»Davon gehe ich aus.«

Professionell wie immer schiebt sich Julia zwischen uns und geleitet uns zu einem der Erkerzimmer, die im hinteren Teil des Hotels liegen. »Hier wird nach Ihrer Trauung der Empfang stattfinden, Frau Balkenstein.«

Frau Balkenstein dreht sich einmal um sich selbst, wobei sich ihr knöchellanger, schlammbeiger Leinenrock genauso aufplustert wie ihre erdbraune Leinenbluse. »Hier muss aber sehr viel umgeräumt werden, das Feng-Shui in diesem Raum geht ja überhaupt gar nicht!«

Julias Lächeln verrutscht nicht einen Millimeter, als sie sich eine Notiz in ein dickes Buch schreibt. Dieses

Pokerface muss ich mir unbedingt merken, wenn mal wieder jemand bei mir zuckerfreie Schokolade bestellt. »Die Details zu den Räumlichkeiten besprechen wir gern nachher, zuerst möchte ich mit Ihnen und Frau Blum den Sweet Table für den Empfang abstimmen.«

Frau Feng-Shui zeigt sogleich auf die Mitte des Raumes. »Hierher kommt der Tisch, oval, nach Norden ausgerichtet, selbstverständlich aus Sheeshamholz mit einer Glas- oder Marmorplatte, das überlasse ich Ihnen.«

Interessant, dass wir bei der Besprechung des Sweet Table tatsächlich beim Tisch anfangen. Das hatte ich bisher auch noch nicht. Mit einer Ruhe, die ich bei mir so gar nicht zu finden vermag, nimmt Julia auch dieses Begehren von Miss Feng-Shui zur Kenntnis und nickt, während sie weitere Notizen macht.

Ehe über die Anzahl der Tischbeine gefeilscht wird, komme ich lieber zum für mich wichtigsten Punkt. »Darf ich Ihnen Vorschläge für ein paar Süßigkeiten für Ihren Sweet Table machen, Frau Balkenstein? Für eine Hochzeit bietet sich natürlich immer ...«

»Nein, dürfen Sie nicht.«

Erstaunt schließe ich den Mund. Na, so sollte sie mal mit Fräulein Lotte reden! Die würde ihr aber den Kopf waschen.

»Meine Vorstellungen stehen schon fest und Sie müssen diese nur noch umsetzen.« Die zahnbehaarte Braut zieht aus dem Jutesack, den sie über der Schulter trägt, einen grauen, abgegriffenen Papphefter hervor. Dem entnimmt sie ein eng beschriebenes Papier und reicht es mir.

Nach einem Blick zu Julia, die mir aufmunternd zuzwinkert, schaue ich mir das Handgeschriebene an. Es lässt sich schwer entziffern, denn das Papier scheint mehrfach beschrieben und wieder radiert worden zu sein.

Meine Ohren klingeln bei all den Worten, die ich lese und parallel von Frau Balkenstein zu hören bekomme. »Wenn diese Süßigkeiten schon unbedingt sein sollen, müssen sie sich unserer ayurvedischen Ernährung anpassen. Wenn Sie unbedingt Zucker für Ihre Schokolade brauchen, nehmen Sie bitte Shakara. Ansonsten stehen Ihnen natürlich Nahrungsmittel frei, die mit süßem Geschmack assoziiert werden. Sesam, Sonnenblumenkerne, Kardamom, Safran, Koriander, Quinoa, Amaranth, rote Beete, Süßkartoffeln, selbstverständlich Mais und so weiter.«

Selbstverständlich! Mais passt ja auch hervorragend zu einer guten Tafel Schokolade! Noch nie hat jemand so sehr versucht, mir ins Handwerk zu pfuschen! »Aber Kakao als Grundzutat für meine Schokolade darf ich schon noch verwenden, oder?«

»Nun seien Sie bitte nicht albern! Natürlich verwenden Sie Kakao als Grundzutat, als Rohkost-Kakao für die Rohkost-Schokolade!«

Da mein sarkastischer Pfeil leider nur sich selbst getroffen hat, bleibt mir lediglich übrig, die Flucht zu ergreifen. »Frau Balkenstein, bitte entschuldigen Sie mich, mein Handy klingelt.«

Ohne auf eine Antwort zu warten rausche ich aus dem Raum und zurück ins Foyer, wo ich mich abseits auf ein Sofa setze. Schnell schreibe ich Julia eine Nachricht und versuche ansonsten, mich zu beruhigen.

Ich bin ja wirklich gern für meine Kunden da und finde auch die verrücktesten Wünsche spannend –

bisweilen auch kauzig –, aber die Arroganz dieser Dame übersteigt meinen guten Willen. Wenn sie so gegen Süßigkeiten ist, soll sie es doch sein lassen!

Die Zeit, bis sich Julia seufzend neben mich auf das Sofa plumpsen lässt, verbringe ich mit Ideen für den Trüffelwettbewerb. Für meine Skizzen ist der Zettel von Miss Feng-Shui bestens geeignet.

»Warum tust du dir diese Trulla eigentlich an? Das hast du doch gar nicht nötig!« Mit Schwung wedele ich mit dem Zettel vor Julias Gesicht herum. »Soll sie doch ihre blöde Hochzeit allein organisieren. Sie weiß ohnehin alles besser!«

»Nette Bräute kann jeder.« Julia schmunzelt und einmal mehr sieht sie wie eine Disneyprinzessin aus. Seit Sunny mir den Floh ins Ohr gesetzt hat, dass Julia eine Nachfahrin von Schneewittchen sei, erliege ich ihrem Charme nur noch mehr. »Außerdem zahlt sie außerordentlich gut. Und da Leo und ich im nächsten Jahr wieder nach Indonesien wollen, kommt mir das finanzielle Leckerli ganz recht.«

Ich schüttele den Kopf. »Sie benimmt sich unmöglich. Ich mag mir das nicht gefallen lassen.«

»Das verstehe ich. Mir fällt es leicht, über ihre Art hinwegzusehen, zumal ich am längeren Hebel sitze und die Hochzeit ohnehin schon auf meine Art geplant habe.« Julias dunkle Augen glitzern und ein breites Grinsen ziert ihr Gesicht. »Ist es dir lieber, wenn ich den Auftrag für den Sweet Table bei dir storniere?«

Wenn ich wenigstens ansatzweise so cool an die Sache herangehen könnte wie Julia, wäre der Auftrag vielleicht doch machbar, oder? Ich meine, ich brauche

das Geld, sogar dringend. Und es ist ja nur ein sehr kleiner Tisch, quasi über Nacht gemacht. Ich blinzele Julia
an. »Du sagtest, sie zahlt gut?«

»Außerordentlich gut!«

»Meinetwegen. Wann war noch einmal diese blöde
Hochzeit?«

»Nikolaus, am sechsten Dezember, das ist dieses Jahr
ein ...«

»... Mittwoch. Ja, ich weiß.« Und das war ja klar, aber
so etwas von klar.

Kapitel 9

E wie Erneut

Erdbeersahne-Bonbon
Erdbeeren, wahr gewordene Liebe zum Naschen, rot
und saftig, gebadet in süßester Sahne, schmelzen zu
purem Glück im Mund und in der Seele.

Der Küchentisch vor mir ist übersät von Skizzen mit meinen Ideen allerherrlichster Trüffeln für den Wettbewerb. Und Köstlichkeiten für den Schokoball. Da ich so im kreativen Flow war, konnte ich mich nicht bremsen, auch gleich den Sweet Table für Vianne im Detail zu planen. Dabei sind mir noch nette Gedanken für meine Vorräte in der *Schokofee* eingefallen. Es wird Zeit, die Chocolaterie in ein süßes Weihnachtsparadies zu verwandeln. Jedes Jahr hole ich mir den Zauber dieser wundervollen Zeit in die alte Gutsküche. Auch Gisela und Holger verwandeln das Schloss in ein Winterwunderland. Da fällt mir ein, dass mich Gisela schon mehrfach an die Schokodekoration für den Weihnachtsbaum in der Eingangshalle erinnert hat. Hierfür muss ich noch dringend Minipralinen herstellen, die ich in glänzendes, dunkelrotes Papier einwickeln will, womit der Baum behängt wird.

Ähm, war da nicht auch noch der Adventskalender für die Schlossgäste zu füllen? Und mein eigener für die

Chocolaterie? Und hätte nicht auch Lukas einen verdient?

Ich springe vom Stuhl auf und muss mich kurz am Tisch festhalten, da meine Knie zittern. Kälte kriecht mir die Beine hinauf und mein Herz schlägt unangenehm schnell.

Es ist alles nur Schokolade, nicht mehr und nicht weniger. Sie herzustellen ist mein Job. Das kann ich, mache ich jeden Tag. Nur halt in den nächsten Tagen und Wochen ein bisschen mehr. Wenn ich mich gut organisiere, ist das alles ein Klacks.

Ich habe doch letztens mit meiner Dingsbumsliste angefangen. Es muss nur Wichtiges von Unwichtigem getrennt werden.

Hektisch wühle ich auf dem Tisch zwischen all den Skizzen, Notizen und Rezepten herum. Zwischendurch stecke ich mir eine Pekannuss in den Mund, die noch übrig ist von meinem nächtlichen Snack.

Die Liste kann doch gar nicht hier liegen! Ich habe doch nur damit angefangen, sie zu denken, glaube ich zumindest. Und sie war sehr hauslastig, wenn ich mich recht entsinne.

Das Geräusch der Haustür, die aufgeschlossen wird, lässt mich innehalten.

Lukas! Seine Küsse sind genau das, was ich jetzt brauche!

Voller Vorfreude rase ich in den Flur und fliege Lukas um den noch beschalten Hals. »Ich dachte schon, du schaffst es heute gar nicht mehr.«

»Na ja, so richtig heute ist es ja auch nicht mehr.« Fest drückt mich mein Freund an sich und ich lasse mich einfach nur halten.

Meine Gedanken verlangsamen ihre Raserei und beginnen sich aufzulösen. Die Nervosität, die bis eben mein Herz so unangenehm hat rasen lassen, ebbt ab.

»Hast du etwas dagegen, wenn ich meine Jacke ausziehe?«, murmelt Lukas an meinem Ohr. »Dein Häuschen ist zwar nicht das wärmste, aber so fange ich doch ein wenig an zu köcheln.«

Lachend löse ich mich von ihm und helfe ihm galant aus der Jacke. Und weil ich schon gleich dabei bin, auch aus seinem Hemd. Und seiner Hose. Eigentlich aus allem, was ihn daran hindert, mit mir Liebe zu machen.

Das schnarrende Geräusch des Weckers reißt mich aus meinen Träumen. Der übergroße Schokoladenweihnachtsmann, der mit Trüffeln in Form von Melonen nach mir geworfen hat, wabert in die Traumwelt zurück und lässt mich ein wenig desorientiert die Augen öffnen. Ein Hauch Helligkeit ziert bereits den Himmel und verträumt sehe ich aus dem Fenster. Der kahle Birnbaum davor glänzt orangefarben in der aufgehenden Sonne. Nur noch ein paar Minuten länger unter der kuscheligen warmen Decke, eng an Lukas gekuschelt ...

Doch die Schlummerfunktion meines Weckers kennt kein Nur-noch-ein-paar-Minuten und schnarrt mich wieder aus dem Schlaf.

Auch Lukas neben mir rührt sich jetzt, wenn auch nur, um mich näher an sich heranzuziehen. Das ist beim Aufstehen definitiv nicht hilfreich.

»Ich muss los. Es gibt viel zu tun.« Lachend befreie ich mich.

»Sonntags früh aufzustehen ist verboten.«

»Immerhin ist es nicht ganz so früh wie an den anderen Wochentagen.« Schnell ziehe ich mir einen Fleecepullover über den Schlafanzug und schlüpfe in warme Puschen. Während ich mir die Haare zu einem Knödel auf dem Kopf zusammendrehe, lehne ich mich zu Lukas hinüber. »Kaffee?«

Sein Brummen werte ich als Zustimmung.

Pfeifend steige ich die steile, knarrende Stiege hinunter und gehe in die Küche, um Kaffeewasser aufzusetzen und ein schnelles Frühstück zu bereiten. Sonntage sind meine Lieblingstage in der Chocolaterie. Ein besonderer Zauber wohnt ihnen inne und meine Gäste lassen es sich noch entspannter gut gehen als an anderen Tagen. Zumal sonntags mehr Kundschaft den Weg zu mir findet, was meiner Kasse gut bekommt.

Im Umkehrschluss bedeutet es aber auch, dass ich heute keine Zeit haben werde, meine Schokovorräte aufzustocken, damit ich für die Tage gerüstet bin, an denen ich die Vorbereitungen für die Trüffelmesse treffen muss. Hach, und diese unsägliche vegane Hochzeit! Da fällt mir ein, ich muss mir unbedingt noch die Unterlagen von Miss Feng-Shui ansehen. Ich bin so froh, dass es nur ein kleiner Sweet Table ist, den sollte ich locker aus dem Handgelenk schütteln können.

Aber erst einmal Kaffee, Toast und herrliche, dunkle, aromatische Nussnugatcreme aus köstlichsten Marcona-Mandeln. Den Tipp habe ich von meiner Freundin Miela, bäckt sie in ihrer Teestube doch die weltbesten Macarons aus diesen delikaten Mandeln.

Angelockt vom Kaffeeduft schlurft ein verstrubbelter Lukas in die Küche und in einvernehmlichem Schweigen frühstücken wir.

Hell und golden scheint die Sonne in die *Schokofee*. Für einen Moment öffne ich alle Fenster und lasse die klare Morgenluft herein. Zusammen mit den Düften der Schokoladen ergibt sich eine unwiderstehliche Melange, die ich tief einatme.

Nirgendwo wäre ich gerade lieber, Sonntag hin oder her.

Auch Lukas hat seine Schläfrigkeit abgelegt und wuselt zwischen den Tischen im Wintergarten umher, um alles für den Start in den neuen Schokotag vorzubereiten.

Aus einem Impuls heraus gehe ich zu ihm und umarme ihn so fest ich kann.

»Wow, wenn das der Dank ist, werde ich öfter mal die Tische decken.« Sein Lachen vibriert an meiner Brust und flutet mein Herz mit Liebe.

»Danke, dass du da bist. Ich glaube, ich sage dir das viel zu selten.«

Zärtlich streicht mir Lukas über die Wange und sieht mich an. Doch er erwidert nichts, sondern lächelt nur ein wenig abwesend.

Ehe ich mir darüber Gedanken machen kann, knackt die Schokotürklingel und Herr Munzel spaziert zusammen mit Herrn Wester herein. »Guten Morgen, meine liebe Julie, haben Sie denn schon geöffnet?«

»Für Sie doch immer, Herr Munzel.« Nur zögerlich löse ich mich von Lukas, der die beiden Herren, charmant mit ihnen plaudernd, zu ihrem Lieblingsplatz am Fenster führt. Ein Gefühl, das ich nicht recht fassen kann, pocht leise in mir. Verunsichert starre ich für einen Moment auf Lukas' Rücken, ehe ich wieder zurück in die Chocolaterie gehe, um mich der Schokomilch für meine Gäste zu widmen.

Der sonnige Tag verfliegt in einem köstlichen Rausch aus Trüffeln, Schokoriegeln und heißer Schokolade. Zwischendurch rettet Bille Lukas und mich mit einem ungarischen Gulasch vor einem allzu zuckerhaltigen Mittagsimbiss und gibt uns neue Energie für den Nachmittag.

Wie ein Wirbelwind rauscht zwischendurch May herein, um die Schokolade für Ole abzuholen. Sonnengebräunt, die Mähne noch ausgeblichener als sonst, strahlt sie mich an. Hibbelig nimmt sie die Schokolade entgegen, dankt mir tausend Mal, dass ich Ole und sie rette, und ist so schnell wieder verschwunden, wie sie aufgetaucht ist. Würde nicht die Schokolade für Ole fehlen, ich würde zweifeln, dass May überhaupt dagewesen wäre.

Gegen sechzehn Uhr wird es ruhiger und nur wenige Stammgäste sitzen noch im Wintergarten. Lukas kommt aus der Küche, wo er das benutzte Geschirr in den Geschirrspüler geräumt hat. »So, fertig für heute, alles erledigt.«

»Du bist mein Held.« Lächelnd reiche ich ihm auf einem Teller eine übergroße *Tartufo Puro Nero*.

Lukas lässt sich nicht lange bitten und verspeist die Trüffelpraline. »Diesen Lohn lobe ich mir.« Schwungvoll küsst er mich auf den Mund und ich versinke in seinem warmen Geschmack nach Kakao und Haselnuss. Doch mit einem Auge schiele ich zum Wintergarten. Ich will meinen Gästen die weltbeste Schokolade bieten, nicht weniger, aber auch nicht mehr.

Ein wenig atemlos beende ich unseren Kuss, der mir schon wieder weiche Knie beschert. »Merke dir bitte, was du gerade mit mir vorhattest, ich werde dich später sehr genau daran erinnern. Was hältst du heute von einem frühen Zubettgehen? Einem sehr frühen Zubettgehen.«

Lukas stupst meine Nase mit dem Zeigefinger an. »Ava, Oskar und ich spielen doch heute noch ein Konzert in Potsdam, im Nikolaisaal. Schon wieder vergessen?«

Nein, theoretisch nicht. Also ich weiß, dass Lukas regelmäßig Auftritte mit seiner Band *Jukebox* hat, aber ist das echt heute wieder? »Wow, im Nikolaisaal. Meine Karten liegen bestimmt wie immer an der Bar?«

»Gut die Kurve gekriegt, mein Liebchen.« Grinsend drückt mir Lukas einen Kuss auf den Schopf. »Bis nachher. Beginn ist zwanzig Uhr, nicht einundzwanzig Uhr und auch nicht zwanzig Uhr dreißig oder was dir sonst noch so einfallen sollte.«

Mit großen Augen sehe ich ihn an und hoffe, dass ich so extra niedlich aussehe. »Punkt zwanzig Uhr im Nikolaisaal. Ich werde da sein.«

Mit erhobenen Augenbrauen deutet Lukas eine Verbeugung an, küsst mich auf die Wange und verabschiedet sich beim Hinausgehen mit einem Winken bei den Gästen im Wintergarten. Ich sehe ihm hinterher, wie er in Richtung der Holzbrücke läuft, während das letzte Licht des Tages ihn begleitet.

Nach und nach leert sich die *Schokofee* und ich schließe ab, nachdem alle gegangen sind. Plötzlich sehr müde, drehe ich das Geschlossen-Schild an der Tür um und lehne mich für einen Moment dagegen.

Wenn ich jetzt schon nach Hause ginge, hätte ich noch genügend Zeit, mich mal wieder um mich selbst zu kümmern. Oh, was gäbe ich nicht gerade für ein heißes Bad bei Kerzenschein und sanfter Klaviermusik! Auf dem Rand der Badewanne ein Tellerchen mit getrockneten Aprikosen in Schokolade und einen dampfenden Becher Bergkräutertee daneben. Danach könnte ich mich ganz in Ruhe für Lukas' Konzert fertigmachen und entspannt nach Potsdam fahren.

Doch für ein heißes Bad zu Hause fehlt mir die entscheidende Zutat: heißes Wasser. Mit dem Rinnsal an lauwarmem Wasser, das zurzeit aus den Rohren strömt, bräuchte ich eine Woche, um die löchrige Badewanne zu füllen – und das Wasser wäre noch immer nicht heiß.

Was solls, ich habe ohnehin zu viel zu tun, um meine Haut in Wasser schrumpeln zu lassen. Das überlasse ich lieber den reichen Spa-Ladys, deren einzige Sorge ist, ob sie sich den neuesten Nagellack lieber in *Crisp White* oder *Navy* aufpinseln lassen sollen.

Ich gönne mir das heiße Wasser lieber in Form eines starken Espressos und schreite in der Schokoküche frisch ans Werk.

Da mein Vorrat an Schokoladentafeln stark geschrumpft ist, entscheide ich mich, diese zu zaubern. Dieses Mal habe ich Lust auf süße Orangen, tiefdunklen Espresso und feuriges Kirschwasser.

Und so zieren bald fruchtige Tafeln Orangenschokolade, hauchdünne Espressotafeln und betörende Kirschwasserleckerbissen das Kühlgitter. Zufrieden nippe ich an einem Schnapsglas voll mit dem Kirschwunder. Vielleicht sollte ich noch eine weihnachtliche

Schokoversion kreieren? Die Zeit ist längst reif. Zimtige, mit Schokolade überzogene Mandeln? Oder lieber Lebkuchenschokoriegel?

Ein Klopfen an der Tür der Chocolaterie reißt mich aus den Gedanken. Ich spähe durch den Wintergarten zur Eingangstür. Von dort winkt mir Gisela entgegen, während Willi fröhlich grinsend die Scheibe anhechelt.

Schnell gehe ich hin und öffne die Tür. »Hey, was darf ich dir Gutes tun?«

Gisela hält Willi und Happy am Halsband zurück, während sich Erna ängstlich halb hinter ihren Beinen versteckt, bereit, jeden Augenblick ein Schrittchen nach vorn zu machen und wieder zwei zurück. »Danke, das ist lieb, aber ich esse gleich zusammen mit den Gästen zu Abend. Ich komme gerade von meiner Abendrunde mit den Hunden und habe gesehen, dass bei dir noch Licht brennt. Kindchen, am Sonntagabend solltest du dir wirklich mal eine Auszeit gönnen. Möchtest du mit rüber ins Schloss kommen? Lass dich von Bille verwöhnen. Anschließend könntest du dir im Seezimmer gemütlich ein Bad einlassen und dort übernachten.«

Wieder sehe ich eine Wanne voll heißen Wassers vor mir, dazu seidenweicher, süß duftender Schaum. Nebenan würde ein Himmelbett auf mich warten, angestrahlt vom knisternden Feuer des Kamins.

Ich seufze tief. »Das ist ein großartiges Angebot, aber heute hat mich Lukas noch zu einem Konzert der *Jukebox* eingeladen ...« Mit einem Ruck drehe ich mich zu dem Durchgang zur Chocolaterie um und sehe auf die Uhr über der Theke. Wenn Gisela gerade von ihrer

Abendrunde mit den Hunden zurückkommt, heißt das, dass ich ...

»Du bist zu spät, richtig?« Gisela runzelt die Stirn und schüttelt den Kopf.

Ich nicke hektisch und verabschiede mich mit einem raschen Drücken von Gisela. Willi sieht mich vorwurfsvoll an, da ich für ihn gerade so gar keinen Drücker übrighabe. »Morgen wieder, mein Dicker, versprochen.«

»Kindchen, Kindchen, versprich nicht immer so viel«, murmelt Gisela, nimmt Happy auf den Arm und läuft, flankiert von einem trottenden Willi und einer umherspringenden Erna, in Richtung Schloss.

In Rekordzeit räume ich die Küche auf, wobei das Ticken der Uhr über der Spüle mit jeder Minute lauter wird. Verflixt, warum muss ich auch in der *Schokofee* so viele Uhren aufgehängt haben! Davon werde ich schließlich auch nicht schneller.

Da Lukas und ich morgens mit seinem Auto hergekommen sind, muss ich zu Fuß nach Hause gehen. Und das erledige ich mehr oder weniger rennend.

Mit Seitenstechen rette ich mich endlich durch das Gartentor und schließe hechelnd die Haustür auf, die sich heute besonders unkooperativ zeigt und erst nach mehrmaligem Ruckeln nachgibt.

Mit viel Herrichten wird es jetzt nichts mehr. Noch während ich die Stiege nach oben ins Schlafzimmer hetze, reiße ich mir den Pullover über den Kopf. Dabei stoße ich heftig mit dem Ellenbogen an das Geländer und fluche noch heftiger.

Da ich jetzt auch noch schwitze, brauche ich im Bad länger als geplant, wobei ich nach dem Waschen noch genauso schwitze wie vorher. Egal, ich werde schon wieder abkühlen, sobald ich im Nikolaisaal bin. Fast pünktlich.

Aus dem Kleiderschrank reiße ich heraus, was mir als erstes in die Hände fällt und hoffe, dass der grünrote Wickelrock halbwegs mit der gelben Schlupfbluse zusammenpasst. Leider findet sich keine dicke Strumpfhose mehr in meiner Sockenschublade und ich krame hektisch nach den Nylons, die mir Vianne geschenkt hat. Da eine davon ungefähr so viel kostet wie der gesamte Inhalt meines Kleiderschrankes, habe ich sie nie getragen. Man stelle sich nur mal vor, welch ein Schaden das wäre, wenn eine Laufmasche ihren Weg in eine so teure Strumpfhose fände! Fast schon versicherungspflichtig.

Habe ich mittlerweile eigentlich die Hausratversicherung angerufen?

Blöde Frage, wenn ich die Antwort darauf wüsste, hätte ich es längst getan.

Mit der halbaufgerissenen Strumpfpackung hechte ich zum Nachtschränkchen neben dem Bett und reiße einen Klebezettel in Größe DIN-A5 vom Block. VERSICHERUNG kritzele ich so groß wie möglich darauf. Den Zettel klebe ich an meine Handtasche, die am Kleiderschrank hängt. Das kann ich morgen ganz in Ruhe von Lukas' Wohnung aus erledigen.

Kurz atme ich einmal durch, um mir die kostbaren Nylons anzuziehen. Und da es draußen echt kalt ist, noch ein zweites Paar.

Sehr schön. Fertig. Na ja, fast. Es könnte nicht schaden, wenn ich mich kurz noch meinen Haaren widmen würde. Das Nest auf meinem Kopf fühlt sich nicht einladend an.

Wo ist die Haarbürste? Mal wieder verschwunden. Egal. Notdürftig bürste ich mit den Händen durch die Haare und fasse sie zu einem strammen Knoten zusammen, den ich mit mehreren Haargummis umwickele. Sicherheitshalber knote ich mir noch ein kunterbuntes Tuch darum, denn erfahrungsgemäß löst sich der erste Haargummi, kaum dass ich unten in der Diele ankomme.

Und los. Zwar komme ich jetzt mehr als ein bisschen zu spät, aber ich werde da sein. Und das noch vor der Zugabe! Lukas kann stolz auf mich sein.

Noch einmal hetze ich zurück ins Schlafzimmer und reiße die Handtasche vom Schrank, die ich mir im Hinabgehen quer über die Schulter hänge. Dieses Mal muss mein anderer Ellenbogen dran glauben und mein Fluchen lässt das verflixte Geländer erzittern. Wenigstens werden meine Arme morgen gleichmäßig bunt schillern.

Ich springe in die Stiefel, schnappe mir eine Jacke vom Stuhl und greife nach den Autoschlüsseln in der Jackentasche. Erfreulicherweise befinden sie sich darin. Geht doch!

Genauso atemlos, wie ich vorhin hier angekommen bin und die Tür aufgerüttelt habe, rüttele ich sie nun wieder auf, um hinauszugehen. Doch weit komme ich nicht.

Vor mir, im schwachen Schein des Flurlichtes, steht ein zusammengesunkenes Bündel, das hemmungslos schluchzt.

Kapitel 10

L wie Langsam

Liebesfrucht-Praline
Rubinrote Granatäpfel und roséfarbene Litschis, ge-
rührt in eine süße Creme aus weißer Schokolade, ge-
gossen in die Form zweier sich zugeneigter Herzen.
Augen schließen, gemeinsam hineinbeißen und sich
gegenseitig stürmisch küssen.

»May!« Ich starre auf meine Schwester, als hätte sie sich eben vor meinen Augen hierher gebeamt. Tränen strömen ihre Wangen herab, während sie mit einem völlig durchnässten Taschentuch versucht, die Nase zu trocknen.

Mein Blick wird kurz abgelenkt von den zwei Koffern, die rechts und links neben ihr stehen. Verletzt scheint sie nicht zu sein, worüber ich erleichtert bin. Warum meine Schwester aber so völlig verheult vor meinem Haus auftaucht, möchte ich fast nicht wissen.

Bitte, bitte, wer auch immer mir gerade zuhört, lass es einfach nur an einem ausgefallenen Flug liegen. Von mir aus an einem großartigen ausgefallenen Flug! Aber nichts anderem!

»Ole ist so ein Arsch! Ich lasse mich scheiden! Und wohne jetzt bei dir.«

Das ist nicht nichts anderes! Das genau sollte es nicht sein!

Völlig verwirrt schüttele ich den Kopf und winke May herein. Sie schlurft an mir vorbei und für mich bleiben die beiden Koffer vor der Tür übrig.

Was hat sie da bloß drin? Halb Sizilien?

Ich wuchte die Koffer in den Flur und lasse sie stehen. May hat sich in die Stube geflüchtet und hockt dort auf dem alten Ohrensessel. »Ziemlich kalt hast du es hier«, murmelt sie, als ich mir den Fußhocker heranziehe und mich vor sie setze. »Bei Gweni war es immer warm und gemütlich ...« May schluchzt auf und neue Tränen kullern ihr aus den Augen.

Auch in mir steigt die wohlbekannte Traurigkeit auf, doch ich zwicke mich kurz unauffällig in den Arm. Nicht jetzt, Julie!

Sanft streichele ich Mays Knie. »Was ist denn passiert?«

»Ole spinnt total! Erst wollte er meine Schokolade nicht annehmen und dann hat er mir gesagt, ich mache es mir total einfach, mich immer hinterher zu entschuldigen, wenn ich mal wieder nur das getan hätte, was ich wollte!« May knetet das vollgeheulte Taschentuch in den Händen, während Schluchzer sie beim Sprechen unterbrechen. »Ich sei total unzuverlässig und flatterhaft! Ha, ausgerechnet ich! Was denkt sich der blöde Kerl eigentlich? Wenn ich unzuverlässig wäre, würde ich ja wohl kaum als Pilotin arbeiten! Und dann hat er mir auch noch vorgeworfen, dass ich zu viel fliege! Der spinnt doch! Als wäre er selbst nicht auch immer unterwegs. Das ist unser Job!«

Ich muss gestehen, ich kann Oles Standpunkt recht gut nachvollziehen. Ich weiß, ich sollte auf der Seite meiner Schwester stehen – und das tue ich ja auch, unbedingt. Aber! »Na ja«, wage ich mich ein Stück hinaus auf gefährliches May-Gebiet, »wie viele Tage warst du in diesem Jahr zu Hause? Gefühlt bist du nur unterwegs.«

»Pff, ich war mindestens drei Tage im Monat in Berlin!«

Stirnrunzelnd sehe ich sie an.

»Könnten auch ein oder zwei gewesen sein«, murmelt sie und schiebt unwillig meine Hand von ihrem Knie. »Aber darum geht es doch gar nicht!«

»Worum denn dann?«

»Er hat mir irgendwann einfach die Pistole auf die Brust gesetzt! Wenn ich nicht sofort mehr Zeit mit ihm verbringe, sucht er sich eine andere, die williger ist!«

Bei ihren Worten zucke ich zusammen. Doch das hört sich alles so gar nicht nach dem Ole an, den ich kenne. Dass er sauer ist, da May so viel unterwegs ist – das schon. Und dass er keine Lust mehr darauf hat, ständig hinterher von ihr vertröstet zu werden, ist auch verständlich. Aber meine Schwester zum Bleiben zu zwingen und ihr damit zu drohen, fremdzugehen?

Ich beuge mich vor und sehe May ernst an. »Bist du sicher, dass du ihn richtig verstanden hast? Vielleicht hast du im Eifer des Gefechts ja nicht ganz hingehört?«

»Ach ja!«, blafft sie mich an. »Und dass ich ihm endlich mal ein Baby liefern soll, denke ich mir auch nur aus, oder was? Ich bin doch nicht seine persönliche Gebärmaschine.«

Oh, wow! May war schon als Mädchen total unabhängig und zielstrebig, sie hat sich von niemandem sagen lassen, wo es langgeht. Und dass Ole sich jetzt so dermaßen in ihre Autonomie einmischt, wundert mich. Aber wer weiß, wie verzweifelt der arme Kerl ist. Viel hat er von May ja nun wirklich nicht.

Sie soll ihm ein Baby liefern? Echt jetzt?

»Du sollst ihm ein Baby liefern?«

May drückt ihren Kopf an die Sessellehne und verschränkt mit einem genervten Augenrollen die Arme. »Jetzt betreibe bitte keine Wortklauberei! Du weißt, was ich meine.«

Bedächtig wiege ich den Kopf hin und her. »Ich denke schon, dass der exakte Wortlaut durchaus eine Rolle spielt. Denn es ist ein Unterschied, ob du gemeinsam mit deinem Ehemann euren Babywunsch besprichst oder ob er eines von dir verlangt.«

»Papperlapapp! Er will mir ein Kind in den Bauch reden!« Mays Wangen färben sich knallrot und fast sieht es aus, als würde sich ihr langer Zopf vor Empörung aufrichten.

Ich kann mir nicht helfen und muss schmunzeln. »Na ja, Ole hat bestimmt anderes im Sinn, als es dir in den Bauch zu reden.«

Mein zugegeben mickriger Scherz entlockt May leider kein Lächeln. Eher sieht sie mit ihren zusammengekniffenen Augen aus, als würde sich die Wut, die für Ole reserviert ist, langsam aber sicher auf mich richten.

Ich schenke ihr mein schönstes Lächeln. »Komm schon, ihr kriegt das hin. Du schläfst hier bei mir eine Nacht darüber und morgen sieht die Welt wieder viel besser aus.«

Doch May scheint gegen Schokolade momentan immun zu sein. »Ach ja? Und morgen gehe ich wieder zu ihm, mit einer Entschuldigung auf den Lippen, dass ich ihn habe stehenlassen, überreiche ihm ein paar Liebespralinen und Friede, Freude, Eierkuchen, oder was?«

Eiseskälte kriecht mir den Rücken hinauf. Nicht nur May hat Ole stehengelassen! Mit einem Ruck springe ich auf. »Bin gleich wieder da.«

Zusammen mit Mays Koffern habe ich vorhin meine Handtasche im Flur abgestellt. Hektisch krame ich darin nach dem Handy. Doch ich finde es nicht. Mit überhöhter Geschwindigkeit suche ich das Haus ab, trotzdem finde ich es weder unter dem Bett noch in der Kramschublade im Bad. Kurz überlege ich sogar, den doofen Keller abzusuchen, aber die Wahrscheinlichkeit, dass es dort liegt, geht in den negativen Nullbereich.

Als ich mal wieder an der Stube vorbeikomme, steht dort May am Türrahmen gelehnt und beobachtet mich. »Kann ich dir helfen bei deiner Schnitzeljagd? Du weißt ja, Dinge sind erst verloren, wenn ich sie nicht finde.«

»Dann bitte finde jetzt mein Handy!« Hektisch eile ich in die Stube und hebe dort alle Kissen auf dem Sofa an.

May indessen bleibt ruhig stehen. »Es ist in der Chocolaterie.«

Rechts und links ein Kissen in der Hand starre ich sie an. »Woher willst du das wissen?«

»Wenn es hier wäre, hättest selbst du es schon gefunden. Da du es alle naselang benutzt, kann es nicht allzu weit vergraben sein. Das würdest nicht einmal du schaffen.«

Und ich sehe mein geliebtes Handy glasklar liegen. In der zweiten Schublade von oben, im rechten Regal der Theke. In der *Schokofee*. Auf dem Laptop.

Ich lasse die Kissen fallen und strecke die Hand aus. »Leihst du mir bitte dein Handy?«

May zieht es aus der Hosentasche und reicht es mir mit hochgezogenen Brauen. »Und Ole beschwert sich über mich! Gegen dich bin ich ja die reinste Ehefrauen-Queen.«

»Schon klar, Eure Hoheit. Dann könnt Ihr Euch schon gern mal in der Leinenkammer an der Nachtwäsche bedienen und das königliche Sofa für Euer Nachtlager beziehen.« Mit einem Nicken nehme ich Mays Handy an mich und verziehe mich in die Küche.

Ich rufe Lukas an, doch natürlich geht sofort die Mailbox ran. Müssten sie nicht eigentlich schon fertig sein mit dem Konzert? Vielleicht geben sie zur Zugabe noch eine Zugabe?

Ich schüttele über mich selbst den Kopf. Lukas wird kaum direkt nach dem letzten Song zu seinem Handy stürmen, um auf einen Anruf von mir zu warten.

Aber er macht sich doch bestimmt Sorgen, wo ich bleibe? Oder?

Oder er ist mittlerweile so daran gewöhnt, dass ich nicht auftauche, wenn wir verabredet sind.

Meine Daumen hängen in der Luft über dem Handy. Was soll ich bloß schreiben?

May rumpelt nebenan, als sie das Sofa für die Nacht vorbereitet. Ich habe keinen, absolut keinen Grund für ein schlechtes Gewissen. Meine Schwester befindet sich in einer Notlage und ich bin für sie da!

Sorry, dass ich das Konzert verpasst habe. May geht es nicht gut. Wir reden morgen.

Fest drücke ich auf *Senden* und werfe das Telefon auf den Küchentisch. Ich habe nichts falsch gemacht!

Mit schnellen Schritten gehe ich zurück zu May, die vor dem Kamin steht und das Foto in den Händen hält, das sonst auf dem Sims steht. Ich lege einen Arm um ihre Taille und lehne den Kopf gegen ihren. Sie duftet weich und süß nach Kirschen, wie schon damals als Kind. Woher auch immer dieser ihr so eigener Geruch auch stammt. Ich würde sie unter tausenden Frauen erkennen.

»Du duftest nach Schokolade«, murmelt sie und streicht zart mit dem Zeigefinger über das Foto. »Wie Gweni.«

Die Tränen, die ich vorhin so tapfer zurückgehalten habe, kullern mir nun aus den Augen. Auch May weint wieder.

Erschöpft und tieftraurig gehen wir beide in dieser Nacht zu Bett. May schläft nicht auf dem Sofa. Wir kuscheln uns gegenseitig tröstend in Gwenis altem Bett aneinander, so wie wir es auch früher oft getan haben, wenn die böse Welt gemein zu uns war.

»Guten Morgen.« Vorsichtig setzt sich May zu mir auf die Hollywoodschaukel und kuschelt sich mit unter die Patchworkdecke. Quietschend kommt die alte Schaukel langsam wieder zur Ruhe.

Die Sonne taucht den Garten und uns in goldenes Spätherbstlicht. Es ist einer jener klaren Tage, wie es sie nur selten im November gibt. Tage wie aus einem Gemälde. Die Luft schmeckt frisch und rein und die leuchtenden Farben um uns herum heitern mich auf.

May lehnt ihren Kopf gegen meinen. »Gweni schafft es noch immer, dass etwas im Garten blüht, selbst zu dieser Jahreszeit.«

Mein Blick folgt dem meiner Schwester hin zu der Schneekirsche, deren hellrosa Blüten im Sonnenschein leuchten. Das schlechte Gewissen beißt mir beim Anblick der verwilderten Beete in den Bauch. Ich habe kein Händchen für Blumen und Sträucher, die ich nicht aus Schokolade herstelle. Gartenarbeit bedeutet für mich Arbeit, im wahrsten Sinne des Wortes. Arbeit, für die ich keine Zeit habe, selbst wenn ich wollte. Da kann ich es mir noch so sehr als Hobby einreden.

May scheint mein Unbehagen zu spüren, denn sie stupst mich unter der Decke an. »Hey, mach dir keine Gedanken. Der Garten sieht nicht schlimm aus, nur halt irgendwie ... anders.«

Für einen Moment schließe ich die Augen. »Manchmal habe ich das Gefühl, egal was ich tue, es ist immer zu wenig.«

Die Schaukel quietscht, als sich May ruckartig aufsetzt. »Blödsinn! Du tust so viel. Und vielleicht ist es auch das, was dich manchmal ausbremst, du machst einfach zu viel! Du führst die Chocolaterie allein, hast allerlei Aufträge von extern dazu, kümmerst dich um das alte Haus hier und den riesigen Garten. Nebenbei gönnst du dir alle zwei Wochen ein neues Hobby und bist für jeden immer und überall da. Du tanzt einfach auf zu vielen Hochzeiten – außer auf deiner eigenen, nebenbei bemerkt.«

»Ich mache das doch alles gern.« Den Kommentar zu meiner Hochzeit überhöre ich. Schließlich habe ich dafür ja noch massig Zeit. Es gibt viele andere Prioritäten! »Und außerdem geht es hier nicht um mich! Schließlich hast du gestern Abend heulend auf meiner Türschwelle gehockt.«

May versteift sich spürbar und zieht den Kopf weg. Doch sie sagt nichts.

»Entschuldige bitte«, murmele ich. »Das war gemein.« Sie nickt.

»Glaubst du denn heute immer noch, dass mit Ole alles aus und vorbei ist?« Ich ziehe die Decke fester um uns, denn so langsam kriecht die Kälte des Novembertages doch spürbar darunter.

»Ich weiß es nicht.« Hilflos zuckt May mit den Schultern. »Kann ich für ein paar Tage hierbleiben? Übermorgen fliege ich eh wieder.«

Langsam taste ich unter der Decke nach Mays Hand, die sich genauso kalt anfühlt wie meine. »Meinst du nicht, du solltest das mit Ole erst einrenken, ehe du schon wieder durch die Weltgeschichte düst?«

May schüttelt den Kopf. »Ich habe Dienst, Julie, wie stellst du dir das vor? Im Übrigen tut es mir gut, rauszukommen.«

»Aber du bist doch immer draußen! Ich glaube ja fast, das ist auch das eigentliche Problem. Mir kommt es so vor, als würdest du montags nach Osten fliegen und Ole dienstags nach Westen. Am Mittwoch bist du im Norden und Ole am Donnerstag im Süden. Und an den restlichen Tagen tauscht ihr eure Positionen.«

»Woher kennst du denn so genau unsere Dienstpläne?« May lächelt mich zaghaft an. »Ich fliege nämlich Mittwoch wirklich nach Indien und Ole in die Karibik.«

»Warum bist du so unruhig, May? Seit Jahren tingelst du durch die Weltgeschichte, kommst nicht zur Ruhe. Wovor rennst du davon?«

»Warum bist du so fixiert auf Gwenis Haus? Wovor versteckst du dich?«

Zusammen mit May räume ich die kleine Dachstube auf, die neben meinem Schlafzimmer liegt. Sie ist vollgestellt mit Umzugskartons von mir, die ich noch nicht ausgepackt habe, mit Dingen, die ich häufiger vermisse. Doch ich habe keinen Platz dafür. So ist es einfacher und sie sind nicht ganz aus der Welt. Im Keller haben sie schließlich so gar nichts verloren.

Sentimental, mit einem Lächeln auf den Lippen, öffne ich einen der Kartons.

»Oh May, schau mal. Die Tasse hast du mir aus Tasmanien mitgebracht. Du hast mir erzählt, dass du sie in einer so süßen Chocolaterie wie meiner gefunden hast.« Entzückt halte ich die Tasse hoch, die handbemalt mit wunderschönen Kakaoblüten meiner Hand schmeichelt. In der Küche meiner alten Wohnung hatte ich ein ganzes Regal voll mit wundervollen Tassenschätzen, die ich seit Jahren aus allen Teilen der Welt sammele. Wobei mir hier sehr entgegenkommt, dass May und Ole solche Weltenbummler sind.

Meine Schwester streicht über den Rand der Tasse. »*The Chocolate Apothecary* in Evandale. Tasmanien war so schön, dort würde es dir gefallen. Und ich glaube, die Besitzerin der Chocolaterie und du, ihr wärt best friends forever.«

Langsam wühle ich mich durch die Kiste mit den Tassen, doch ein nachdrückliches Räuspern von May holt mich zurück in die arbeitsame Wirklichkeit.

Schließlich gelingt es uns, die Stube so aufzuräumen, dass May Platz hat und das alte Schlafsofa wieder einsatzfähig ist. Zwar ist es alles andere als ein Genuss, aber nach Mays Meinung völlig ausreichend, da sie ohnehin kaum hier wäre. Na ja, vielleicht findet sie so den Weg zurück zu Ole schneller.

Immer wieder schaue ich aus dem Fenster auf die Straße, in der Hoffnung, meinen Schwager zu sehen. Doch bis auf die uralte Frau Steiner, die ihren uralten Dackel Gassi führt, verirrt sich niemand in meine verschlafene Straße im *Düppeler Forst.*

Irgendwann kann ich es nicht mehr aufschieben und mache mich auf den Weg zu Lukas. Mir ist unwohl dabei, denn er hat noch immer nicht auf meine Nachricht von gestern Abend reagiert und auch ein Anruf bei ihm ging direkt auf seine Mailbox. Selbst in der Musikschule war nur der Anrufbeantworter geschaltet.

Das ist so untypisch für Lukas! Und nach und nach löst Wut das schlechte Gewissen ab, ihn versetzt zu haben. Schließlich mache ich nichts falsch. Im Gegenteil, ich helfe meiner Schwester durch eine schreckliche Krise. Himmelherrgott, es geht um ihre Ehe! Wenn er das nicht versteht, tut es mir echt leid. Sein nächstes Konzert kommt bestimmt bald. Und es ist ja nicht so, als wäre es das erste Konzert gewesen!

»Was ist denn mit dir los?«

Böse sehe ich von meinen Stiefeln auf. »Was soll los sein?«, blaffe ich May an.

»Ich meine ja nur, du würgst jetzt schon seit Minuten an dem armen Reißverschluss herum und ballst dermaßen dein Gesicht zur Faust, dass mir angst und bange wird.«

Und in der Tat wird mir bewusst, wie sehr ich gerade innerlich rase. Warum?

Entnervt ziehe ich den unwilligen Stiefel vom Fuß und pfeffere ihn neben die Eingangstür. Die Wildlederboots zeigen sich kooperativer, doch mein Herzschlag beruhigt sich nur unwesentlich.

Vielleicht sollte ich erst in die *Schokofee* gehen und dort ein wenig vor mich hin werkeln, danach könnte ich noch immer zu Lukas fahren und mich entschuldigen. Zu tun hätte ich wahrlich genug. Für einen Moment wird mir die Luft knapp und ich atme tief durch.

Stopp, ermahne ich mich. Wichtiges und Dringendes zuerst. Und Lukas ist mir wichtig und mit ihm ins Reine zu kommen ist dringend.

Kapitel 11

O wie Ominöes

Ofen-Fudge
Cremige Schlagsahne, süßer Zucker und samtige
Butter verlieben sich in die aromatische Sonne von
Orangen. Vereint in einem Konfekt, dazu bestimmt,
uns glücklich zu machen.

Der Weg von mir zu Lukas' Musikschule ist nicht lang. Eigentlich. An der Großen Neugierde komme ich noch in freier Fahrt vorbei, auf der Glienicker Brücke hingegen werde ich ausgebremst. Mit einem Mal steht alles und es gibt kein Vor und kein Zurück. Genau, was ich jetzt brauche!

Meine Güte, wo wollen all die Leute mitten am Vormittag hin? Müssen die nicht arbeiten?

Kurz überlege ich, auszusteigen und mein Auto einfach stehen zu lassen. So wie es momentan aussieht, könnte ich es locker später hier wieder abholen und keinem würde es auffallen.

Ich trommele mit den Händen auf dem Lenkrad herum, was mich aber noch nervöser macht. Hier hilft nur noch das einzig Wahre. Neben mir auf dem Beifahrersitz liegt mein Rucksack und aus dem krame ich eine herrliche, süße, nervenberuhigende Tafel Milchschokolade heraus. Schon deutlich entspannter wickele ich die Süßigkeit aus der knisternden Folie und beiße hinein.

Ah! Deswegen der Stau. Ich wusste doch, dass es einen Grund geben muss. Und eine Schokoladenpause ist doch der beste Grund überhaupt.

Nach zwei Dritteln der Köstlichkeit geht es zögerlich weiter und ich lege die Schoki zurück auf den Rucksack, sicher in Griffweite, falls wir doch wieder stehen bleiben.

Etwas zurückversetzt liegt die alte Villa, in der sich die Musikschule befindet. Schwungvoll parke ich auf dem kleinen Parkplatz davor und spritze dabei den Kies auf. Meine Nerven flattern und ich gönne mir den Rest der Schokolade. Wäre ja auch schade darum.

Fröstelnd husche ich den Weg zum Eingang entlang und gehe hinein. Es ist ruhig in den Fluren, die dick mit Teppichen belegt sind, nur hin und wieder dringen mehr oder weniger schiefe Töne von Klavier, Geige und Querflöte an mein Ohr.

»Guten Morgen, Barbara.« Mit einem Lächeln begrüße ich Lukas' Sekretärin, die in seinem Vorzimmer wachsam die Stellung hält.

Kurz unterbricht sie für mich das Tippen auf der Tastatur, ihre Hände schweben jedoch weiterhin darüber. »Guten Morgen, Julie. Lukas hat Unterricht im Raum Mozart. Um elf Uhr ist er fertig. Möchtest du in seinem Büro warten?«

Ich schüttele den Kopf. »Wenn es okay ist, warte ich vor dem Musikraum auf ihn.«

»Klar.« Damit tippt Barbara fleißig weiter und seufzt, als wäre sie erleichtert, nun ihre Finger nicht mehr stillhalten zu müssen.

Ich frage mich jedes Mal, was es im Sekretariat einer Musikschule so dermaßen viel zu tippen gibt. Das aufzuklären steht auch irgendwo auf einem meiner Klebezettel, allerdings auf einem beigen, also tendenziell unwichtig und keinesfalls dringend.

Vor dem Raum Mozart steht wie vor jedem Raum eine Bank gegenüber der Tür. Doch ich bleibe stehen und sehe aus dem Fenster. Die Kindergartenkinder der Kita auf dem Gelände toben im Garten durcheinander. Dick eingemummelt in Schneeanzüge, Schals und Mützen jagen sie sich kreuz und quer und veranstalten wilde Bobbycar-Rennen, bei denen mir die Haare zu Berge stehen.

Bald läutet es melodiös zur Pause und kurz darauf öffnet sich die Tür zum Musikraum.

»Hach, des war heut wieder eine ganz besonders schöne Klavierstund, Herr Lukas. Wir freuen uns schon ganz doll auf die nächste, nicht wahr Herr Pfarrer, du doch auch, gell.« Die silbergraugelockte Dame, die ich aus dem *Coffee To Stay* meiner Freundin Claire kenne, hakt sich bei dem in schwarz gekleideten, älteren Mann neben sich unter. Strahlend, als hätte sie Unterricht bei Mozart persönlich genossen, sieht sie zu Lukas auf. Wohingegen der Herr Pfarrer dezent in seine Hand gähnt, als würde er die *Kleine Nachtmusik* wörtlich nehmen.

Lukas, ganz der Vollprofi, reicht der Lady die Hand. »Es war mir ein Vergnügen, liebe Frau Hagen. Und denken Sie daran, fleißig zu üben, dann klappt es mit dem Flohwalzer sicher recht bald. Und vielleicht können Sie den Herrn Pfarrer Ewald auch das eine oder andere Mal zum Klavier überreden. Das würde sicher helfen.«

»Siehst, hast gehört, Herr Pfarrer, du sollst Klavier üben. Damit kommst viel weiter als mit dem Doktor Herzog Beggemmon zu spielen und das GZSZ zu schaun.«

Der gute Herr Pfarrer tätschelt die Hand seiner Haushälterin und sieht sie milde an. »Aber erst einmal gehen wir einen schönen Kaffee bei Frau Claire trinken. Auf Wiedersehen Herr Lukas, bis in zwei Wochen.«

»Auf Wiedersehen, Herr Pfarrer Ewald, und bis nächste Woche.«

Die zwei entfernen sich – Frau Hagen schnatternd, der Pfarrer schweigend – und Lukas und ich stehen uns gegenüber.

»Guten Morgen.« Zaghaft küsse ich ihn auf die Wange.

»Geht es May besser?«

»Sie wohnt jetzt erst einmal für ein paar Tage bei mir.«

»Oh!« Lukas' Coolness mir gegenüber bröckelt und erstaunt zieht er die Augenbrauen in die Höhe.

»Ja, oh! Dachtest du, ich mache mir einen bunten Abend und brauche dafür eine Ausrede, um nicht zu deinem Konzert kommen zu müssen?« Aus Selbstschutz verschränke ich die Arme vor der Brust. Ich weiß genau, dass Lukas das nie denken würde, aber trotzdem.

Unwirsch schüttelt er den Kopf, ehe er mir bedeutet, ihm in den Musikraum zu folgen. Leise schließt er die Tür hinter uns. »Mir ist klar, dass du für alles deine Gründe hast, ich unterstelle dir gar nichts.«

Die Spannung zwischen uns verunsichert mich und ich setze mich auf das zimtbraune, zerknautschte Ledersofa neben dem Flügel. Die Sonne scheint durch die großen Fenster auf meine Knie und der honigfarbene Boden glänzt im Licht.

Lukas setzt sich neben mich. »Was ist denn passiert?«

»May meint, sie müsse sich von Ole scheiden lassen.« Genervt davon verziehe ich den Mund.

»Na, da liegt ja einiges in der Luft zurzeit. Erst August und Orélie und jetzt auch noch May und Ole.«

Wütend springe ich auf. »Sprich es nur aus, was für eine zerrüttete Familie wir sind! Dafür kann ich doch nichts!«

Lukas lehnt sich betont langsam zurück. »Ich habe nichts, aber auch rein gar nichts in diese Richtung gesagt oder auch nur gedacht. Und ich verstehe voll und ganz, wie sehr es dich trifft, dass deine Geschwister Probleme mit ihren Ehen haben, weil du dir die heile Familie wünschst.«

»Aber?«, fauche ich ihn an.

»Nichts aber.« Lukas steht auf und stellt sich vor mich. Er wartet, bis ich ihn ansehe. »Julie, ich liebe dich.«

»Ich dich doch auch«, flüstere ich.

»Warum machst du es dir dann so schwer?«

Hilflos zucke ich mit den Schultern, nehme Lukas' Hand, und zusammen setzen wir uns wieder. »Wieso kriegen wir das nicht hin in unserer Familie? Meine Großeltern – geschieden, sogar mehrfach. Meine Eltern – geschieden. Tante Simone – geschieden, Onkel Theo – geschieden ... und nun auch noch August und May?«

»Noch sind sie es ja nicht, und selbst wenn ...« Lukas lässt den Satz in der Luft hängen und sieht mich schulterzuckend an.

»Und selbst wenn was?«

»Dann hat das nichts mit uns zu tun, Julie.«

Ich setze mich kerzengerade hin. »Das habe ich nie gesagt!« Und das stimmt auch. Nicht einmal gedacht habe ich es. Denn diesen Gedanken verbiete ich mir aufs Allerstrengste. Und jetzt kommt dieser Kerl einfach so daher und spricht ihn aus. Laut! Vor mir!

Lukas seufzt. Es hört sich sehr genervt an.

»Ich bin nicht eine deiner Schülerinnen, die eine Kadenz nicht richtig hinkriegt!«

Nun rollt er auch noch mit den Augen. »Julie, bitte. Ich weiß mittlerweile, dass das Thema Hochzeit bei dir heikel ist, und dass deine Geschwister gerade ein wenig Ärger in ihren Ehen haben, ist alles andere als toll. Aber, noch mal, es hat nichts mit dir und mir zu tun. Ich liebe dich und du liebst mich, alles andere bekommen wir hin.«

Und was, wenn nicht? »Das weiß ich doch.« Spielerisch knuffe ich Lukas in die Seite. Wir sollten beide nicht unseren Mut verlieren.

Für einen Moment sieht er mich ernst an, dann lächelt er endlich. »Unsere Hochzeit ist eine einmalige und große Sache, Julie, nicht nur für dich, sondern auch für mich. Und ich verstehe die Sorgen vor der Verantwortung, die du dir machst, wenn ich sie auch nicht teile. Aber, und das verspreche ich dir vor allem anderen, wenn du mich – hoffentlich bald – heiratest, wird es das einzige Mal sein, inklusive für immer.«

»Manche Dinge kann man nicht versprechen«, murmele ich und schmiege mich fest an Lukas, der seinen Arm um mich legt.

»Ich schon.«

Ich aber nicht. Aber das behalte ich für mich und springe erleichtert auf, als der nächste Schüler den Raum betritt.

Auf dem Heimweg hallt mir Lukas' Versprechen nach und auch wenn ich weiß, dass er es völlig ernst meint, jagt es mir einen Schauer den Rücken hinab. Mein Kopf dröhnt und ich sehne mich nach Ruhe darin. Für ein paar Stunden möchte ich einfach nur die Schokofee Julie sein und tun, was mir gefällt. Ohne Trüffelvorgaben für einen Wettbewerb, Schokokunstwerke für einen Ball oder verkorkste Zutaten für einen Sweet Table, der alles andere als sweet ist. Ich will mich nicht um ein löchriges Dach kümmern oder um rostige Rohre, auch nicht um einen störrischen Bruder und eine flatterhafte Schwester.

Und das werde ich jetzt auch tun. Die Weihnachtszeit ist eine meiner liebsten Zeiten im Jahr. Denn nie schmeckt Schokolade süßer, verführerischer und magischer. Nie duftet es intensiver nach Vanille und Zimt, nach Tannenzweigen und glasklarer Luft. Und nie kann ich so mit Schokolade zaubern wie in den Weihnachtswochen. Alles ist möglich, alles geht.

Tief atme ich den süßen Duft in meiner *Schokofee* ein, nachdem ich die Tür hinter mir geschlossen habe. Sogleich klingt meine Nervosität ab und ich schlendere durch den Wintergarten in die stille Chocolaterie. Die Wintersonne lacht durch die Fenster und mir scheint, als würde sie mir zuwinken.

Hell leuchtet die alte Truhe neben der Schokobar, in der ich meine Schätze rund um Schokolade aufhebe. Auch das Rezeptbuch.

Zögernd öffne ich die Truhe und hole das Buch heraus. Das Leder des Einbandes fühlt sich weich und abgegriffen an und schwer liegt es in meinen Händen. Der Duft jahrzehntealter Schokoladenkunst umweht mich und beflügelt meine süßeste Fantasie.

»Ich brauche dich nicht.« Trotzig drücke ich das uralte Buch an mich, verlasse die Chocolaterie und renne mehr als ich gehe zum Schloss. Ungesehen gelange ich in die Bibliothek im ersten Stock, schiebe das Rezeptbuch wahllos irgendwo zwischen die Bücher und verlasse das Schloss genauso ungesehen wieder.

Zurück in der *Schokofee* zittern mir die Knie und die Truhe neben der Schokobar wirkt seltsam leer.

Ich schüttele über mich selbst den Kopf und schließe die Truhe. Hier gibt es nichts mehr zu sehen.

Umso mehr dafür in den Kartons, die ich ganz unten in den Regalen im Vorratsraum stehen habe.

Begeistert wühle ich mich durch meine Weihnachtsdeko und entscheide mich in diesem Jahr für silberweiße Weihnacht.

Bald schon türmen sich silberweiße Christbaumkugeln und ein passender Schlitten mit Rentieren neben mir. Dazu silberweiß gezuckerte Tannenbäumchen und ein schneebedecktes Lebkuchenhaus. Silberweiße Sterne und Lichterketten komplettieren meine winterliche Weihnachtsversion.

Da ich meine Gedanken rund um das Schokorezeptbuch leider mit dem Buch nicht losgeworden bin und sie eher lauter als leiser werden, beauftrage ich mein Handy, mir Weihnachtslieder zu spielen. Lauter und immer lauter erinnere ich mich mit George Michael an vergangenes Weihnachten.

Singend dekoriere ich die großen Scheiben im Wintergarten und verwandele sie in ein Winterwonderland. Es schneit zuckrige Watte von den Fenstern auf eine glitzernde Waldlandschaft mit einem verschneiten Dörfchen. Der Schlitten mit den Rentieren fliegt darüber hinweg und ist gefüllt mit weißen Minitrüffeln und einem Schokoweihnachtsmann.

Mit klopfendem Herzen schalte ich die Lichterketten an und tauche ein in diese Weihnachtsmagie.

Leider hat das Gefriemel mit den filigranen Lichterketten länger gedauert als erwartet. Jedes Lichtlein und jede Schneeflocke mussten ihre Stellen finden, und so spute ich mich, endlich mit der eigentlichen Arbeit zu beginnen.

Es dämmert schon, als ich in der Schokoküche alles zusammensuche, was ich für die weihnachtlichen Lebkuchenschokoladen benötige. Auch ein großer Teil der Nusspralinen und Fruchttrüffeln neigt sich dem Ende zu und die Bestellungen für die morgigen Pralinenabos möchte ich auch noch heute fertigstellen. Nicht, dass ich Leander wieder eine Extrarunde ums Schloss drehen lassen muss. Das Wetter ist zwar grandios, aber eisig. Das stelle ich mir schon recht anspruchsvoll auf dem Rad vor. Aber angeblich trägt er im Winter ja immer seine Superduper-Thermo-keine-Kälte-kommt-durch-Wäsche.

Wie auch immer, mir wird warm, während ich Schokolade temperiere, Formen ausgieße, Trüffelmassen anrühre, Nüsse röste und Kakaobohnen mahle.

»Hey, nicht erschrecken.«

Zu spät, erschrocken zucke ich zusammen. Kalter Kakao schwappt aus der Tasse in meinen Händen. »Gisela! Was machst du denn hier?«

Kopfschüttelnd mustert sie mich von oben bis unten. »Das Gleiche wollte ich dich gerade fragen.«

»Ich arbeite.« Also zumindest habe ich das bis eben getan, wenn ich die viele Schokolade um mich herum betrachte. Warum ich allerdings gerade mit einer Tasse kalten Kakaos geistig abwesend am Kühlschrank lehne, weiß ich selbst nicht so genau. Der Schokoflow scheint mich dorthin gespült zu haben.

Gisela nimmt mir die Tasse aus den Händen und trinkt sie aus. »Weißt du eigentlich, wie spät es ist? Ich wollte eben mit Willi seine Nachtrunde laufen, da habe ich gesehen, dass bei dir noch Licht brennt. Apropos, der weihnachtliche Wintergarten sieht mal wieder grandios aus! Wenn es nach mir ginge, müsstest du das ganze Schloss so wunderschön dekorieren.«

Ich kräusele die Nase. »Führe mich nicht in Versuchung. Nach Weihnachten hätte ich allerdings noch ein paar Stündchen zur Verfügung.«

Gisela zieht sich die buntgeringelte Pudelmütze vom Kopf. Ihre Haare plustern sich sofort in jegliche Richtungen auf. »Jetzt allerdings solltest du dir erst einmal ein paar Stunden Ruhe gönnen, meine Liebe.«

Seufzend gehe ich zur Spüle und wasche mir die verklebten Kakaohände.

»Was ist los, Julie?«

Müde zucke ich mit den Schultern. »Ich weiß auch nicht, irgendwie kann ich mich zurzeit selbst nicht leiden.«

»So siehst du auch aus.« Gisela lächelt mich so lieb an, dass ich gleich noch einmal tief seufzen muss. »Und dagegen hilft am besten eine Runde mit Willi. Das rückt sämtliche Perspektiven wieder dorthin, wo sie hingehören.«

»Um diese Uhrzeit?« Ich blähe unwillig die Wangen auf und sehe zur Küchenuhr, bei der sich schon seit Stunden Schokoriegel umkreisen. Um diese Uhrzeit und vor allem bei der Kälte jagt man buchstäblich keinen Hund vor die Tür. Und mich schon gar nicht.

»Willis Lieblingszeit!« Gisela nickt nachdrücklich und hakt sich bei mir unter.

»Aber du nimmst sonst nie jemanden mit auf deine Willirunden! Du sagst immer, das sei eure ganz eigene quality time.«

Gisela zieht mich aus der Küche zum Garderobenständer, um mir meine Jacke zu reichen. »Ausnahmen, mein Kind, Ausnahmen würzen das Leben. Und wie es aussieht, brauchst du gerade dringender etwas gute quality time. Du wirst sehen, danach ist dein Kopf wieder frei, deine Akkus aufgeladen und dein Herz leicht.«

Vielleicht hat sie ja recht, ein kleiner Spaziergang durch die klare Luft wird mir sicher guttun. Dass es bereits seit Stunden stockdunkel ist und gefühlt minus fünfzehn Grad, blende ich einfach aus. Also mummele ich mich fest in meine Jacke, Mütze und Handschuhe ein und lösche all die wundervollen Lichter der Chocolaterie, ehe ich sie abschließe.

Willi, der geduldig unter dem Pflaumenbaum gegenüber der *Schokofee* auf Gisela gewartet hat, verliert bei unserem Anblick die Geduld und springt auf uns zu. Ich habe dazugelernt, sichere meinen Stand und fange seine stürmische Begrüßung ab. Als wäre er ein leicht-füßiger Yorkshire Terrier, latscht er auf meine Füße, die durchaus die sechzig Kilo Hundemasse zur Kenntnis nehmen.

Zu dritt spazieren wir den beleuchteten Weg um das Schloss entlang und biegen links in das Waldstück ein. Gisela schaltet ihre Stirnlampe ein und blendet damit bis auf den Weg vor uns alles andere aus. Es ist ganz einfach, nur so weit zu sehen, wie ich es brauche, um nicht zu stolpern.

Ruhig laufen Gisela und ich nebeneinander, Willi ein Meter vor uns. Immer wieder dreht sich der Hund zu uns um.

»Der arme Kerl glaubt noch immer nach all den Jahren, dass ich plötzlich im Gebüsch verschwinde, wenn er mal kurz nicht hinsieht.« Ich höre ein Lächeln in Giselas Stimme, aber auch den Ernst in ihren Worten.

»Vermutlich hat er nicht vergessen, wie schändlich er als Welpe im Wald ausgesetzt wurde.«

»Nein, das hat er nicht. Und das wird er auch nicht.« Gisela klingt ungewohnt hart. Sie liebt Tiere und so tolerant sie auch ist, so hat sie kein Verständnis für Menschen, die Tiere nicht angemessen behandeln. »Aber er macht sich gut, auch wenn er regelmäßig vergisst, was für ein Riesenviech er ist. Gestern ist Happy auf einer gefrorenen Pfütze hin und her gerutscht. Willi ist natürlich dazu gesprungen und im Nu standen beide im eisigen Wasser, da die Pfütze noch nicht durchgefroren war. Das war ein Gejaule, sage ich dir. Vor allem von Happy, die bis zum Bauch nass war, bei Willi waren es ja nur die Pfoten.«

Laut lache ich auf. Oh ja, dieses Schelmenstück kann ich mir lebendig vorstellen.

Gisela stupst mich an. »Es ist schön, wenn du so lachst. Das machst du in letzter Zeit viel zu selten.«

»Gisela?«

»Ja?«

»Du und Holger, ihr seid dieses Jahr vierzig Jahre miteinander verheiratet und glücklich. Wie macht ihr das?« Atemlos platze ich mit der Frage heraus.

Sie antwortet nicht gleich und ich meine fast, dass sie meine Frage auch schon wieder vergessen hat, denn vor uns taucht das Schloss auf und unsere Runde neigt sich dem Ende zu. Schließlich bleibt Gisela stehen, schaltet die Stirnlampe aus und dreht sich mir zu. »In jeder Ehe kommst du zu dem Punkt, an dem du dich entscheiden musst, ob du deinen Partner trotz seiner Fehler und Macken liebst oder nur wegen seiner Vorzüge. Es ist an jedem selbst, sich zu entscheiden. Und selbst dann funktioniert es nur, wenn sich beide gleich entscheiden. Bei mir und Holger ist es so.«

Kapitel 12

V wie Vorbereitungen

Vanille-Trüffel
Geboren aus der Königin der Orchideen, die Krö-
nung des Genusses – Bourbonvanille. Sie veredelt die
zartschmelzendste Schokolade und lässt uns von son-
nenüberfluteten Inseln träumen.

So einfach Giselas Formel für eine glückliche und stabile Ehe auch zu sein scheint, so schwierig finde ich sie. Mir fallen keine nennenswerten Fehler und Macken bei Lukas ein. Gut, er könnte mal die Butter auf seinem Brot weglassen, wenn er sich schon Wurst und Käse darauf packen muss. Aber das mache ich auch. Er könnte auch ruhig mal hektischer an irgendetwas rangehen und nicht immer so ruhig und überlegt, aber ist das wirklich eine Macke?

Wie ich es seit Tagen – und Nächten – auch drehe und wende, ich liebe den Kerl einfach. So wie er ist. Meint Gisela vielleicht genau das damit? Oder kommen die Fehler alle erst noch?

»Frau Blum?«

Ich blinzele mich aus meinem Ehedilemma zurück in die *Schokofee* und sehe mich einer meiner anspruchsvollsten Kundinnen gegenüber. War ja klar. »Entschuldigen Sie bitte, Frau Waller, ich muss wohl gerade in Gedanken gewesen sein. Es war eine hektische Woche.«

»Das sehe ich.« Pikiert verzieht sie den schmalen Mund, was die Fältchen darum glatt verdoppelt. »Ihr löchriges Angebot wirkt ja nun nicht gerade sehr einladend auf mich.«

Da ich der festen Meinung bin, Schokolade mache aus jedem Menschen eine bessere Version seiner selbst, warte ich lächelnd auf den Beginn ihrer Einkaufsroutine. Denn viel entgegenzusetzen hätte ich ihrer Bemerkung ohnehin nicht. Von den meisten Trüffelsorten liegen nur noch ein paar einsame Exemplare in der Bar und die Schokoladenriegel in den Kristallgläsern kann ich an einer Hand abzählen. »Was darf ich Ihnen heute anbieten?«

Und schon geht es los. Die dünngezupften Augenbrauen von Frau Waller wandern in die Höhe und ihre spitze Nase wird beim Betrachten meines Angebotes noch spitzer. »Was kosten die Blaubeer-Zimt-Trüffel vorn links?«

Ich will es nicht, ich will es nicht, und doch rutscht es mir schon wieder heraus. »Ähm, die Mehrzahl von Trüffel ist Trüffeln. Und das sind Cappuccino-con-Panna-Trüffeln.« Ich zeige mit der Zange auf die beigen Köstlichkeiten.

»Da haben Sie wohl recht, aber dennoch liegen links die von mir verlangten Blaubeer-Zimt-Trüffel.« Damit weist sie mit ihrem behandschuhten Finger auf die andere Seite der Auslage und ignoriert wie immer Konrad Duden.

Und außerdem, rechts oder links, das ist doch völlig egal bei Schokolade. »Alle Fruchttrüffeln auf dieser Seite kosten sechs Euro je hundert Gramm.« Wie auf dem Schild klar zu lesen ist.

»Aber das sind die letzten und somit liegen sie schon länger in der Auslage. Ich verlange einen angemessenen Rabatt von Ihnen.«

Verneinend schüttele ich den Kopf. »Ich bedaure sehr, Frau Waller, diese Trüffeln sind ganz frisch, die habe ich gestern Abend erst hergestellt.« Wohl eher letzte Nacht, aber das geht die alte Rabatt-Elster nichts an.

Ihr Blick schweift von den Blaubeer-Zimt-Trüffeln zu den Macadamianuss-Pralinen mit den kandierten Orangenspalten darauf. »Was kosten die Nusspralinen?«

»Sechs Euro und fünfzig Cent.«

»Von wann sind die?«

Hinter Frau Waller werden die anderen Kunden unruhig, denn es geht auf den Feierabend zu. Vermutlich möchte jeder, wie auch ich, pünktlich zu Hause sein, um seinen Abend mit seinen Liebsten zu verbringen und nicht mit geizigen alten Ladys. Ich kürze das Spektakel einfach ab und lasse sie dieses Mal gewinnen. »Da haben Sie eine gute Wahl getroffen, Sie bekommen fünf Prozent Wochenendrabatt auf die letzten Pralinen und wir sehen uns in zwei Wochen wieder.« Damit sie nicht weiter rumdiskutiert und mich von den anderen Kunden abhält, fülle ich die Pralinen flink in eine weihnachtliche Papiertüte und reiche sie ihr. »Das macht dann vierzehn Euro und fünfundsechzig Cent, bitte.«

Gefühlt Cent für Cent bezahlt sie den Einkauf und verstaut das Tütchen sorgfältig in ihrer Louis-Vuitton-

Tasche. Ob sie bei der Tasche auch gefeilscht hat? In solchen Läden wird nicht gefeilscht, oder? Dann kommt doch bestimmt gleich die Security. Eher zahlt man noch etwas oben drauf, aus Dank dafür, dort einkaufen und die Tasche voller Werbung durch die Gegend tragen zu dürfen.

Die restlichen Kunden der Schlange sind eine wahre Wohltat für mein Chocolatière-Herz und räubern schließlich auch noch die letzten Vorräte. Ich bin so froh, dass heute Sonntag ist und ich morgen den ganzen Tag Zeit habe, Schokolade zu machen. Aber zuallererst würde ich ausschlafen, richtig doll und lang. Die letzten Tage hatten einfach zu viele Stunden und vor lauter Schokolade für Schokomessen, Schokobälle, Schokotische und Schokofeen weiß ich kaum noch, wo bei einer Schokolade hinten und wo vorn ist.

Selten sehne ich den Feierabend in der Chocolaterie herbei, doch heute ist so ein Tag. Ich bin einfach platt.

Endlich verlässt der letzte Kunde mit dem letzten Tütchen Whiskytrüffeln die *Schokofee* und ich kassiere bei der Familie ab, die in dem weihnachtlichen Wintergarten eine Kanne klassischen Kakaos mit Sahneberg genossen hat.

»Das war so unglaublich lecker, der Ausflug zum Wannsee hat sich definitiv gelohnt.« Großzügig reicht mir die Frau ein üppiges Trinkgeld. Sie strahlt über das ganze kugelrunde Gesicht, das von einer Löwenmähne umkringelt wird. »Ich habe in der Karte gelesen, dass Sie Schokoladen-Workshops anbieten. Sie machen das nicht zufällig auch für Kindergeburtstage? Mein Karli hier wird nächste Woche dreizehn. Das wäre doch etwas für dich, nicht wahr, mein Kleiner?«

Klein-Karli, der im Übrigen seine Mutter schon im Sitzen um einen Kopf überragt, läuft knallrot rund um seine Pickelchen an. Ich meine fast, er schmilzt wie meine Schokolade im Simmertopf. »Ähm, das lässt sich sicher einrichten, aber die Termine für Dezember sind leider schon alle vergeben. Und vielleicht besprechen Sie das mit Ihrem Sohn mal ganz in Ruhe.«

Löwenmami zieht eine Schnute, doch meine kleine Absage bremst nicht ihren Enthusiasmus. »Wir werden auf jeden Fall wiederkommen. Ich mache bestimmt selbst einen Schokoladenkurs, du auch, Timi?«

Der Angetraute blinzelt hinter seiner Brille und nickt heftig. »Auf jeden Fall, Babsi!«

»Einen schönen Abend noch.« Winkend verlassen Mama und Papa die *Schokofee*, ihr Sohn trottet hinter ihnen her.

Lächelnd schließe ich die Chocolaterie, leichter ums Herz, denn wenn sich meine Gäste so für Schokolade begeistern, begeistert das auch mich.

Gerade als ich das Offen-Schild umdrehe, kommt meine Schwester angestöckelt, ihr silberner Piloten-koffer hoppelt unbekümmert hinter ihr her.

Rasch schließe ich wieder auf. »Was machst du denn schon hier? Wolltest du nicht erst nächste Woche wie-derkommen?«

»Einer meiner Kollegen ist am Pool gestürzt, hat sich das Steißbein geprellt und kann nun keine fünf Minu-ten stillsitzen. Ungünstig, wenn man einen riesigen Airbus acht Stunden von Indien nach Deutschland steuert. Da haben sie kurzerhand mich als Ersatz einge-teilt. Mit mir kann man es ja machen! Wie kalt das hier ist!« Mit der Schulter knallt May die Tür hinter sich zu.

Eine der kleinen Christbaumkugeln, die ich als Sterne an die Scheibe gehängt habe, fällt klirrend zu Boden und rollt davon. Fast als würde sie vor meiner Schwester fliehen.

Ein bisschen verstehen kann ich die arme Kugel, denn May ist so stinksauer, wie ich sie selten erlebt habe. Zwar tanzt kein Haar aus ihrem strengen Dutt und auch ihr Make-up ist makellos wie nach einem mehrstündigen Besuch im Schönheitssalon, doch das, was da um sie herumwabert, kann ich nur als megaschlechte Aura deuten. Die Luft zittert regelrecht. »Deswegen bist du doch nicht so aufgebracht. Du tauschst doch alle naselang deine Dienste und ein Flug mehr oder weniger interessiert dich eigentlich nicht.«

May lässt ihren Koffer direkt vor der Tür stehen und reißt sich den Mantel auf. »Wenn ich diesen Flug mit meinem Noch-Ehemann verbringen soll, dann schon!«

»Ui.«

»Ja, ui!« Mit einem *Wusch* landet der arme Mantel auf dem Koffer, dieser schwankt, fängt sich aber wieder. »Und ich als Co-Pilotin soll schön brav seinen Anweisungen Folge leisten!«

An dieser Stelle schweige ich diplomatisch, denn May ist schon des Öfteren mit Ole geflogen und das hat ganz gut funktioniert. Allerdings waren sie da auch nicht zerstritten gewesen.

»Ich stehe so kurz vor meinen fünftausend Flugstunden, um selbst endlich Kapitänin zu werden!« May drückt ihren Zeigefinger auf den Daumen und hält mir das Konstrukt vor das Gesicht. »Dann hätte ich mich ihm nicht mehr unterordnen müssen!«

»Nun mach aber mal halblang. Du bist seine Co-Pilotin und nicht seine Sklavin, es ist ja nicht so, dass du ihm die Schuhe polieren sollst.« Kopfschüttelnd räume ich die Tische im Wintergarten auf. May ist mir bei jedem Schritt dicht auf den Fersen.

»War ja klar, dass du wieder auf Oles Seite stehst. Ihr zwei seid ja schon immer ein Herz und eine Seele gewesen.«

Darauf erwidere ich nichts, sondern schenke ihr lediglich einen kurzen, strafenden Seitenblick und ein tüchtiges *Pff.* Ein großer Teil von mir steht wirklich auf Oles Seite, denn er ist ein toller Kerl und liebt meine Schwester bis zum Mond und wieder zurück.

Mays Wut findet nun ein Ventil in meinen geliebten Schokotassen, denn sie räumt sie schmerzhaft aneinander klirrend von den Tischen und knallt sie auf ein Tablett.

Vorsichtig, um nicht aus Versehen von ihr geboxt zu werden, fasse ich nach ihrer Hand und ziehe sie vor der nächsten unschuldigen Tasse zurück. »Danke May, du musst mir nicht helfen, du hast ja schon Feierabend und nach deinem bestimmt anstrengenden Tag auch verdient.«

May verzieht den Mund zu einer Schnute. »Sorry.«

Mein Herz schmilzt augenblicklich bei ihrem zerknirschten Anblick. Traurig sieht sie mich mit ihren Teddybäraugen an. Selbst wenn sie sich zu etwas schuldig bekennt, kann ich gar nicht anders, als ihr zu verzeihen. Und ich bin sehr froh darüber, dass nicht nur ich diese Schwäche habe. »Was hältst du von einer Erdbeerlikörtrüffel?«

Ein zartes Lächeln erscheint endlich auf Mays Gesicht. »Du hast welche da?«

»Für dich doch immer. Komm mit.« Ich nehme das schwere Tablett vom Tisch und bedeute May mit einer Kopfbewegung, mir zu folgen.

In der Küche stelle ich das benutzte Geschirr ab und nehme aus dem Schrank eine Porzellanschale in Form einer Erdbeere. Damit gehe ich zu May, die neben der Schokobar steht und aus dem Fenster zum beleuchteten Schloss blickt. »Hier, lass es dir schmecken. Sie sind genauso, wie du sie am liebsten magst. Mit ganz viel *Fragoline di Bosco*.«

Mit geschlossenen Augen genießt meine Schwester ihre Lieblingsnascherei und ich überlasse sie ihrem Moment und ihren Gedanken. Ruhig räume ich die Theke auf, auf der nach dem hektischen Tag ziemliches Chaos herrscht. Keine Schokozange liegt mehr an ihrem Platz, die Schälchen mit den Trüffeln sind verrutscht und viele davon leer.

»Wie bitte?« May hat etwas gemurmelt, was ich aber nicht verstanden habe. Ich höre mit dem Kramen auf und sehe sie an. Sie ist blass unter ihrer Bräune und mein Herz klopft sorgenvoll.

»Ich bin vom Dienst suspendiert. Wegen *Unbotmäßigkeit*. Dem Kapitän gegenüber.«

Ich weiß, ich sollte jetzt etwas sagen, doch mir fällt nichts ein. Jetzt ist mir auch klar, warum May vom Flug direkt hierher in die Chocolaterie gekommen und nicht erst zu Gwenis Haus gefahren ist. Dort wäre sie vermutlich durchgedreht. Ihre ganze Wut vorhin war nur vorgeschoben, um nicht auszurasten. May liebt das Fliegen! »So ein Mist.«

Meine Schwester grinst schief. »Deine Flüche waren schon immer die nettesten, die ich kenne.«

»Dabei habe ich mir gerade echt Mühe gegeben.« Ich laufe um die Theke herum und nehme sie in den Arm. »Ich weiß nicht, was ich sagen soll.«

»Dass ich ein dummes Schaf bin?«

»Das bist du nicht. Nur, was genau hast du um Himmels willen getan, dass du vom Dienst suspendiert wurdest?« Vorsichtig lasse ich May los, um sie ansehen zu können.

Sie zuckt mit den Schultern. »Ich war *unbotmäßig.*«

»Das heißt?«

»Ich habe Ole im Cockpit angemotzt. Das hat Nina, die blöde Kuh, mitbekommen, die Gunst der Stunde genutzt und mich gemeldet.« Unwirsch stopft sich May zwei Erdbeertrüffeln auf einmal in den Mund. Ich bin versucht, ihr die restlichen wegzunehmen, denn die haben es promillemäßig in sich. Nicht, dass sich meine Schwester mit meinen Trüffeln auch noch einen Rausch anfuttert. »Ich bin so genervt von diesem Weib! Seit Jahren ist sie hinter meinem Ole her, sie hat sich sogar extra als Purserin bei ihm einsetzen lassen! Mmh, sind die gut, ich habe den ganzen Tag noch nichts zu essen runterbekommen.«

Hört, hört, mein Ole, hat sie gesagt. Und sie hätte heute noch nichts gegessen. Mit einem Ruck entwinde ich ihr die Schale mit den restlichen Trüffeln und fasse einen Plan, der ganz gut passt, da ich ja morgen ausschlafen kann. »Du gehst jetzt rüber ins Schloss, dort müsste gerade das Abendessen serviert werden. Bille hat bestimmt etwas Gutes vorbereitet und Gisela sicher nichts dagegen, dass du mitisst. Ich mache hier klar

Schiff und komme dann zu dir rüber. Orélie ist vermutlich auch da. Wir werden uns zusammen in deinem Pech suhlen, über die blöde Kuh Nina lästern und uns etwas überlegen, um dich aus deinem Schlamassel zu holen, einverstanden?«

Ein kurzes Telefonat mit Gisela klärt, dass May herzlich zum Abendessen eingeladen ist – und ich auch. Billes legendäre gebratene Kräuterknödel mit Waldpilzcreme lasse ich mir nicht entgehen. Und mit dieser Aussicht räume ich die *Schokofee* in doppeltem Tempo und mit dem doppelten Elan auf. Vielleicht nicht zu hundert Prozent, aber für die restlichen zehn oder zwanzig habe ich morgen noch Zeit.

Zwar schaffe ich es nicht mehr zu dem ersten Gang in Form einer gegrillten Gurke mit Olivenfeta, doch für die fabelhaften Knödel reicht es allemal.

Orélie nimmt nicht am Essen teil, denn laut Gisela hat sie Besuch von August. Hervorragend! Es wird Zeit, dass wenigstens in diese Sache Bewegung kommt. Und wenn die beiden gerade etwas Besseres zu tun haben, als Kräuterknödel zu futtern, dann sei es ihnen gegönnt. Hauptsache sie finden endlich wieder zueinander.

May isst schweigend und in sich gekehrt, das Strahlen, das meine Sonnenscheinschwester sonst umgibt, ist kaum zu sehen. Auch ich beteilige mich nicht an der lebhaften Unterhaltung bei Tisch und folge ihr auch nicht. Gisela versteht uns und versucht erst gar nicht, uns in das Gespräch einzubeziehen.

Bis zum letzten Bissen genieße ich das Essen und erfreue mich im Anschluss noch an einem sahnigen

Kirschpudding. May hat sich nichts vom Dessert genommen, ein untrügliches Zeichen dafür, dass es ihr mies geht. Normalerweise isst meine Schwester ihre Süßspeise zuerst, doch heute ist nichts normal an ihr.

Auf meinen fragenden Blick hin nickt sie mir zu und wir stehen auf.

»Vielen Dank für das leckere Abendessen, richte Bille bitte aus, dass sie meine Knödel-Queen ist.« Mit einer Umarmung verabschiede ich mich von Gisela, grüße die anderen Gäste und verlasse mit May den Speisesalon.

»Na dann, ab nach Hause, dort überlegen wir uns etwas für dich. Oder magst du lieber einen Film schauen?« Ich lege May einen Arm um die Taille und passe meine Schritte ihren an.

»Auf Gwenis kleinem Schwarzweiß-Fernseher von anno dazumal? Funktioniert der überhaupt noch?«

»Ich glaub schon.« Allerdings müsste ich ihn dazu erst einmal irgendwo im Keller finden. Dann doch lieber keinen Film.

»Wie kann eine einzelne Frau nur so stur sein!«

Erschrocken drehen May und ich uns zur Freitreppe um, wo August herabgestürmt kommt. Am Geländer oben steht Orélie und feuert Blitze auf ihn herab. »Le béotien!«

Mit einer Vollbremsung bleibt August vor uns stehen. »Richtet eurer Schwägerin aus, dass sie ihre Scheidung gern haben kann – auf Deutsch und auf Französisch und wenn es sein soll auch auf Esperanto!«

Da mein Bruder weiterstürmen will, halte ich ihn am Arm zurück. Denn dieser Ausgang des Treffens zwischen ihm und Orélie war nicht der, den ich mir vorgestellt habe. »Was hast du denn jetzt schon wieder angestellt? Ich dachte, ihr versöhnt euch endlich.«

»Ich? Wie kommst du darauf, dass ich der Schuldige bin! Ich wollte sie lediglich zur Vernunft bringen und mit nach Hause nehmen! Aber nein, Madame spielt ja die Kratzbürste! Mir reicht es, ich habe keine Zeit für solchen Kinderkram!« Damit reißt er sich von mir los, zieht das Schlosstor mit erstaunlicher Leichtigkeit auf und ist auch schon verschwunden. Mit einem Knall fällt das Tor hinter ihm ins Schloss. Und mit dem Knall steht plötzlich Fräulein Lotte neben mir.

»Bitte, was ist hier los! Solch einen Lärm dulde ich nicht, Frau Blum! Wir haben Gäste im Haus.«

»Ich war das nicht!«

»So beginnen Sie doch bitte keine Sätze mit ich!« Sie klemmt sich ihren Kneifer auf die Nase und mustert mich so intensiv, dass ich unter ihrem Blick schrumpfe. Aber ich war es dieses Mal doch wirklich nicht!

Aus den Augenwinkeln sehe ich Orélie heraneilen. »Fräulein Lotte, bitte verzeihen Sie die kurze Ruhestörung. Es stand nicht in meiner Absicht, für einen Eklat in Ihrem Haus zu sorgen.«

Wow, Orélie spricht genau Fräulein Lottes Sprache, und so milde, wie sie ihren Kneifer von der Nase nimmt, versteht sie diese auch.

»Das war der crétin von Ehemann!«

Oh! Das war nicht Fräulein Lottes Vokabular, denn sie schluckt schwer an dieser verbalen Kröte und zieht sich mit einem steifen Nicken von uns zurück.

May steht der Mund offen und vermutlich auch mir.

Noch ehe ich meine Gedanken zu einem sinnvollen Satz formulieren kann, wird das Schlosstor hinter mir

aufgedrückt. In Erwartung, August zu sehen, der reue-
voll zu seiner – gerade wirklich sehr kratzbürstigen –
Orélie zurückkehrt, drehe ich mich um. Doch es ist Vianne, die echauffiert die Arme nach oben wirft. »Hier
bist du! Seit Stunden rufe ich dich an, ich war schon bei
dir zu Hause und in der *Schokofee*. Dabei platze ich fast
vor Wut! So kann ich Conrad nicht mehr heiraten ...«

»Stopp!«, rufe ich dazwischen, denn das kann ich
nicht mehr hören! Das will ich ganz einfach nicht mehr
hören. Verzweifelt drücke ich mir die Hände auf die
Ohren. Nun gibt es nur noch eine Sache, die Ordnung
in dieses Multichaos bringen kann.

Kapitel 13

E wie Ewig

Eis-Konfekt
Feines, süßes Öl der Kokosnuss wird mit tiefdunkler
Schokolade und weißer Sahne verrührt und durch
aromatischen Kakao und würzige Vanille veredelt. Ge-
kühlt ein Genuss für jede Stunde des Tages.

»Mir reicht es! Wir gehen jetzt alle rüber in die Chocolaterie, schnappen uns Kakao, Sahne und alles Hochprozentige, was wir finden können, und machen uns Glückstrüffeln!«

Ich dulde keinen Widerspruch – und bekomme auch gar keinen. Und so gehe ich zusammen mit May, Orélie und Vianne durch die frostige Nacht hinüber in die *Schokofee*.

Goldenwarm leuchten die Lichterketten auf, als ich sie anschalte, und verwandeln die Chocolaterie auch optisch in den magischen Ort, der er für mich ist und wo ich hoffe, für mich und meine Freundinnen Lösungen zu finden – und sei es nur in Form von Schokolade.

»So Ladys, laut neuesten Studien haben Forschungen ergeben, dass vierzehn von zehn Menschen Schokolade mögen.«

Kein einziges Lachen belohnt meinen derzeitigen Lieblingswitz. »Dann eben nicht. Aber der ist sowieso nicht von mir, sondern von Sandra Boynton! Ich wollte uns damit nur auf unseren kleinen Ausflug in die Welt der Schokolade einstimmen. Also, zuerst bitte alle gründlich Händewaschen, und dann bekommt ihr von mir niedliche Schürzen, die euch in die weltbesten Chocolatières verwandeln.« Wie eine Mamsell klatsche ich in die Hände und scheuche die Mädels in die Küche.

»Reicht es nicht, wenn wir unsere Hände in dem Hochprozentigen baden, das du uns versprochen hast?« Kichernd beugt sich Vianne meinem strengen Blick und wäscht sich die Hände – mit schnödem Wasser und Seife.

Als alle Hände blitzsauber sind und wir uns hübsch mit Schürzen ausgestattet haben, reihen sich die Mädels vor mir auf.

»Sehr schön«, lobe ich und sehe sie nacheinander an. »Und nun schieben wir Ole, August und Conrad in den hintersten Teil unserer Köpfe, weit hinter die Trüffeln, die wir gleich zaubern werden. Und noch weiter nach hinten, wo so vergessenes Zeug einstaubt wie, dass die Wäsche endlich mal wieder gemacht werden müsste.«

May zieht die Nase kraus und klimpert mit den Wimpern. »Und Lukas darf vorn bleiben? Typisch!«

»Ich habe ja auch keine Eheprobleme.«

»Dafür hast du Nicht-Eheprobleme.« Vianne nickt May zu, die einen Daumen hebt, während Orélie dezent applaudiert.

»Hier geht es nicht um mich und nun ...«

»Schon klar«, murmelt May.

Darüber gehe ich hinweg. »Und nun lasst uns überlegen, welche Trüffeln wir machen wollen.«

»Rum!«

»Whisky!«

»Tequila!«

So schnell, wie die drei Antworten angeschossen kommen, so schnell kann ich sie gar nicht auffangen. »Wow, fürs Überlegen braucht ihr ja wirklich nicht lang. Also, Rum für Orélie, Whisky für May und Tequila für Vianne.«

»Ich muss doch schon für meine Hochzeitsreise nach Mexiko üben.« Anzüglich blinzelt Vianne uns zu.

Ui, ich sehe Bilder von Vianne und Conrad vor mir aufsteigen, die ich nicht sehen möchte. »Ich denke, du heiratest gar nicht mehr.«

»Oh, da hast du auch wieder recht.« Lachend fächelt sie sich Luft zu. »Was aber schade wäre angesichts meiner Flitterwochenfantasien.«

»Deine Trüffeln wirken wahre Wunder, Julie. Wir haben noch nicht einmal begonnen und Vianne ist schon wieder versöhnt mit ihrem Conrad«, wirft Orélie trocken ein.

May tritt einen Schritt vor. »Und wenn wir nicht bald mal anfangen, bleibt es bei Fantasietrüffeln – obwohl Flitterwochenfantasien auch ganz nett sind.«

Unglaublich, die drei reden ohne rot zu werden, dabei habe ich den Alkohol noch nicht einmal hervorgekramt. Vielleicht sollten wir doch lieber Fruchttrüffeln machen, mit sonnigen Orangen und süßen Granatäpfeln?

»Genau, lasst uns anfangen.« Vianne hakt sich bei May und Orélie unter. »Und da man ja seine Grundprodukte kennen sollte, schlage ich vor, wir fangen mit einer Verkostung unserer Hauptzutaten an. Wie ich Julie kenne, gibt es bei ihr nur das Beste vom Besten.«

Ich sehe in drei strahlende Gesichter und öffne zögerlich die Tür zum Vorratsraum. Genau das war es doch, was ich wollte, meine Freundinnen lachen sehen. Nur, dass der Alkohol dabei so eine große Rolle spielt, pocht mir als schlechtes Gewissen hinter der Stirn. Die gute Schokolade allein sollte doch ausreichen?

Ich knabbere auf meiner Unterlippe herum, während ich die Flaschen vor mir im Regal betrachte. Ach, was solls, wir trinken das Zeug ja nicht literweise. Ich meine, wir machen Schokolade damit, es dient uns als Aroma!

Die Mädels applaudieren, als ich mit drei Flaschen zurück in die Küche komme, und verteilen sich rund um den großen Tisch in der Mitte. Und zu meiner Erleichterung greift keine der drei zu einem Glas, um sich das Zeug pur zu genehmigen. Na also, geht doch.

»Okay, ich habe mir folgende Trüffeln überlegt. Orélie, du machst Rumtrüffeln aus einer dunklen ecuadorianischen Schokolade mit diesem wunderbaren Barbados-Rum.« Ich schiebe Orélie die bauchige Flasche mit der bernsteinfarbenen Flüssigkeit zu. Orélie entkorkt sie sogleich mit einem satten Plopp und riecht mit geschlossenen Augen daran. Das dunkle, schwere Aroma des Rums erreicht auch meine Nase und mir zergehen die Trüffeln, die wir gleich daraus machen werden, bereits auf der Zunge.

May reiche ich eine schlanke Flasche, in der goldener Whisky im Licht funkelt. »Ein wunderbarer Highland Single Malt, rauchig und doch sanft. Dazu bekommst du eine etwas hellere Schokolade aus Grenada mit einem Hauch Bourbonvanille.«

Auch meine Schwester schnuppert umgehend an ihrer Flasche. »Wow! Und den passenden Highlander hätte ich bitte auch gleich dazu.«

»Ô là là, dann bestehe ich auf meinem Piraten aus der Karibik. Verflucht oder nicht ist mir einerlei.« Orélie tippt mit dem Finger gegen die Rumflasche.

»Und vergiss zu meinem Tequila, den ich hoffentlich gleich überreicht bekomme, nicht meinen gut gebauten Mexikaner.« Vianne winkt mir zu, ihr die letzte Flasche zu geben.

Seufzend reiche ich sie ihr. »Möchtest du es überhaupt noch wissen?«

»Unbedingt!« Mit großen Augen nickt meine Freundin heftig und schwenkt den champagnerfarbenen Inhalt.

»Ein würzig-fruchtiger Tequila Añejo aus der blauen Weber-Agave, zwei Jahre gereift im Eichenholzfass. Das pfeffrige Finish passt hervorragend zu der seidigen Kakaobutter einer bolivianischen Kakaosorte, aus der du herrliche, helle Tequilatrüffeln machen wirst.«

Für einen Moment studieren die drei die Etiketten der Flaschen, schnuppern abwechselnd und scheinen mit meiner Wahl äußerst zufrieden zu sein.

»Dann lasst uns loslegen. Wollen wir die jeweiligen Schokoladen vorher auch gleich selbst machen oder meine bereits fertigen Varianten nehmen?« In Erwartung, dass wir natürlich mit eigens hergestellten Schokoladen unsere Trüffeln zaubern, will ich mich gerade auf den Weg in die Vorratskammer machen.

»Ähm, meinst du mit Schokolade selbst machen, so richtig selbst machen?« May zieht skeptisch die Augenbrauen nach oben.

Und auch Vianne runzelt die Stirn. »Kakaobohnen rösten und mahlen und mit Dings aufkochen und so?«

Orélie winkt ab. »Ach, das müssten wir ja wieder abkühlen lassen und dann könnten wir erst mit unseren Trüffeln loslegen. So lange kann ich auf die leckeren kleinen Dinger nicht warten, ihr etwa?«

Dreimal eindeutiges Kopfschütteln lässt meine Vision von gemeinsam gerösteten Kakaobohnen platzen.

»An deine geniale Schokolade kommen wir ohnehin nicht ran«, bekommt meine Schwester gerade noch so die Kurve. »Das wäre nur schade um die Zutaten.«

Wieder gemeinschaftliches Nicken. Überstimmt hole ich also nur die jeweiligen Schokoladen und das dazugehörige Equipment.

»Wie wäre es mit etwas Musik?« Vianne sieht uns an.

»Oui, total gern. Wie wäre es mit Weihnachtsmusik, passend zu dieser wundervoll weihnachtlichen Chocolaterie?«

»Mein Handy müsste am Ladekabel unter der Theke hängen, da hatte ich heute Nachmittag schon eine Playlist mit Weihnachtsliedern abgespeichert.« Ich zeige in Richtung der Theke und Orélie sucht mein Handy in den Fächern darunter.

»Gefunden!« Wenig später erzählt uns George Michael erneut von seinem letzten Weihnachten und Orélie tänzelt zurück zu uns. »Du hast übrigens total viele Nachrichten auf deinem Telefon.«

Vianne hebt wie in der Schule die Hand. »Die sind bestimmt alle von mir, ich habe den ganzen Abend schon versucht, Julie zu erreichen. Aber die hat sich ja lieber im Schloss durchfüttern lassen, als ihrer besten Freundin in deren größter Not beizustehen.«

»Hättest du Billes Kräuterknödel gekostet, würdest du dich selbst stehen lassen.« Lachend reicht May Vianne ein Stück ihrer Grenada-Schokolade zum Kosten und erhält im Austausch ein Stück weißer, bolivianischer Schokolade.

Nachdem alle alles mehrfach probiert haben, wobei der Rum, der Whisky und der Tequila ebenso wie die Schokolade auf dem Speiseplan stehen, wird alles für gut befunden und wir legen damit los, die Schokoladen für die Trüffelmassen zu schmelzen.

Nacheinander rühren die Mädels über dem Wasserbad ihre jeweilige Schokolade zu einem cremigen See. Nur bei May, die zu hektisch arbeitet, gerät Wasserdampf in die herrliche Grenada-Schokolade, was diese gereizt mit Klümpchen bestraft. Macht uns aber nichts, denn wir naschen die Portion einfach so aus der Schüssel. Allerdings schüttet May zwischendurch ein bis zwei großzügige Portionen Highland Whisky hinein, was mit großem Hallo in der Runde begrüßt wird. Und ich muss zugeben, die Kombination schmeckt schon verteufelt gut.

Bald rühren alle drei konzentriert ihre süßen Trüffelmassen um. Zu Orélies dunkler Ecuador-Schokolade und dem Barbados-Rum gesellt sich dickflüssiger, süßer Orangensaft. Es duftet so verführerisch aus ihrer Schüssel, dass wir gar nicht anders können als zu naschen.

Ebenso geht es uns mit Mays hellerer Grenada-Schokolade mit dem Whisky und der cremigen Alpensahne. Es duftet wie ein Aromafeuerwerk.

Schließlich schließt auch Vianne entzückt die Augen beim Geschmack ihrer Trüffelmasse aus weißer

Bolivien-Schokolade mit dem Añejo-Tequila und dänischer Süßrahmbutter.

Eigentlich müssten all diese Köstlichkeiten jetzt über Nacht im Kühlschrank ruhen, doch die Mädels überreden mich mit wenigen Sätzen, dass zwei Stunden vollauf genügen. Und diese nutzen sie zu ausgiebigen Verkostungen der Trüffelmassen und der Grundzutaten, insbesondere der flüssigen.

In der Zwischenzeit widme ich mich meiner eigenen Trüffelmasse, denn der Spaß und der Eifer meiner Mitchocolatièrs befeuert mich. Ich wähle eine dunkle Papua-Kerafat-Schokolade mit dem Aroma getrockneter Früchte und einem Hauch von Birne. Diese schmelze ich in flüssiger, warmer Alpensahne und menge den *Steiner Quitte* hinein, der mit seiner Fülle an Frucht meiner Trüffelmasse Eleganz und eine weißpfeffrige Note verleiht. Diesen grandiosen Edelbrand hat meine Freundin Silke bei einer ihrer Radtouren um den Neusiedler See entdeckt und mir postwendend und höchstpersönlich nach Berlin mitgebracht. Unsere Zeit in Zürich hat uns gelehrt, gerade auch auf die kleinen, unbekannten Köstlichkeiten des Lebens zu achten und diese zu wahren Gaumenmeisterwerken zu komponieren.

Entspannt sitzen May, Orélie und Vianne im Wintergarten, als ich mich zu ihnen geselle. »Habe ich etwas verpasst?«

Die drei sehen sich an und prusten los.

»Nichts, was nicht noch kommen wird in deinem Leben«, orakelt Orélie mit Lachtränen in den Augen.

»Ach, lass dem Schäfchen noch seine Träume, sonst wagt es sich nie unter die Haube und der arme Lukas bleibt ewig Junggeselle.« Bemüht ernst dreinblickend mustert mich May.

Unmut kribbelt in mir und der Scherz meiner Freundinnen trifft mich.

Wenigstens Vianne scheint das zu bemerken, denn sie streicht mir beruhigend über die Hand. »Nimm die beiden nicht allzu ernst, die sind nur neidisch, dass es zwischen Lukas und dir so reibungslos läuft.«

»Sorry«, murmelt May und fährt sich mit der Hand über die Stirn. »Vianne hat recht, darüber sollten wir uns nicht lustig machen. Manchmal geht es schneller als man denkt, und in der Beziehung ist der Wurm drin. Es gibt Dinge, die braucht kein Mensch.«

So schnell mein Unmut gerade in mir aufgestiegen ist, so schnell verfliegt er auch wieder und ich lächele meine Schwester aufmunternd an. »Komm schon, Ole und du, ihr bekommt das wieder hin.«

May verzieht wenig überzeugt den Mund und schenkt sich einen tüchtigen Schluck aus der Whiskyflasche in die Tasse nach, in der ich sonst heiße Schokolade serviere. »Da bin ich mir nicht so sicher. Zumindest fliegt er nächste Woche allein in die Stadt der Liebe, eigentlich hätte es unser gemeinsamer Flug werden sollen, aber nachdem ich jetzt ja suspendiert wurde ...«

Wie bei Zahnschmerzen verziehe ich den Mund. »Euer Hochzeitstag, richtig?«

Sie nickt traurig.

Auch Orélie sinkt in sich zusammen. »Ich habe August zu unserem Hochzeitstag auch eine Reise nach Paris geschenkt, oder vielmehr wollte ich das. Er hat das Geschenk bis heute nicht geöffnet.«

»Mein Bruder ist so ein Trottel!« Mit der Hand fasse ich mir an die Stirn.

May schnalzt mit der Zunge und verdreht die Augen. »Nicht nur dein Bruder!«

»Oh ja, euer beider Herr Bruder ist nicht zu stoppen, wenn es um die besten Treffer in eheliche Fettnäpfchen geht.«

»Vielleicht hätten wir ihn mehr mit uns und unseren Puppen spielen lassen sollen«, wendet sich May mit einem dicken Grinsen an mich. »Dann hätten wir ihm schon frühzeitig beigebracht, wie er die Damenwelt glücklich macht.«

»Na ja, es ist ja nicht so, dass wir nicht wollten. Eher hat August schnellen Fußes die Flucht ergriffen, sobald wir mit unseren Barbies und Ken um die Ecke kamen.« Mir wird leichter ums Herz, als diese Erinnerungen auftauchen, und für einen Moment verlieren May und ich uns darin.

Schließlich unterbricht Vianne unseren Ausflug in die gute alte Kinderzeit. »Orélie, du könntest August das Flugticket direkt in die Hand drücken und nicht darauf warten, dass er endlich das Geschenk öffnet. Und wenn du Ole privat hinterherfliegst, May?«

»Ich werde nicht auch noch Augusts Geschenke auspacken! Wenn er nicht einmal mehr das mitbekommt, Pech für ihn!« Mit überkreuzten Armen lehnt sich Orélie zurück und wippt heftig mit dem Fuß. Ihre grünen Augen glitzern dabei jedoch verdächtig.

»Ich fliege niemandem hinterher.« Entschieden schüttelt May den Kopf. »Außerdem würde er mich gar nicht sehen wollen, ich glaube, ich habe Dinge gesagt, die ich mir hätte sparen sollen. Ich war so rasend frustriert von allem und jedem.«

Betreten schweigen wir und hängen unseren Gedanken nach. Müdigkeit, die nicht nur körperlich ist, kriecht in mir empor. All dieser Beziehungsstress um mich herum laugt mich aus. Und sind die Probleme, die wir hier wälzen, von außen betrachtet nicht irgendwie so nichtig, so unscheinbar? Eigentlich nicht der Rede wert?

Kapitel 14

I wie Irgendwie

Irish-Coffee-Toffee
Süßes Kaffeeglück, befeuert von irischem Whiskey,
verbunden durch cremige Sahne, vereint in einer Sü-
ßigkeit aus geschmolzenem Zucker und Butter.

Das Gespräch der Mädels wendet sich leichteren Themen zu. Vianne erzählt von lustigen Begebenheiten aus ihrem Modeatelier, während May von exotischen Orten rund um den Globus berichtet. Begleitet wird die zunehmend lauter werdende Runde von einem Schälchen Champagnertrüffeln, die ich großzügig beisteuere.

Doch ich lausche nur. Still sitze ich auf der Lehne eines Sessels und versuche, meine Gedanken zu fassen. Irgendetwas ruft in mir, doch es gelingt mir nicht, es zu verstehen.

Als meine Schwester lebhaft von einem schwierigen Flug nach Island berichtet – mit Ole als Kapitän und sich als Co-Pilotin, was anscheinend aufs Hervorragendste gepasst hat – muss ich wieder an Giselas Worte denken.

Für mich sieht es so aus, als hätten sich May und Ole längst füreinander entschieden und dass sie den jeweils anderen trotz seiner Macken lieben. May hat nur viel zu viel Angst, dass sie eines Tages gezwungen wäre, das Fliegen und vermutlich die Freiheit, die sie damit verbindet, aufzugeben. Dabei muss sie das doch gar nicht, Ole steht bereit, um mit ihr gemeinsam ihr Leben zu leben. Warum sieht meine Schwester das nicht?

Und auch zwischen Orélie und August fliegen nicht nur die Fetzen, sondern auch die Funken. Das Feuer, das zwischen ihnen brennt, leuchtet für jeden sichtbar, doch anscheinend nicht hell genug für die beiden. Vielleicht ist ihr Streit notwendig, um es wieder zu sehen, um sich wieder zu sehen?

Wie ich es auch drehe und wende, ein Stups reicht hier nicht mehr aus, nicht einmal ein Stups mit einer grandiosen *To'ak Chocolate Rain Harvest.*

Leise erhebe ich mich, gehe zu meinem Memoboard in der Küche und beschrifte einen pinken A5-Klebezettel mit den Buchstaben M + O und O + A. Darum herum male ich jeweils ein Herz. Diese Menschen sind mir wichtig, und wenn sie nicht sehen, was ich sehe, muss ich eingreifen und zwar dringend.

Als ich die Kappe auf den lila Filzstift setze, halte ich kurz inne. Auch Vianne mit ihrem Conrad muss mit auf die Liebescomeback-Liste, wobei ich sie vor lauter Liebesfrust um mich herum noch gar nicht gefragt habe, was bei ihr eigentlich los ist.

Gerade will ich in den Wintergarten zurückgehen, da stürmt die lustige Bande die Küche und drängt mich, dass wir endlich unsere Trüffeln fertigmachen.

»Ich bin so hungrig!« Theatralisch fasst sich Vianne an den Bauch. »Wenn ich nicht gleich die beste Schokolade ever zu futtern bekomme, vergehe ich wie der Suppenkasper.«

»Ja, schon klar.« Mit hochgezogenen Augenbrauen mustere ich sie. »Die Schale voller Champagnertrüffeln sowie die Hälfte eurer jeweiligen Trüffelmassen und – das habe ich auch gesehen – einer meiner Milchschokoladen-Weihnachtsmänner war ja nicht genug Schokolade für einen Abend!« Mein Blick geht zu der Uhr über der Tür, wo sich beide Zeiger weit jenseits der Zwölf tummeln. »Entschuldige, für eine Nacht.«

»Hors-d'œuvre, meine liebe Julie, köstliche hors-d'œuvre, die Lust auf mehr machen.« Damit zieht Orélie ihre Schüssel mit der Schokorum-Ganache zu sich heran und taucht beherzt einen Esslöffel hinein, um ihn genüsslich abzuschlecken.

Vianne und May sind nicht zu bremsen und naschen ebenfalls von ihren Cremes. Wobei es naschen hier nicht ganz trifft, sie stürzen sich wie hungrige Wölfinnen darauf. Verführt von ihrer Unbekümmertheit schlecke ich selbst eine anständige Portion meiner Fruchtbrandtrüffelmasse und verdrehe entzückt die Augen. Wie kann etwas so Einfaches nur so gut schmecken?

Nun gut, unsere Nascherei hat den Vorteil, dass wir weniger Trüffeln rollen müssen, denn wie sich herausstellt, geht dem angeheiterten Damentrio die Rollerei nicht unbedingt rund von der Hand und ich muss gestehen, dass meine Trüffeln trotz jahrelanger Routine ebenfalls ein wenig eiern.

Zwischendurch immer wieder naschend und unter viel Gelächter haben wir nach gefühlt ewiger Zeit alle unsere Kunstwerke fertig und beglückwünschen uns gegenseitig.

Eine Runde Quernaschen muss natürlich sein. Ich könnte mich hineinlegen in die Aromafeuerwerke aus dunkler Schokolade, sahniger Kakaobutter, schwerem Rum, weichem Tequila, dem fruchtigen Brand und dem rauchigen Whisky.

»Kann man von Schokolade eigentlich betrunken werden?« Orélie hält sich eine ihrer schiefen Rumtrüffeln vor die Nase und fixiert sie, als würde sie hineinsehen wollen.

May schnappt diese aus Orélies Hand und stupst sie an. »Mann nicht, Frau schon.«

Und ich muss zugeben, an dieser Frage ist eine Menge dran. Denn ich fühle mich mehr als erheitert. Das ist mir wahrlich noch nie passiert. So dürfen mich nie, niemals meine Kunden sehen!

»Fertig.« Vianne zieht sich einen Hocker zum Tisch und lässt sich schief grinsend darauf nieder. Oder blicke ich nur schief und sie lächelt eigentlich ganz gerade? »Jetzt können wir endlich losfuttern.«

»Halt!«, stoppe ich sie noch rechtzeitig, ehe sie sich die unfertige Trüffel in den Mund stopfen kann. Ich meine, am Teig naschen und windschiefe Rohlinge verschlingen ist eine Sache, aber die eigentliche wahre Pracht vertilgen geht ohne das perfekte Schokofinish ja nun gar nicht.

Drei Augenpaare sehen mich misstrauisch an, drei Stirnen kräuseln sich.

Ich zeige auf die Schüssel in der Mitte des Tisches. »Wir müssen die Trüffeln doch noch mit der Kuvertüre überziehen. Ich lasse extra für euch immerhin meine beste belgische Sorte springen!«

»Als würdest du je etwas anderes springen lassen als dein Bestes«, murmelt May und beäugt den Block aus massiver dunkler Schokolade mit zusammengekniffenen Augen.

Orélie stützt die Ellenbogen auf dem Tisch ab und legt das Kinn auf ihre Hände. »Wir sollen jetzt echt noch die Kuvertüre hacken und temperieren? Das dauert ewig! Also ich finde ja, unsere Trüffeln sind so nackelig wie sie sind perfekt. Meinen August finde ich nackelig auch am leckersten«, setzt sie prustend hinterher und erntet einen weiteren Heiterkeitsausbruch.

Auch meine Fantasie hält sich nicht im Zaum und ein nackter Lukas, mit nichts bekleidet als köstlichen Fruchtbrandtrüffeln, erscheint vor meinem inneren Auge. Heute haben wir es aber auch warm in der Küche, nicht, dass meine Kuvertüre noch von allein schmilzt.

»Mit Temperieren meinst du doch hoffentlich nicht dieses komplizierte Schokoladeschmelzen, das du mir mal gezeigt hast!« Vianne verzieht den Mund zu einer kindgerechten Schnute. »Das macht doch kein Mensch so. Ab mit der Schoki in die Mikrowelle und nach dreißig Sekunden Pling und fertig. Und im Übrigen stimme ich Orélie uneingeschränkt zu, unsere Trüffeln sind perfekt. Nackt.«

Wieder gackern die drei, als hätte Mario Barth seinen besten Witz gerissen.

»Moment!« May hebt die Hand und wartet darauf, dass einigermaßen Stille in die Runde einkehrt, ehe sie mich fragend ansieht. »Hast du von Papa nicht damals zur Eröffnung der *Schokofee* so ein Temperierdings geschenkt bekommen?«

Ich könnte so tun, als hätte ich ihre Frage nicht gehört, vielleicht vergisst sie sie dann. Doch das klappt nicht. Je länger ich zögere, desto gespannter sehen mich alle an. »Hm«, antworte ich deshalb nur vage.

May haut mit der Hand auf den Tisch. »Du hast es noch nie benutzt, richtig?«

Ich zucke mit den Schultern. »Bitte verrate es Papa nicht, er hat sich doch so gefreut, mir damit zu helfen.«

»Und wieso benutzt du das Gerät nicht?« Orélie mopst sich eine weitere Trüffel aus ihrer Schale und steckt sie sich in den Mund. »Kriegst du es nicht in Gang, oder was?«

»Dann wären ihre Schokoladen ja keine Handarbeit mehr, findet sie bestimmt. Schon als Kind, als wir anderen unsere Schokoosterhasen im Garten gesucht haben, stand Julie lieber drinnen am Herd und hat sich ihre eigenen zusammengeschmolzen«, antwortet meine Schwester an meiner Stelle.

»Also echt, Julie, es ist kein Wunder, dass du keine Zeit für deine eigene Hochzeit findest und den armen Lukas am ausgestreckten Arm verhungern lässt. Nur von Schokolade allein wird er bestimmt nicht satt.« Kopfschüttelnd wickelt sich Vianne ihren geflochtenen Zopf um den Zeigefinger.

Genervt strecke ich ihr die Zunge heraus und den anderen gleich mit. »So, damit bekommt ihr jetzt definitiv keine belgische Kuvertüre von mir! Esst doch eure Nacktttrüffeln wie ihr wollt!«

Kurz ist es still am Tisch, doch dann lachen wir aus vollem Hals los. Ich frage mich, ob ich meinen Kundinnen nicht zu der einen oder anderen Gelegenheit ein paar Nacktttrüffeln anbieten sollte.

Doch so schön nackt auch sein kann, bei meiner Vision von Fruchtbrandtrüffeln aus intensiver Papua-Kerafat-Schokolade muss es eine zarte Hülle aus belgischer, dunkler Kuvertüre als i-Tüpfelchen sein.

Und so temperiere ich fröhlich – mit ein wenig wackeliger Hand – die Schokolade, während die anderen ihre Trüffeln futtern und sich gegenseitig mit Komplimenten zu ihren Meisterwerken überhäufen.

Ich sehe schon die entzückten Gesichter meiner Kunden vor mir, wenn ich ihnen diese übermorgen präsentieren würde. Aber vorher lasse ich sie von Lukas verkosten und von Gisela und Holger. Meine Mutter wäre bestimmt auch begeistert, aber ich bin noch immer eingeschnappt. Papa würde ich auch welche in der Segelschule vorbeibringen.

Vielleicht sollte ich schnell noch ein paar mehr machen. Die sind aber auch so etwas von sensationell geworden! Und damit prädestiniert für den Trüffelwettbewerb am Samstag!

Vor Freude über meine Idee klatsche ich in die Hände.

Vianne grinst mich an. »Sag bloß, dir Schokohexe ist wieder eine schokotastische Idee gekommen.«

Stolz zeige ich auf den Rost, auf dem meine hochprozentigen Kunstwerke trocknen. Alle drei wollen auf einmal zugreifen, doch ich klopfe ihnen auf die Finger. »Stopp, ich habe ohnehin schon zu wenig.«

»Ach komm schon, eine noch für jede von uns, bitte.« May klimpert mit ihren langen, schwarzen Wimpern und schiebt die Unterlippe vor.

»Na gut, eine allerletzte Verköstigerung.« Ich bin mir gar nicht sicher, ob es das Wort überhaupt gibt und ob das S darin so zischen muss, denn die Zunge klebt mir schwer am Gaumen. Sorgsam suche ich für die Meute und mich die unrundesten Trüffeln aus und auf drei schieben wir sie uns in den Mund. Und, was soll ich sagen? Mmh.

Eine bleierne Müdigkeit legt sich auf mich und auch die anderen bewegen sich hölzern. Es wird gegähnt, was das Zeug hält, und unter Gekicher und dem einen oder anderen Hickser suchen alle ihre Sachen zusammen.

May beschließt, bei Orélie im Schloss zu schlafen, damit sich die beiden noch über ihr Männerleid austauschen können. Hilfreich ist dabei sicherlich auch die Flasche mit dem restlichen Whisky, den meine Schwester versucht, an mir vorbei aus der Chocolaterie zu schmuggeln. Doch ich sehe von meinem Platz aus genau, was May vor mir zu verstecken versucht.

»Na siehste, geht doch auch ohne Highlander«, grinse ich sie an.

»Aye. Und sorry, mir ist die Flasche in der Küche umgekippt, aber ich habe alles weggewischt.«

Großzügig winke ich ab. Selbst wenn ich unter *wegwischen* etwas völlig anderes verstehe als meine Schwester, sei ihr verziehen.

Irgendwie fühlen sich meine Gedanken wolkig an. War das gerade logisch, was ich denke? Egal. Es muss ja nicht immer alles logisch sein. Schon gar nicht um diese späte – oder wohl eher frühe – Uhrzeit.

»Danke für diesen wundervollen Abend, Julie, er war genau richtig. Nighty-night.« Orélie und May winken Vianne und mir zu und gehen hinüber zum Schloss.

Fest umarme ich meine Freundin, ehe ich auch sie in die kalte Nacht entlasse.

»Halt!« Vor Viannes Nase schmeiße ich die Tür der *Schokofee*, die ich gerade geöffnet habe, wieder zu. »Was ist denn nun eigentlich bei dir und Conrad los? Ich wollte schon den ganzen Abend danach fragen, aber irgendwie ist mir die Frage immer wieder davongeschwommen. Ihr wollt doch nicht ernsthaft nicht heiraten?«

Vianne gibt mir einen Nasenstüber und grinst frech unter ihrer Mütze hervor. »Ich habe nicht gesagt, dass Conrad und ich nicht heiraten, ich habe nur gesagt, dass ich Conrad so nicht mehr heiraten kann.«

»Und bitte, wo ist da der Unterschied?« Ich bin mir nicht sicher, ob ich mit weniger alkoholisierten Trüffeln im Bauch den Unterschied besser erkennen würde.

Vianne tritt einen Schritt zurück und breitet die Arme aus. »Mein Verlobter und zukünftiger Ehemann hat mich gestern Nachmittag in meinem Brautkleid gesehen! In all meiner Pracht. Mein bestgehütetes Geheimnis seit Kindertagen! Und er platzt bei der finalen Anprobe mitten hinein. Er, der sonst nie ins Atelier kommt, aus Angst, die ganzen Stoffe, die da herumliegen, könnten ihn einwickeln und nach Timbuktu verschiffen.«

»Nein!«

»Doch.«

»Du hast dir so viel Mühe mit diesem Traum von Kleid gegeben. Wie oft haben wir uns Conrads Gesicht ausgemalt, wenn er dich das erste Mal darin erblickt.«

»Tja, nun kenne ich das Gesicht. Und unter uns, es ist noch viel verzückter, als wir es uns je ausgemalt haben.« Vianne sieht nicht mehr annähernd so wütend aus wie vorhin, als sie ins Schloss gestürmt ist. Ganz im Gegenteil, wenn ich ganz genau hinsehe, fliegen da Herzchen um sie herum.

»Und nun? Willst du dir auf die Schnelle ein Ersatzkleid schneidern?« Kurz überschlage ich die Zeit bis zur Hochzeit. Ich bin keine ausgewiesene Expertin im Kleidermachen, aber drei Wochen für ein Hochzeitskleid halte selbst ich für recht gewagt.

Vianne schüttelt den Kopf. »Natürlich nicht. Und außerdem habe ich schon zwei Ersatzkleider, nur so, zum Ausprobieren. Aber egal, dieses Kleid ist mein Traumkleid und Conrad ist mein Traummann, daran kann kein Aberglaube rütteln. Der Drops mit dem Kleid ist gelutscht. Außerdem ist mir heute Abend mal wieder bewusst geworden, dass es mir verdammt gut geht.«

Und wie Vianne das sagt, kann ich ihr nur aus vollem Herzen zustimmen. Mir geht es auch verdammt gut. Mir und Lukas zusammen. Es ist wirklich dringend an der Zeit, meine Bedenken über Bord zu werfen und mir die Zeit zu nehmen, die ich für meine eigene Hochzeit brauche. Denn ich will, dessen bin ich mir sicher. Also ziemlich.

Den Kopf brummend und summend vor wirren Gedanken gehe ich noch einmal in die Schokoküche, um V + C von meiner To-do-Liste zu streichen. Die beiden haben keine Hilfe nötig. Es gibt genug andere Baustellen, wo ich dringender gebraucht werde.

Schnell räume ich noch auf, packe die übrig gebliebenen Fruchtbrandtrüffeln für den Wettbewerb ein und stelle sie in die Kühlung. Sie sind noch merkwürdig feucht, aber gut, es ist auch ausgesprochen warm in der

Küche. Und wie es riecht! Eine schottische Whiskyfarm ist nichts dagegen.

Gähnend und mit mir und der Schokowelt zufrieden lösche ich das Licht. Einen freien Tag habe ich mir jetzt allemal verdient.

Kapitel 15

N wie Nicht

Nugat-Schokolade
Zarte Schokolade für sich allein ist ein Hochgenuss,
der glücklich macht, doch kommt diese Schokolade
mit einer Füllung aus cremigem Nugat daher, klopft
uns das Glück auf die Schulter.

Mit einem Ruck wache ich auf. Der Wecker neben mir tickt mich unverdrossen an und um ein Haar springe ich angesichts der späten Zeit aus dem Bett. Doch heute ist Montag, keine Gäste erwarten mich in der Chocolaterie, und so kuschele ich mich noch einmal fest unter die Decke und döse wieder ein.

Das zweite Wachwerden fühlt sich schon wesentlich entspannter an, wenn ich auch weiterhin recht müde vor mich hingähne.

Fröstelnd schiebe ich die Beine unter der Decke hervor und stehe schnell auf, um mich anzuziehen. Die Kälte des Winters macht es sich zunehmend im Häuschen gemütlich und da ich letzte Nacht zu müde war, den Kachelofen anzuheizen, muss ich es jetzt bibbernd nachholen.

Kurz überlege ich, gleich in die *Schokofee* zu gehen, um dort in Ruhe meine Schokovorräte aufzufüllen, doch nach einem Blick aus dem Fenster verwerfe ich mein Vorhaben. In den letzten Stunden haben sich fiese, dunkelgraue Wolken über den Himmel geschoben und aus ihnen sprüht fieser, dunkelgrauer Schneeregen-Eis-Matsch. Brr, dann doch lieber der Kachelofen.

Mit einer Jumbotasse schwarzen Kaffees lasse ich mich in der Nähe des Ofens in meinem alten Ohrensessel nieder und überlege mir endlich einen Plan, wann ich welche Schokolade wo brauche. Mein Kalender mit all den Terminen liegt leider in der *Schokofee*, vermutlich neben meinem Handy, das dort am Ladekabel hängt. Immerhin wird der Akku definitiv geladen sein.

Am wichtigsten und dringendsten sind erst einmal übermorgen der Trüffelwettbewerb und der vegane Sweet Table ohne sweets. Die Alkoholvariante für den Wettbewerb habe ich dank gestern schon, als Fruchttrüffel schwanke ich zwischen einer Granatapfelköstlichkeit und einem Mandarinentraum. Mal sehen, ich mache am besten beide und entscheide mich spontan. Ich könnte eine Sorte davon in einer veganen Version versuchen und hätte damit auch gleich etwas für den Sweet Table. Mich für mein Organisationstalent lobend, notiere ich mir rasch die Ideen. Fehlt nur noch ein Klassiker, neu interpretiert. Sinnvoll wäre dieser ohne Alkohol und ohne Frucht, um einen dritten Wow-Effekt für die Augen und Gaumen der Juroren zu zaubern.

Hm, klassisch, vielleicht Schwarzwälderkirschtrüffeln? Nein, zu alkohollastig. Salted Caramel? Zu abgedroschen und vermutlich noch kein Klassiker. Nugatherzen?

Nugat geht doch eigentlich immer. Aber mit welchem Dreh? Ein zerbrochenes Herz? Das würde meine Gewinnchancen kaum erhöhen.

Zusammen mit meinem Blick, der vom Block in meiner Hand zum Fenster wandert, schweifen meine Gedanken ab ... im Garten tobt Gweni mit mir und wir sammeln um die Wette Haselnüsse auf, um später daraus Nugat herzustellen.

Okay, Nugatherzen werden es dann. Ob ich nachher mal schnell rüber in die Bibliothek des Schlosses huschen und einen Miniblick in das Schokorezeptbuch werfen sollte? Irgendwie bleiben Nugatherzen in meiner Vorstellung Nugatherzen – ganz ohne modernen Touch. Was sollte auch an der perfekten Nascherei verbessert werden?

Obwohl, vegan ist doch gerade total en vogue. Ich stelle ganz simpel vegane Nugatherzen her – und Bingo, schon habe ich wieder sowohl die Trüffelmesse als auch den Sweet Table bestückt. Ich bin heute echt nicht zu bremsen! So eine halbschlaflose Nacht sollte ich mir öfter gönnen.

Aber zuerst würde ich gern noch fünf Minuten dösen, ehe ich mich mehr oder weniger frisch ans Schokowerk mache.

Nur ist mir die Ruhepause nicht vergönnt, denn es klingelt stürmisch an der Haustür. Schnell springe ich auf und sehe im Flur besorgt zu der altmodischen Klingel über der Tür, die frenetisch vibriert. Ich fürchte ernsthaft um das Wohlergehen der alten Krachmacherquäke.

So schwungvoll, wie es mit der verklemmten Tür möglich ist, reiße ich sie auf und stehe May gegenüber, die weiterhin den Daumen fest auf die Klingel drückt. »Sag mal, wo bleibst du denn? Wir dachten schon, dir ist etwas passiert!«

Von dem Lärm genervt ziehe ich Mays Hand vom Klingelknopf. »Entschuldige mal, nachdem du angefangen hast, hier wie wild meine Klingel zu quälen, habe ich gerade mal fünf Sekunden bis zur Tür gebraucht. In dieser Zeit kann mir ja wohl kaum etwas passiert sein, außer einem Hörsturz vielleicht.«

Meine Schwester schüttelt mit bösem Blick den Kopf. »Ich rede nicht von deinem Sprint durch den Miniflur, ich rede von deiner Chocolaterie! Seit wann lässt du denn deine Gäste im fiesesten Graupelwetter vor der Tür stehen?«

»Na hör mal, heute ist Montag und die *Schokofee* somit geschlossen, meine Gäste wissen das.«

May drängt sich an mir vorbei und ihre nassen Haare, die unter der Mütze hervorquellen, streifen mich. Schnell schließe ich die Tür hinter ihr.

»Du hast letzte Nacht nicht zufällig noch weiter von den Trüffeln genascht?« May mustert mich mit zusammengekniffenen Augen aus nächster Nähe, ich spüre sogar ihre kalten Wangen.

»Hallo? Bitte wer hat sich die Flasche Whisky mit ins Bett genommen?«

»Diejenige, die weiß, dass heute Sonntag ist!«

Einen Moment weiß ich nicht, was meine Schwester mir sagen will. »Wie, du weißt, dass heute Sonntag ist?«

»Ich weiß es nicht nur, es ist auch so.« May reißt sich die Fäustlinge von den Händen und greift in die Tasche ihres Mantels. Mit mehr Schwung als notwendig hält sie mir ihr Handy vor das Gesicht. »Zwölf Uhr zweiunddreißig, Sonntag, dritter Dezember.«

Bitte, wo ist der Sonntag hin, den ich gestern zu erleben meinte?

»Du hast dir aber nicht den Kopf gestoßen oder so?« Prüfend legt mir May die Hand erst auf die Stirn und dann auf die Wange.

Ich schüttele sie ab. Das kann doch nicht sein! Wie können die Tage nur so ineinanderfließen, dass ich nicht einmal mehr weiß, welchen wir haben? Und noch viel schlimmer, wie kann es mir passieren, meine Gäste vor meiner Chocolaterie stehen zu lassen?

Schmerzhaft pocht mir das Herz in der Brust und mein Magen krampft sich zusammen. Ich höre meinen Puls im Ohr hämmern.

»Du wirst ja ganz blass.« Mays Stimme durchdringt die Wolke um mich herum und sie zieht mich zu dem Ohrensessel in der Wohnstube. »Hey, so schlimm ist es auch wieder nicht. In ein paar Tagen werden wir bestimmt darüber lachen. Hauptsache dir ist nichts passiert, ich bin ja froh, dass du nur ein bisschen schusselig warst.«

Mit Tränen in den Augen sehe ich May an. Sie hat gut reden, ein wenig schusselig würde ich das nicht gerade nennen. Schusselig ist, Milch auf dem Herd überkochen zu lassen, aber das hier macht mir Angst!

Sanft nimmt May meine Hand in ihre. »Soll ich zurückfahren und die *Schokofee* für heute wirklich schließen? Oder nein!« Sie klatscht begeistert in die Hände. »Orélie und ich übernehmen die Chocolaterie, quasi ein Takeover wie bei Instagram, nur in echt.«

Mays Begeisterung sprüht durch den Schrecken von gerade und so langsam zerreißt die Watte in meinem Kopf. Ich habe einen Fehler gemacht! Ja, und? Anstatt hier herumzusitzen und zu heulen sollte ich mich lieber aufmachen und ihn wieder ausbügeln. Auch wenn bügeln so gar nicht zu meinen Lieblingsbeschäftigungen gehört.

»Ich bin da! Ich bin da, ich bin da.« Ich renne mehr als dass ich gehe den Weg zur *Schokofee* entlang. Und in der Tat steht gut ein Dutzend Leute davor – fest eingemummelt in Schals und Mützen – und trotzt dem fiesen Wetter, obwohl dieses regelrecht brüllt, sich doch heute bitteschön drinnen aufzuhalten.

May, die leichtfüßig neben mir her joggt, kommt nicht einmal aus der Puste. »Ich habe die vermisste Chocolatière gefunden und sicher hierher eskortiert«, witzelt sie.

Gisela und Orélie nehmen mich in ihre Mitte und mustern mich von oben nach unten, während Gisela aus dem Kopfschütteln nicht mehr herauskommt. »Kind, was machst du nur! Nachdem dich May und Orélie als vermisst gemeldet haben, haben wir dich schon irgendwo im Straßengraben liegen sehen oder schlimmer noch am Fuß dieser unsäglichen Treppe in deinem windschiefen Haus!«

»Zut! Ans Telefon bist du auch mal wieder nicht gegangen!« Missbilligend schnalzt Orélie mit der Zunge.

Wie hat May vorhin so schön gesagt? In ein paar Tagen werden wir sicherlich über die Situation lachen. Allerdings brauche ich keine paar Tage dafür, denn dieser aufgescheuchte Haufen rund um mich erheitert mich dermaßen, dass ich lospruste.

Orélie schaut erst einen Moment böse, lacht dann aber mit, genau wie May und die anderen Gäste. Nur Gisela kann sich nicht so recht durchringen, die Komik in meinem Verschlafen zu sehen. Wobei verschlafen es nicht ganz richtig trifft, ich war ja meiner Zeit voraus, quasi also ausgeschlafen.

»Und nun hinein mit euch. Die erste Runde französischer Schokolade heute geht aufs Haus.« Damit winke ich alle zu mir und schließe die Chocolaterie auf. Wärme begrüßt mich und warm flackern auch die Lichter auf, als ich sie einschalte. Der Duft der herrlichen Trüffeln von letzter Nacht schwebt noch in der Luft und macht Lust auf mehr.

Plaudernd und lachend schiebt sich die Menge in den Wintergarten, und unter Stühlegeruckel findet ein jeder ein nettes Plätzchen.

Just, als ich die Tür schließen will, läuft Lukas auf mich zu. Stürmisch umarmt und küsst er mich. »May hat mich vorhin angerufen und gesagt, du wärst nicht in der *Schokofee* aufgetaucht und telefonisch warst du auch wieder nicht zu erreichen! Geht es dir gut?«

Vor Lukas ist mir die ganze Aktion doch etwas peinlich und ich verstecke mein heißes Gesicht für einen Moment an seinem Hals. »Ja, alles gut, ich habe nur ein wenig verschlafen.«

»Verschlafen bis mittags? Das muss ja eine Nacht gewesen sein.« Lukas lehnt sich zurück, um mich besser ansehen zu können.

»Oh ja, unsere Trüffelnacht geht in die Schokoladengeschichte ein. Aber Julie hat nicht nur verschlafen, sie hat gleich den ganzen Tag verwechselt.« Unbekümmert läuft Orélie an uns vorbei und sammelt dabei Jacken und Mäntel der Gäste ein.

Lukas' Gedanken leuchten in Neonschrift über seinem Kopf. Schließlich zieht er mich ganz fest an sich und lacht. »Das ist meine Julie!«

Da es sich ziemlich gut anfühlt, seine Julie zu sein, lasse ich mich ausgiebig von ihm knuddeln. Es tut gut, für einen Moment die Tonnen an Schokoladen zu vergessen, die ich zubereiten muss, die Kilo an Trüffelmassen und die vielen, vielen Kakaobohnen, die noch geröstet werden wollen.

»Du hast sie vergessen, richtig?«

Eine vertraute Stimme holt mich aus meinem Traumland und ich erblicke über Lukas' Schulter Leander, augenbetäubend gekleidet in grellneongelbgrünen Radklamotten.

Lukas grinst mich an und dreht sich mit mir im Arm zu Leander um. »Julie hat die Pralinenabos nicht vergessen, für sie ist heute Montag, du hättest also gestern schon hier sein müssen.«

Verwirrt zieht Leander die Augenbrauen zusammen, nimmt den Helm und die dünne Mütze darunter ab und versucht mit einer Hand, seine Wuschelfrisur zu richten.

Ich löse mich von Lukas und hake mich bei Leander unter, dabei schmunzele ich meinen Verlobten an. »Natürlich habe ich die Pralinenabos für heute fertig. Immerhin dachte ich ja gestern, dass heute morgen wäre und somit hatte ich die bestellte Schokolade bereits vorgestern fertig.«

Leanders Augenbrauen verknoten sich immer mehr und fröhlich ziehe ich ihn mit mir zur Theke. »Ich verstehe zwar deine Worte, nicht aber deren Sinn, falls da überhaupt ein Sinn ist. Muss ich denn nun noch eine Extrarunde durch den Schlosspark drehen oder nicht?«

»Oder nicht.« Stolz auf meine vorausschauende Arbeitseinteilung von letzter Woche schiebe ich ihm den Karton mit den Bestellungen über die Theke.

»Wirklich alles drin?« Leanders Schnute beim Hineinsehen ist nicht zu übersehen und in mir keimt ein Verdacht.

»Es sei denn ...«

Leander horcht auf. »Es sei denn?«

»... ich möchte alles noch einmal kurz nachzählen und du könntest ...«

»... mal kurz bei Bille vorbeischauen, um kurz Hallo zu sagen?«

»Zum Beispiel.« Habe ich es doch gewusst! Leander kommt mit Absicht immer zu früh. Na gut, nicht immer, aber ganz oft!

Nachdem Leander hocherfreut seine Extrarunde dreht, arbeite ich extrafleißig in der *Schokofee*, um die verlorene Zeit aufzuholen und vor allem, um meinen Gästen gerecht zu werden, die gerade sonntags in Scharen zu mir finden. Da kann das Wetter noch so grandios schlecht sein.

Netterweise hilft Lukas mit, nachdem ich May und Orélie davon abhalten konnte, einzuspringen. Ihre Idee, die Trüffelsession von letzter Nacht zu wiederholen, um meinen Gästen etwas Gutes zu tun, war mir doch zu schräg. Ich will nicht in den Ruf geraten, eine Spelunke zu führen statt einer Chocolaterie.

Ich sehe Lukas gern dabei zu, wie er Gäste bedient und Kunden bei der Wahl ihrer Schokoladen berät. Immer wieder sehe ich zu ihm hin und immer wieder fängt er meine Blicke dabei auf. Jedes Mal schenkt er mir sein ganz spezielles Lukaslächeln, das nur für mich bestimmt ist.

Der ohnehin kurze Tag verfliegt in einem Wirbel aus Haselnusspralinen, Zuckerwattelollis und Schichtnugat. Ehe ich michs versehe, stehen Lukas und ich Arm in Arm in der offenen Tür der *Schokofee* und winken Gisela und Holger hinterher, die unsere letzten Gäste waren.

»Bist du gut vorwärtsgekommen in deiner Schokohexenküche?« Sacht schließt Lukas die Tür und sperrt die nasse Kälte aus meiner gemütlich erleuchteten Weihnachtsoase aus.

Ich schmiege mich an ihn und langsam tanzen wir zu den sanften Klängen von Bing Crosby. »Hervorragend. Ich konnte die meisten meiner Vorräte für die Chocolaterie auffüllen, sodass ich mich morgen und übermorgen ganz auf die Trüffelmesse und diesen speziellen Unsweet Table am Mittwoch vorbereiten kann.«

Lukas' Brust vibriert an meiner, als er lacht. »Dann war dein verwechselter Tag ja ganz erfolgreich. Ich bin echt froh, dass sich bei all deinen Aktivitäten immer doch noch alles fügt.«

»Und ich bin froh, dass du heute hier bist. Eigentlich wolltest du mit Ava und Oskar proben, oder?«

»Das geht auch mal ohne mich.« Zärtlich küsst mich Lukas auf die Stirn.

»Bleibst du bei mir heute Nacht?«

»Wenn es dich nicht stört, dass ich morgen ganz früh raus muss?«

Entspannt schließe ich die Augen und genieße Lukas' Wärme an meinem Körper. »Ich habe ja heute ausgeschlafen, da kann ich mir morgen einen frühen Start leisten. Es gibt ohnehin mehr als genug für mich zu tun.« Trotzdem seufze ich zum Steinerweichen.

»Was?« Lukas klingt amüsiert.

»Können wir nicht unsere Sonntage und Montage tauschen? Du unterrichtest deine Schüler sonntags, wenn ich in der *Schokofee* bin, und am Montag haben wir beide mal gemeinsam frei. Wow, stell dir das mal vor, einen ganzen freien Tag für uns gemeinsam allein.«

»Das hat was. Allerdings würden sich meine Schüler mit Händen und Füßen dagegen wehren, sonntags zur Schule zu müssen.«

Genüsslich streichen meine Hände Lukas' Rücken entlang. »Ach, als Schülerin hatte ich auch immer etwas zu meckern.«

Schweigend tanzen wir weiter zu *Silver Bells*, das sanft in *White Christmas* übergeht. Oh, wie schön wäre es, wenn es wirklich weiße Weihnacht geben würde. Eigentlich hätte ich jetzt schon gern Tonnen von Schnee. Die *Schokofee* und das Schloss mit dem Park rundherum, zusammen mit dem Wald und dem Wannsee, sehen dann besonders magisch aus. In keinem Winterwunderland könnte es schöner sein.

Mein Herz quillt über vor Liebe für diesen Mann in meinen Armen und ich bin so dankbar, dass er genau jetzt hier bei mir ist. »Lukas?«

»Hm.«

»Es wird wirklich langsam Zeit, dass wir uns abstimmen, also wegen der Hochzeit und so, meine ich.«

»Meinst du?« Lukas wirbelt mich herum und mit zittrigen Knien komme ich wieder auf dem Boden auf. »Ich dachte mittlerweile schon, du bist nicht so das Heiratsmädchen.«

»Das ist ja auch eine große Verantwortung und ich will unbedingt alles richtig machen.« Ich halte inne und sehe Lukas an.

»Es gibt nichts dabei, was du falsch machen könntest, Julie.« Zärtlich streicht er mir eine Haarsträhne aus dem Gesicht. »Schon damals, als ich dich in Zürich das erste Mal hinter der Theke im *Schoggli* gesehen habe, wusste ich, dass du die Eine für mich bist.«

Etwas peinlich berührt beim Gedanken an dieses erste Treffen kräusele ich die Nase. »Ich dachte, du wärst so ein Aufreißertyp.«

»Das bin ich nicht, Julie, und das werde ich nie sein. Ich bin ein ganz normaler Typ, der dir seine Liebe schenkt.« Weich küsst er mich auf den Mund und ich versinke in dem Kuss. »Ganz im Gegensatz zu dem Typ, der da zur Tür hereinspaziert.«

Das Schokoknacken der Türglocke holt mich in die Wirklichkeit zurück und ich drehe mich zur Tür um. Und es ist, als würde nicht nur ich mich umdrehen, die ganze Welt dreht sich plötzlich um mich.

Kapitel 16

D wie Dekorativ

Dattel-Konfekt
Kandierte Datteln, die die Sonne eines Sommers in
sich tragen, verschmelzen mit warmem Wildblüten-
honig zu einer Symphonie, einzig dazu bestimmt, uns
das Leben lieben zu lassen.

»Finn!«

»Hey. Ich hoffe, ich störe nicht? Überraschung.« Finn hebt zwei Finger zum Gruß und das breite Lächeln lässt seine dunklen Augen strahlen.

»Was machst du hier?« Obwohl ich ihn sehe und seine so wohlbekannte Stimme höre, kann ich nicht glauben, dass er hier ist. Hier bei mir, in meiner *Schokofee*. Ich bin froh, dass ich mich an Lukas anlehnen kann, denn meinen Beinen traue ich im Moment nicht zu, mich zu tragen.

»Es war mal wieder Zeit für Europa, also dachte ich, es wäre ein guter Anfang, hier zu starten. Aber wenn ich störe, komme ich gern ein anderes Mal wieder.« Finn zeigt zu der Tür, durch die er gerade wieder in mein Leben geplatzt ist.

Lukas nimmt den Arm von meiner Taille und die Stelle, an der er soeben noch gelegen hat, wird bitter-kalt. »Nein, du störst nicht, komm rein. Offensichtlich kennt ihr euch von früher und alte Freunde setzt man nicht einfach vor die Tür. Ich bin übrigens Lukas.«

»Finn. Freut mich, dich endlich kennenzulernen, Lukas.« Finn kommt mit drei großen Schritten zu uns und reicht Lukas die Hand.

Dann umarmt er mich und wischt innerhalb des Bruchteils einer Sekunde zehn Jahre weg.

»Finn«, flüstere ich einmal mehr und schiele zu Lukas, der entspannt neben uns steht und mit dem Kopf zu einem der Tische im Wintergarten zeigt.

»Setzt euch, ich hole uns was zu trinken. Lust auf eine von Julies berühmten heißen Schokoladen?«

»Auf die Gelegenheit warte ich schon seit Jahren.« Finn zieht sich die Lederjacke aus und hängt sie über einen Stuhl, ehe er den Stuhl daneben vom Tisch rückt und mir bedeutet, Platz zu nehmen.

»Danke.« Meine Stimme versteckt sich weiterhin tief in meiner Kehle und ich räuspere mich. »Wow, die Überraschung ist dir gelungen. Warum hast du nichts gesagt? Auf deiner letzten Karte stand noch, wie großartig du Kanada findest und dass du dir vorstellen könntest, dort länger zu bleiben.«

Finn senkt kurz den Blick, ehe er wieder aufsieht. »Sie wollte leider dort nicht länger mit mir bleiben.«

»Das tut mir leid. Dabei hat es sich danach angehört, als hätte dich Amor mal so richtig erwischt.«

Finn grinst schief. »Hat er auch, Julie. Erneut. Aber es soll wohl nicht sein.«

Mir ist schwindelig und ich setze mich aufrechter hin, um das wirbelnde Gefühl in meinem Kopf zu vertreiben.

»Du siehst blass aus, vielleicht hätte ich doch nicht so spontan herkommen sollen.« Finn beugt sich zu mir vor, dabei fallen ihm seine langen, blonden Haare über die Schulter. Mein Blick bleibt daran hängen.

»Du hast noch immer die schöneren Haare von uns beiden. So etwas sollte es zwischen einer Frau und einem Mann eigentlich nicht geben.« Zart streiche ich über eine seidige Strähne und ziehe meine Finger sogleich zurück, als ich Lukas hinter mir mit den Tassen hantieren höre.

»Falls es dich tröstet, deine Haarpracht kann sich auch sehen lassen. Schon damals und ganz besonders heute.« Finns Lächeln weicht, als er mir in die Augen blickt. »Du bist erwachsen geworden, Julie.«

Lukas kommt zu uns und stellt ein Tablett mit drei dampfenden Tassen voll mit flüssiger Schokolade auf den Tisch. Verheißungsvoll duftet es nach Mandelkakao mit einem Hauch Kirschen, während ich Finn eine Tasse reiche. »Lass es dir schmecken.«

Ich warte, bis auch Lukas seine Tasse aufgenommen hat, und proste Finn zu. »Auf dich und deine Reisen und dass du heil wieder nach Hause gefunden hast.«

Schweigend trinken wir die ersten Schlucke der Nascherei. Doch im Gegensatz zu sonst schenkt mir die heiße Schokolade weder Ruhe noch Entspannung, dafür verstärkt sie meine Nervosität und ich merke, wie ich mit dem Fuß zappele. Unruhig ziehe ich die Füße zurück und klemme sie hinter die Stuhlbeine.

»Wo warst du zuletzt?« Lukas streckt die Beine von sich und sieht interessiert zu Finn hinüber. Ganz im Gegensatz zu mir scheinen die beiden die Entspannung in Person zu sein.

»Kanada, die letzten eineinhalb Jahre hauptsächlich an der Westküste. Es ist eine Gegend, in der ich mir echt vorstellen könnte, länger zu leben, gerade rund um Vancouver und Vancouver Island.«

»Kann ich mir vorstellen. Bist du mal nach Alaska hochgekommen?«

Finn nickt lebhaft und beißt herzhaft in einen der Brownies, die Lukas auf den Tisch gestellt hat. »Ich war eine Zeit lang auf den westlichen Inseln unterwegs und habe Touren durch den Golf von Alaska begleitet. Das würde ich jederzeit wieder machen. Kennst du die Gegend?«

»Leider nicht. Während meines Studiums war ich für ein Jahr in Kanada, aber habe es tatsächlich nicht bis rauf nach Alaska geschafft.« Auch Lukas greift sich eines der saftigen Schokoküchlein. Er reicht mir eines, doch ich winke ab. Mein Magen fühlt sich klumpig an.

»Lass dich nicht davon abhalten, es ist ein großartiger Flecken Erde.« Mit einem großen Schluck leert Finn seine Tasse.

Lukas schenkt ihm aus meiner dickbauchigen Lieblingskanne nach. »Wo warst du sonst noch so unterwegs?«

Bedächtig wiegt Finn den Kopf hin und her.

»Du musst ihn eher fragen, wo er noch nicht war«, werfe ich ein.

»Na ja, ganz so ist es nicht, aber zumindest habe ich auf jedem Kontinent schon mal mehr oder weniger lang gelebt. Aber es gibt durchaus noch ein paar Fleckchen, die ich mir gern näher ansehen möchte.« Über meinen Kopf hinweg mustert Finn den Wintergarten. »Wie die *Schokofee* hier.«

»Ja, schon klar.«

»Sei nicht so bescheiden.« Lukas greift nach meiner Hand und drückt sie. »Deine Chocolaterie ist jede Reise wert.«

Die beiden schaffen es doch tatsächlich, dass mir die Wangen brennen, bestimmt schön rot sichtbar für alle. Ablenkung ist gefragt. »Deine Eltern freuen sich sicherlich, dass du wieder im Land bist. Wohnst du bei ihnen?«

Finn grinst und greift nach dem letzten Brownie. »Sie sind in erster Linie der Grund, dass ich hier bin. Die beiden machen endlich die Kreuzfahrt, die sie sich schon so lange wünschen, einmal ums Kap rum. Und die nächsten fünf Wochen hüte ich ihr trautes Heim samt der drei Schildkröten, fünf Kaninchen und zwei Alpakas.«

»Sie haben jetzt echt auch noch Alpakas? Wie süß. Und du als Hausherr, das ist lustig.« Die Vorstellung bringt mich zum Lachen und verscheucht einen Teil des Schreckens angesichts des unerwarteten Besuches. Eigentlich ist es wundervoll, Finn wiederzusehen, sein fröhliches Lachen zu hören und seinen Weltenbummlergeschichten zu lauschen. Auch Lukas scheint ihn zu mögen. »Wir müssen dich unbedingt besuchen kommen und dir dabei zusehen, wie du den Alpakaflüsterer gibst.«

»Jederzeit. Fühlt euch herzlich eingeladen.« Damit klopft sich Finn auf die Schenkel und erhebt sich. »Aber jetzt will ich nicht länger stören, ich wollte ja eigentlich nur mal kurz Hallo sagen und dass ich für eine Weile wieder in Berlin bin.«

Auch Lukas und ich stehen auf und gehen mit Finn zur Tür. Finn umarmt mich und reicht Lukas die Hand. »Hat mich gefreut, Lukas.«

»Mich auch. Kennt ihr euch eigentlich noch aus eurer Schulzeit?«

Mein Herzschlag setzt für einen Moment aus und ich reiße die Tür auf, um Finn hinauszuschieben.

»Auch.« Finn zieht sich den Reißverschluss seiner Jacke bis unter das Kinn angesichts der Kälte, die in die *Schokofee* strömt. »Und Julie und ich waren mal verheiratet.«

Nachdem Finn die Chocolaterie verlassen hat, kreischt die Stille zwischen Lukas und mir regelrecht in meinen Ohren. Er hat kein einziges Wort für mich übrig, nur einen Blick, der das pure Unverständnis ausstrahlt. Und auch mir fällt so gar nichts ein, was ich sagen könnte. Denn alles, was ich jetzt sagen würde, hätte ich schon längst sagen müssen. Schon vor Jahren.

Aber das habe ich nicht. Weil ich es nicht wollte, nicht konnte. Und nun ist es zu spät.

Stumm sucht Lukas seine Sachen zusammen und zieht sich die Jacke an, ehe er geht.

Wie erstarrt stehe ich da und sehe ihm zu, sehe uns zu, und endlich setze ich mich in Bewegung und laufe ihm nach. Eisregen pikst mir ins Gesicht und der frostige Wind fährt mir sofort unter den Pullover. Mir ist gleichzeitig glühend heiß und eiskalt. »Lukas!«

Er bleibt nicht stehen und ich renne schneller. Kurz vor seinem Auto erwische ich ihn und halte ihn am Arm fest. »Bitte Lukas, es war nichts! Wir waren Teenager! Die Ehe hat kein halbes Jahr gehalten. Es hat doch für uns nichts zu bedeuten, dass ich schon einmal verheiratet war.«

Langsam dreht er sich zu mir um. Seine Augen wirken so unglaublich dunkel und das liegt nicht nur an den Lichtverhältnissen. »Darum geht es nicht, Julie. Es ist völlig okay, dass du schon einmal verheiratet warst, aber dass du mir das all die Jahre verschwiegen hast, das nehme ich dir verdammt übel. Und jetzt entschuldige mich bitte, ich brauche Abstand.«

Entsetzt trete ich einen Schritt zurück. Lukas steigt ins Auto und fährt davon. Alles wäre mir in diesem Moment lieber gewesen als dieser so unheimlich ruhig vorgebrachte Satz. Schreien, Wut, Fluchen – alles, aber nicht diese schreckliche Ruhe.

Den Montag verbringe ich fast ausschließlich zu Hause auf dem Sofa. Ich habe keinen Hunger oder Durst. Zum ersten Mal, seit ich meine *Schokofee* habe, will ich nichts von ihr wissen. Der ganze Schokoladenkram ist mir zuwider.

Anfangs überlege ich noch, Lukas anzurufen. Immer wieder nehme ich das Handy in die Hand, doch ich entscheide mich dagegen. Er hat um Abstand gebeten und das einzig Richtige im Augenblick ist, ihm diesen zu gewähren.

Viel zu schnell verstreicht der Montag und ich raffe mich auf, am Dienstag die Chocolaterie zu öffnen.

Schon morgens steht Herr Munzel auf der Türschwelle und begehrt wie immer viel zu früh Einlass. Am liebsten würde ich ihn stehen lassen, doch ich reiße mich zusammen. Meine schlechte Laune ist hier absolut fehl am Platz.

Und wenn Lukas erst wieder bereit ist, mit mir zu reden, werden wir das klären. Es wird nicht einfach, das ist mir bewusst, aber wir lieben uns und diese Sache kann das nicht einfach beenden. Falls sich Lukas bis morgen Abend nach der Trüffelmesse nicht bei mir gemeldet hat, werde ich zu ihm fahren, Abstand hin oder her.

Jetzt, da ich einen Plan habe, geht es mir besser, und um mich vollends zu überzeugen, nehme ich den größten und pinksten Klebezettel, den ich finden kann, und schreibe ganz groß L + J darauf, umrahmt von einem dicken roten Herz. Lukas und Julie, wichtig und dringend.

»Julie?«

Ich luge aus der Schokoküche zu Herrn Munzel, der mich gerufen hat. Neben ihm sitzt mittlerweile Herr Wester. Er kratzt sich heftig am Kopf und schnuppert an der Schokoladenmilch von Herrn Munzel, dessen grauer Haarflaum noch mehr als sonst flattert.

Neugierig trete ich näher, um herauszufinden, was die beiden alten Herren so irritiert. »Stimmt etwas nicht mit der Schokoladenmilch? Ist sie noch zu heiß oder zu kalt?«

»Ähm, nein, nein, die Temperatur ist wohl passend. Aber sie schmeckt scharf.« Herr Munzel verzieht den Mund.

»Sehr scharf«, bekräftigt Herr Wester mit stetigem Nicken.

Ich nehme die halbvolle Tasse und rieche daran. Und statt des warmen Zimtaromas erwischt mich Chiligeruch in seiner Reinform. Oh nein! Ich habe das Zimtpulver mit dem Chilipulver verwechselt und der arme

Kerl hat in Erwartung seines üblichen Schokotrunkes gleich die halbe Tasse auf einmal ausgetrunken. Auweia! Das ist mir noch nie passiert. »Es tut mir so leid! Ich bringe Ihnen gleich frische Milch, die wird die Schärfe in Ihrem Mund lindern.«

Schnell hole ich die Milch und nicke den neuen Gästen, die die *Schokofee* gerade betreten, gezwungen zu. Ich habe das dumpfe Gefühl, das mir heute einer jener ganz besonders lebhaften Tage in der Chocolaterie bevorsteht. Ausgerechnet heute, nachdem ich gestern in Selbstmitleid versunken geschwänzt habe.

Angespannt sehe ich zu, wie Herr Munzel die Milch trinkt. Er reckt den Daumen in die Höhe und ich atme weiter.

»Mit mir können Sie es ja machen, liebe Julie, ich kann ein paar scharfe Sachen noch gut vertragen. Im Gegensatz zu meinem alten Freund hier.« Jovial klopft Herr Munzel seinem alten Freund auf die Schulter, was dieser mit stoischer Gelassenheit über sich ergehen lässt. »Aber nun wäre eine ganz normale Schokoladenmilch für uns das Richtige, nicht wahr, Kurt?«

»Da hast du wohl recht, mein lieber Steffen. Mit Zimt und Ihrem Dingsbumssalz und ohne Chili, wenn ich bitten darf. Für heute gabs genug Scharfes, Sie wissen schon, mein Magen und so, das verträgt der nicht mehr so gut, da kommt meine Verdauung durcheinander.«

Ui. Bevor ich mehr Details zu seiner Verdauung präsentiert bekomme, trete ich eilig den Rückzug an und spute mich, dass ich in die Küche komme, um dieses Mal die richtige Schokomilch anzurühren.

Auch an der Theke stehen bereits drei Kunden und ich springe zwischen Küche und Verkaufstheke hin und her. Eigentlich müsste ich dringend die Trüffeln für morgen machen, doch der Gästeansturm lässt mir keine Chance, auch nur in die Nähe der Kakaobohnen zu kommen, die ich geplant habe zu rösten.

Am Nachmittag naht Rettung in Form von Gisela, die auf die Chocolaterie zueilt. Doch sie geht daran vorbei.

»Einen kleinen Moment, bitte«, wende ich mich an die Dame mit der Feder am Hut, die sich eben eine Auswahl an Nusspralinen erwählt. Ihr Zeigefinger schwebt in der Luft, während ich sie an der Schokobar stehenlasse. Mit einem höflichen Lächeln versteht sich.

Ich reiße die Tür auf. »Gisela!«

Sie dreht sich um und kommt zurück. »Sorry Julie, ich habe keine Zeit, ich habe doch erst morgen Dienst, oder?«

»Das ist aber genau das, was ich gerade jetzt und heute von dir brauche, deine Zeit. Und ja, morgen auch.« Fröstelnd streiche ich mir über die Arme. Zwar ist der Himmel nicht mehr so dunkeldunkelgrau und der fiese Eisregen hat sich auch verzogen, aber ein frostiger Wind bläst noch immer. »Ich gehe gerade total unter in der *Schokofee* und könnte eine Hand gebrauchen. Die Trüffeln für die Messe und den Sweet Table sind noch lange nicht fertig.«

Gisela schüttelt den Kopf. »Leider nein, Julie, ich habe den Terminkalender voll wegen des Weihnachtsballs.«

»Oh, klar. Dann viel Erfolg.«

»Sei mir nicht böse, Kind, ja?«

»Ich doch nicht.« Nein, böse bin ich nicht, nur total durch den Wind. Ich schmule in die Chocolaterie. Die Hutdame hat in dem schirmtragenden Mann, der vorhin hinter ihr stand, wohl einen Gesprächspartner gefunden, denn die beiden setzen sich gerade an den letzten freien Tisch im Wintergarten. Meine Chance.

Mit überhöhter Geschwindigkeit rase ich zum Schloss und stemme das schwere Tor auf. In der Halle werde ich jedoch prompt ausgeschlittert.

»Frau Blum! Ich muss doch sehr bitten. Im Schloss wird nicht gerannt. Und bitte keuchen Sie nicht so, das ist sehr unvorteilhaft.« Pikiert zieht Fräulein Lotte die Augenbrauen zusammen und mustert mich.

Ich bin echt nicht gut in Form und halte mir die schmerzende Seite. Bitte, wer außer mir bekommt bei solch einer kurzen Strecke bereits Seitenstechen? »Sorry, Fräulein Lotte, ich habe es eilig. In der *Schokofee* warten Gäste auf mich und ich muss kurz zu Bille, damit sie mir hilft.«

Fräulein Lotte wächst gefühlte zwei Meter und ich weiche ängstlich zwei Schritte zurück. »Frau Blum! So lassen Sie doch bitte niemals, hören Sie, niemals Ihre Gäste warten!«

Gehorsam nicke ich, denn dieses Mal muss ich ihr wohl oder übel recht geben. Zuerst Chili in die Schokoladenmilch kippen und dann die Gäste stehenlassen. Das ist heute echt nicht mein Tag. Doch die Pechsträhne möchte ich beenden und schiebe mich an Fräulein Lotte vorbei, um zu Bille zu kommen.

»Stopp!«, vereitelt sie leider meinen Versuch. »Frau Viersturm ist in der Schlossküche unabkömmlich! Bitte, wir lassen unsere Gäste nicht warten, wo kommen wir denn da hin, wenn das Abendessen nicht pünktlich serviert werden könnte!«

Ich will es nicht, ich will es nicht. Dennoch passiert es, mir schießen Tränen in die Augen, ob vor Wut oder Frust oder wegen ... ich weiß es nicht.

Für einen Moment sieht Fräulein Lotte so aus, als würde sie mir den Weg freigeben, und schnell lasse ich doch eine der peinlichen Tränen über die Wange kullern.

»Nun gut, wenn Sie so in der Not sind, bitte«, erbarmt sie sich meiner.

Na, geht doch. »Oh Fräulein Lotte, danke. Sie haben etwas gut bei mir.«

Gesetzt nickt sie und nimmt sich den Kneifer von der Nase. »Frau Blum, bitte beginnen Sie keinen Satz mit Oh, wir sind hier nicht in einem Groschenroman. Und gut habe ich bei Ihnen mehr als etwas. Bitte, nun gehen wir schon.«

»Wie, nun gehen wir?«

»Dies wird keine einfache Zusammenarbeit, dünkt mir, liebe Frau Blum. Es heißt *wie bitte* und gehen wir bedeutet, Sie und ich gehen jetzt in Ihre Chocolaterie und sorgen dort für Ordnung.«

Kapitel 17

E wie Erbaermlich

Eis-Schokolade
Die Sonne lacht vom blitzblauen Himmel. Der Regen
strömt aus tiefgrauen Wolken. Dicke Flocken
schneien vom Himmel. Feinste Porcelana-Schokolade,
verrührt in einem cremigen Eis und übergossen mit
schmelzender Schokoladenmilch, ist der perfekte Be-
gleiter.

Oh, und wie in meiner Chocolaterie für Ordnung gesorgt wird! Kein Kunde wagt es, aus der Reihe zu tanzen, keiner stupst mit dem Zeigefinger gegen die Glasscheibe an der Schokotheke, und die Trüffeln, Pralinen und Konfekte liegen brav manierlich angerichtet an den ihnen zugewiesenen Plätzen. Merkwürdig, bei mir kullern gern mal die Pistazien-Crunch-Pralinen hinüber zu dem griechischem Mandelkonfekt oder die Birnensorbettrüffeln verlassen ihre Schale, um es sich bei den Eisschokoladen gemütlich zu machen.

Kein Gast lässt auch nur den kleinsten Krümel auf dem Teller liegen oder einen Schluck Schokolade zurück in der Tasse. Alle bringen brav ihr benutztes Geschirr zurück und bedanken sich artig für die köstlichen Speisen.

Eigentlich sollte ich glücklich und fröhlich pfeifend in der Schokoküche wirbeln und meine Trüffeln herstellen, aber Fräulein Lotte macht mich nervös – zusätzlich zu der Anspannung wegen des Wettbewerbes. Ich kann es mir nicht verkneifen und schmule immer wieder aus der Küche, werde aber jedes Mal mit einem strengen Blick über den Kneifer meiner Gehilfin zurückgescheucht. Meine Hände zittern beim Temperieren der Schokolade und noch mehr beim Rollen der Trüffeln. Permanent habe ich das Gefühl, sie würde mir über die Schulter linsen. Dabei mache ich doch gar nichts falsch!

Auch Lukas lenkt mich ab, da ich immer wieder an ihn denke und dann plötzlich den Faden verliere. Das herrliche Himbeermus verbrennt mir zu einer stinkenden, grauen Masse, die aussieht, als wäre sie bereits gegessen worden – mehrfach. Beim Kirschgelee schütte ich statt des Granatapfelsaftes Rotwein hinein. Was per se nicht schlimm wäre, wenn Miss Feng-Shui mir nicht strengstes Alkoholverbot ausgesprochen hätte! Dazu zieht dieses Agar-Agar-Zeugs nicht richtig an und das geplante fruchtige Gelee wabbelt wie Entengrütze. Und überhaupt ist Gelee keine Schokolade!

Nur gut, dass der Sweet Table so übersichtlich ist, denn irgendwie schaffe ich es dennoch, die geforderten veganen Süßigkeiten fertig zu bekommen. Hübsch vor mir aufgereiht liegen sie auf dem Tisch.

Sie sehen wunderbar aus. Tiefrotes Granatapfelkonfekt mit Zitronentopping, eine hellbraune Reisschokolade mit einer Füllung aus Himbeermus und mein Meisterwerk, köstlich weihnachtlich duftende Mandarinentrüffeln.

Gespannt beiße ich in ein Fruchtgelee. Ui, ui, sauer, aber es sollte ohne zugesetzten Zucker sein und so ist die Nascherei ohne zugesetzten Zucker, der Zucker des Granatapfels reicht anscheinend nicht. Ist diese Nascherei eigentlich überhaupt noch eine Nascherei? Egal, wenn sich die Zunge an die Säure gewöhnt hat, geht es ganz gut, dann sind auch alle Geschmacksknospen so weit zusammengezogen, dass das herbe Aroma keinen Schaden anrichten kann. Dennoch bin ich mir ziemlich sicher, dass es Miss Feng-Shui schmecken wird.

Die Reisschokolade schmeckt, wie sie sich anhört. Reisig. Einiges konnte ich noch rausholen, indem ich einen Hauch Thymian der Himbeerfüllung hinzugefügt habe und der Schokolade einen Tropfen Olivenöl. Interessant. Hat das Zeug zum Außenseiter.

Auf die Mandarinentrüffeln bin ich am meisten gespannt, da ich sie auch ins Rennen für die Trüffelmesse schicke. Eigentlich sollte diese Kombination aus tiefdunkler, hochprozentiger Criollo-Schokolade mit zuckersüßem Kern aus Mandarinenmousse bestens funktionieren. Leider ist weder Sahne noch Butter so richtig vegan, weshalb ich auf die beiden Hauptstars verzichten musste. Um die Masse dennoch trüffeltauglich zu machen, habe ich geschroteten Buchweizen und Baobabpulver hinzugefügt – das stand so in dem Rezept, das ich mir nach langer Suche endlich ergoogelt hatte. Das Ergebnis kann sich sehen lassen und duftet herrlich aromatisch nach dunklem Kakao und weihnachtlicher Mandarine mit einem Hauch Zimt.

Moment, ist Zimt vegan? Klar, Zimt ist eine Rinde und Rinde gehört zu einem Baum und ein Baum ist eine

Pflanze. Und was ist mit den kleinen Tierchen, die an den Wurzeln eben jenes Baumes leben und diesen durch ihre Körperchen düngen?

Oh Julie! Stopp! Beiß einfach hinein!

Kaum berührt die halbabgebissene Trüffel meine Zunge, so fliegt sie auch schon in hohem Bogen wieder aus meinem Mund! Igitt! Ich weiß, ich weiß, es gibt bei Lebensmitteln kein igitt! Aber dieses Ding aus dem All ist einfach igitt, mehr noch, es schmeckt igittigitt!

Angeschlagen stehe ich vor den ersten veganen Trüffeln meines Lebens und bin ratlos. Diese Dinger kann ich niemals, never, jamais in den Trüffelwettbewerb schicken. Damit bringe ich die verwöhnten Geschmacksnerven der alten Männer in der Jury um. Selbstverständlich sind es drei alte weiße Männer, die das Urteil fällen, die hübschen, jungen Damen dürfen kurzrockig die Köstlichkeiten servieren.

Es ist eine erzkonservative Veranstaltung, voll des Ernstes der herrschenden Zunft, und so weltoffen sich die Jurymitglieder in der Öffentlichkeit auch geben, so eng ist ihr Horizont gesteckt.

Das heißt, ich muss noch eine Ladung normaler Mandarinentrüffeln herstellen, und zwar pronto, wenn ich diese Nacht den Hauch eines Schlafes bekommen möchte. Schließlich habe ich noch nicht einmal mit den Nugatherzen angefangen. Wenigstens die Quitten-Edelbrand-Trüffeln stehen für den Wettbewerb bereit.

»Frau Blum, der Wintergarten ist aufgeräumt und geputzt – gründlich, die Schokoladenbar und die Theke in Ordnung gebracht und die Finanzen des heutigen Tages geregelt. Da Gisela Sie morgen hier vertritt, habe ich für sie alles vorbereitet, die Pralinenabos verpackt und mir erlaubt, die Geschenkeschachteln für die Trüffeln so zu sortieren, dass diese nicht mehr grundlos durcheinanderpurzeln und sinnvoll und ohne Verzug dem Gast gegenüber benutzt werden können. Bitteschön.« Fräulein Lotte steht kerzengerade im Durchgang zur Schokoküche, keines ihrer steingrauen Haare tanzt aus dem Dutt im Nacken, ihr Blick durch den Kneifer fliegt über das Durcheinander auf dem Tisch und den Ablagen. »Wenn Sie mich bitte entschuldigen würden, ich muss zurück ins Schloss. Dort wird just das Abendessen serviert.«

Aufgescheucht sehe ich zur Uhr über der Tür. Bitte wo ist schon wieder die Zeit hin? »Danke«, stammele ich und fühle mich, als säße ich auf einem Kettenkarussell.

»So bitte kommen Sie doch mit, Frau Blum. Ein paar nahrhafte Haselnussspätzle werden Sie wieder auf die Beine bringen für Ihre heutige Nachtschicht, wie ich dem Chaos hier zu entnehmen mir erlaube.«

Fräulein Lotte kann sich so viel erlauben, wie sie will, wenn ich dafür Haselnussspätzle abbekomme, vermutlich übergossen mit goldener Parmesanbutter. »Überredet, danke.«

»Das war keine Überredung von mir, sondern lediglich eine Einladung, die Sie anscheinend bitter nötig haben.« Sprichts, dreht sichs um und läuft von dannen.

»So, das wären dann alle.« Schwungvoll stellt Frau Müller, die Hausdame des *Callas*, den letzten Karton auf den Tisch, der mir als Zwischenablage für meine Süßigkeiten dient. »Das riecht ja herrlich, da könnte selbst ich schwach werden.«

»Sie essen keine Schokolade?« Oh, dies sind so kleine Herausforderungen, die ich immer wieder gern annehme, und so öffne ich einen der Kartons und mopse ein perfektes Nugatherz. Ich reiche es ihr und könnte mir selbst nicht widerstehen.

Sie winkt nur mit einem Lachen ab. »Ach, ich esse eigentlich überhaupt nicht. Essen ist blöd, reine Zeitverschwendung, es geht doch auch so.«

Okay. Gut, sie sieht nun nicht gerade aus, als würde sie in Askese leben, ganz im Gegenteil, sie sieht rund und gesund aus, aber so ohne Essen? Wie geht das denn?

»Wenn Sie noch etwas benötigen, Frau Blum, lassen Sie es mich bitte wissen. Frau Lindo lässt sich entschuldigen, sie hat einen Termin und versucht, später beim Trüffelwettbewerb dabei zu sein.«

»Danke sehr.« Erleichtert, es endlich ins Hotel geschafft zu haben, begutachte ich die sechs Kartons, die ich vorsichtig wie junge Küken durch den Berliner Stadtverkehr chauffiert habe. Doch meine Sorgen, den Trüffeln könnte etwas zustoßen, waren unbegründet, denn die Verkehrslage ließ kein höheres Tempo als Schrittgeschwindigkeit zu.

Gerade, als ich überlege, ob ich es wagen soll, drei Kartons auf einmal zu tragen oder lieber dreimal mit jeweils einem Trüffelkarton zu laufen, klopft Julia an den Türrahmen.

»Grüß dich, Julie. Und? Hat alles geklappt?«

»Bestens! Miss Feng-Shui, sorry ich meine Frau ... äh ... wie war noch einmal bitte ihr echter Name?«

Julia grinst mich kopfschüttelnd an. »Frau Balkenstein und das übrigens auch nach der Hochzeit. Ein jeder behält seinen Namen.«

»War ja klar.« Bedächtig streiche ich mir den Rock meines knielangen Kleides glatt.

»Nervös?« Julia tritt neben mich und strahlt dabei solch eine Ruhe aus, dass sich ein Teil davon auf mich überträgt und mein Magengrummeln ein wenig nachlässt.

Ich nicke. Bei dem Trüffelwettbewerb steht eine Menge Geld auf dem Spiel. Und mein Ruf. Ich hebe zwei der Kartons vorsichtig hoch und gehe zur Tür. »Was hilft da besser, als sich mit Arbeit abzulenken. Könntest du mir helfen, die Kartons ins Erkerzimmer zu tragen? Dann kann ich den Sweet Table eindecken, falls das die Braut nicht selbst übernehmen möchte.«

»Du wirst lachen, das konnte ich ihr geradeso noch ausreden. Welchen Karton soll ich nehmen?«

Ich drehe mich kurz zu ihr um. »Da rechts, den einen mit dem M darauf.« Schnell schaue ich auf meine Kartons in den Händen. Passt, einmal G und einmal R. A und N und das linke M gehen rüber zur Trüffelmesse.

Das Erkerzimmer ist bereits fertig dekoriert und – wie mir Julia hoch und heilig mit ernster Miene, aber Tonnen von Schalk im Nacken versichert – feng-shui-konform eingerichtet.

Es dauert nicht lang und ich habe all die Süßigkeiten auf dem Sweet Table angerichtet und, ich muss mich selbst loben, dieser sieht zum Anbeißen köstlich aus. Essbare Blüten ergänzen das tiefrote Granatapfelkonfekt und setzen herrliche Farbtupfer zwischen die

Reisschokolade. Die glänzenden Mandarinentrüffeln vollenden das Bild und betören mit ihrem Duft.

»Großartig, Julie. Ich hoffe, du hast ein paar für mich aufgehoben.« Julia legt mir einen Arm um die Taille und betrachtet mit mir die Nschereien.

»Das sind die ökologisch-regional-veganen Varianten, essbar, wenn du dich daran gewöhnt hast, aber nichts im Vergleich zu den Trüffeln für den Wettbewerb, und da fallen sicher ein paar für dich ab.« Ich tausche ein Schälchen mit pinken Dahlien gegen eines mit den dunklen Mandarinentrüffeln. Ja, jetzt bin ich zufrieden.

Julia sieht auf ihre Armbanduhr. »Die Trauung müsste gleich vorbei sein, ich muss los. Vielen Dank für deine Mühe und schicke mir bitte bald die Rechnung. Du hast dir jeden Cent verdient.«

Gemeinsam schlendern wir aus dem Erkerzimmer und ich gehe zurück zu meinen Messetrüffeln, um sie zum Wettbewerb zu bringen.

Da ich die Trüffeln nicht selbst für den Wettbewerb anrichten darf, überreiche ich sie einer Assistentin und setze mich zu den anderen Teilnehmern ins Publikum. Die Verkostung wird öffentlich stattfinden und die Reihenfolge ist geheim.

Einige der Teilnehmer kenne ich, Chocolatiers aus Belgien und der Schweiz und der eine oder andere Patissier aus einem Luxushotel. Ein paar kleinere Schokogeschäfte aus Berlin, so wie meines, sind auch vertreten. Und die Chefredakteurin der *ChocWorld*. Das Kribbeln in meinem Bauch nimmt wieder zu und wenn ich mich nicht ganz doll zusammenreiße, wird bald alles an mir zappeln.

Da gerade verkündet wird, dass sich die Verkostung verzögert, stehe ich auf, um mich zu bewegen, anstatt reglos darauf zu warten, durchzudrehen.

In der Lobby suche ich mir eine ruhige Ecke und rufe Lukas an. Ich weiß, er hat sich Abstand erbeten und den will ich ihm auch geben, aber nicht gerade jetzt.

Leider erwische ich nur die Mailbox. »Hey Lukas. Ich hoffe, es geht dir gut. Ich bin gerade auf der Trüffelmesse und es ist echt voll und laut hier, aber meine Trüffeln sehen gut aus und ich hoffe, ich gewinne, dann könnten wir endlich Gwenis Haus instand setzen lassen und du könntest öfter bei mir sein ... und ... und ich vermisse dich. Ganz doll. Ich liebe dich, Lukas, wirklich.«

Langsam stecke ich das Telefon wieder zurück in die Handtasche. Auf dem Weg zurück zum Wettbewerb fühle ich mich wie eine gebadete Katze.

Vor mir saust Julia quer über den Flur und reckt mir beide Daumen entgegen.

Na, wenigstens etwas. Vielleicht sollte ich mal eben ...

Schnell biege ich ab und schleiche zum Erkerzimmer. Fröhliches Stimmengemurmel ist zu hören und mit Stolz nehme ich zur Kenntnis, dass mein Sweet Table so gut wie abgegrast ist.

»Diese Mandarinenschokolade ist einfach genial, so etwas habe ich schon ewig nicht mehr gegessen.«

Ich lausche natürlich nur ganz rein zufällig. Grinsend entferne ich mich. Es ist schon interessant, was der eine für genial lecker hält und der andere nicht. Mir soll es recht sein, und wenn sie mit Buchweizen-Baobab-Mix zufrieden sind, dann gern geschehen.

Ich bin so froh, dass sich die stressigen letzten Tage – und Nächte – gelohnt haben, und nehme wieder meinen Platz schräg gegenüber der Jury ein, die jetzt ebenfalls endlich den Saal betritt.

Christoph Kramer ist schon echt ein Anblick! Mit dem würde ich gern mal eine Trüffel teilen. Wohingegen die beiden anderen eher auf Trüffeln verzichten sollten. Einer von ihnen kommt mir vage bekannt vor und als ich seinen lauten, berliner-französischen Dialekt höre, weiß ich auch wieder, woher ich ihn kenne. Das ist Fritz Ludewig senior aus dem Restaurant *Le Meilleur*, der meiner Freundin Sunny das Leben in ihrer Eisdiele sehr gern verkompliziert.

Umständlich und voller triefender Huldigungen werden die drei Jurymitglieder vorgestellt. Meine Gedanken schweifen zu Lukas. Dezent krame ich nach meinem Handy und sehe nach, ob er sich vielleicht zurückgemeldet hat. Und tatsächlich finde ich eine Nachricht von ihm. Mein Herz vollführt einen Flickflack und als ich lese, dass Lukas mir Glück wünscht und mir sagt, dass er an mich glaube, breitet sich ein Lächeln auf meinem Gesicht aus, das von mir bis zu ihm reicht.

Nun kann nichts mehr schiefgehen.

Kapitel 18

R wie Rasant

Rosinen-Schokolade
Süße, saftige, sonnige Rosinen tauchen ein in ein
cremiges Bad aus flüssiger Schokolade, schwimmen in
einem dunkelgoldenen Schokoladenmeer.

Zwölf Trüffelbeiträge haben es mittlerweile durch die Verkostung geschafft und die Beurteilungen laufen für mich in Zeitlupe ab. Das Abbeißen und Kauen der Naschereien geht meist recht zügig. Interessanterweise wurde nicht das winzigste Trüffelchen aufgegessen, aber dennoch dauern die Analysen und Beurteilungen an und an und an.

Immer wieder gähne ich hinter vorgehaltener Hand, allerdings behalte ich die Konkurrenz wachsam im Blick. Bisher gab es nichts allzu Spektakuläres zu sehen: acht Weinbrandtrüffeln, dreimal Rum und einmal Champagner. Mein Fruchtbrand könnte dieses immer gleiche Angebot schon mal toppen. Auch die Jury scheint die Auswahl recht fad zu finden.

Ähnlich sieht es bei den Fruchttrüffeln aus: siebenmal Orange, dreimal Zitrone und zweimal Kirsch. Aber weit und breit keine Mandarine. Sehr gut.

Bei den Klassikern sind meine Mitstreiter schon kreativer, was allerdings gar nicht gut bei der Jury anzukommen scheint, denn die Kommentare reichen von überambitioniert bis total versponnen. Und das sind noch die netteren Urteile. Mit meinen Nugatherzen scheine ich also auch hier auf einem guten, konservativen Weg zu sein.

Nur, so langsam könnte es mal losgehen, ich kann vor Anspannung kaum noch stillsitzen.

Viktoria, die sich durch eine Seitentür hereingeschlichen hat und nun lässig an der Wand lehnt, lächelt mir immer wieder aufmunternd zu.

Selbst das Team der *ChocWorld* scharrt mit den Füßen und wenn ich das richtig beobachte, schlürft die Chefredakteurin gerade den fünften Kaffee, während der Fotograf auf der verzweifelten Suche nach interessanten Motiven zu sein scheint. Ansonsten wüsste ich nicht, warum er gerade auch noch seine Füße fotografiert.

»Und nun, meine liebe Jury, die letzte Trüffelrunde dieses spannenden Wettbewerbes.« Die Moderatorin, die zum Frühstück eine Flasche Lachgas genossen haben muss, breitet die Arme aus, als würde sie die Jury samt Tisch umarmen wollen. »Und ich muss es noch einmal betonen, wir sind Deutschlands größter Trüffelwettbewerb! Also, bitte Applaus für den dreizehnten Beitrag.«

Da kommen sie endlich! Meine Schätze. Nett angerichtet auf weißem Porzellan, sehr edel, getragen von einer Modeldame jüngsten Alters.

Auf der Leinwand hinter der Jury flammt ein Foto meiner *Schokofee* mit mir im Vordergrund auf. Es ist eines meiner liebsten und im letzten Sommer bei strahlendem Sonnenschein und unbeschwerter Laune entstanden.

»Na hoffentlich hat dit nüscht zu bedeuten, dass wir nu die dreizehnten Dinger essen müssen.« Fritz Ludewigs kugelrunder Mund lacht über seinen doofen Scherz und seine Mitstreiter und vor allem Frau Moderatorin lachen fröhlich mit. Nur Modelkind bleibt ernst, als wären ihm auf der Modelschule die Mundwinkel festgeklebt worden.

Christoph Kramer nimmt eines meiner Nugatherzen und betrachtet es von allen Seiten. »Also handwerklich, meine Herren, top! Absolut sauber verarbeitet, ein Wahnsinnsglanz am Nugat und es duftet – ah, richtig geil.«

»Sexy!« Das ganze Nugatherz ist mit einem Happs in Ludewigs Mund verschwunden.

Wow, sexy hat noch niemand meine Schokolade genannt. Und eigentlich finde ich es auch ein wenig befremdlich. Na gut, so lange das gut für mich und mein Sparbuch ist.

Der dritte Juror lehnt sich vor und sieht seine Mitstreiter ernst an. Dabei stützt er sich schwer auf den Tisch. Seinen Namen habe ich noch immer nicht recht mitbekommen, irgendetwas mit Gamgigiano oder so, das die Moderation jedes Mal anders ausspricht. Glaube ich. »Isse aber auche sehr langweilig. Isse keine interpretazione neue von classico alte. Isse nure alte.«

Kramer und Ludewig wiegen die Köpfe und ich nehme die Runde als positiv für mich wahr. Der italienische Oberkritiker ist selbst alte und langweilig!

Weiter geht es mit den Mandarinentrüffeln und aufgeregt beuge ich mich nach vorn.

Wieder wird die süße Kugel von allen Seiten visuell unter die Lupe genommen, als handele es sich um einen seltenen archäologischen Fund. Dann geht es ans Kosten. Da es den Herren in der Nugatrunde gemundet zu haben scheint, beißen alle drei gleichzeitig kräftig in ihre jeweilige Trüffel.

Und verziehen gleichzeitig den Mund. Der Italiener spuckt sein Stück sogar wieder in eine Serviette.

Mein Herz hüpft für einen Moment unkontrolliert und meine Hände ballen sich zu Fäusten. Geschieht da wirklich, was ich sehe?

Anscheinend. Der bis eben noch gelangweilte Fotograf springt auf und knipst seine Kamera voll. Die Juroren, die armen, angebissenen Trüffeln und mich.

Fritz Ludewig schüttelt den Kopf mit den kurz geschorenen Haaren. »Ne, ne, een einfacher Fruchttrüffel war jewünscht, und wat kriegen wa, neumodisches Zeugs ohne Sahne und jute Butta!«

»Wie so oft heute, lieber Fritz, überambitioniert, absolut überambitioniert!«

»Aber das sind nicht meine Trüffeln!« Mit einem Mal stehe ich und wenn mich nicht alles täuscht, habe ich gerade dazwischengerufen.

Die Moderatorin nähert sich geschmeidig auf ihren meterhohen Spitzenabsätzen und hält mir ein Mikrofon unter die Nase. Im Schlepptau den Fotografen der *ChocWorld.* »Sie sind nicht Julie Blum, die Inhaberin der *Schokofee?* Dafür sehen Sie der Dame auf dem Foto aber sehr ähnlich.«

Zitternd wische ich mir die Hände am Rock ab. »Doch, das bin ich schon, nur die Trüffeln, die sind nicht für den Wettbewerb hier bestimmt.«

Mir den schlauen Zettel vor die Nase haltend kräuselt die Moderatorin die Stirn. »Mandarinentrüffel von Julie Blum, Chocolaterie *Schokofee*. Und wenn mich nicht alles täuscht, sehen die verkosteten Trüffel genauso aus wie auf meinem Foto hier.«

»Trüffeln«, murmele ich. »Aber ...«

»Nun gut! Wie aufregend, ich würde sagen, wir machen weiter mit dem letzten Beitrag von Frau Blum – mit dem allerletzten Beitrag überhaupt.« Sie stöckelt zurück und blüht im Angesicht meines unüberlegten Handels geradezu auf. »Nicht jede hat die Nerven für so einen harten Wettbewerb, aber mögen die besseren Trüffel gewinnen.«

»Diese bestimmte schon male nichte!«

»Ein Schnitzer, der kann jedem Mal passieren. Dafür waren die Nugatherzen Weltklasse!« Christoph Kramer zwinkert mir zu. Langsam setze ich mich zurück auf meinen Platz und die Köpfe aller Anwesenden wenden sich wieder der Jury zu. Nur der Fotograf hält weiter auf mich drauf.

»Überambitioniert!« Fritz Ludewig nickt dem Kramer zu, und als dieser zurücknickt, scheint das Thema endlich bei den Akten zu landen.

Mit Bedacht greifen sie nach meinen Quitten-Edelbrand-Trüffeln. Und Hoffnung keimt in mir beim Anblick der dunkelbraunen Köstlichkeit auf. Ich drücke mir fest selbst die Daumen.

»Huh, das nenne ich aber mal alkoholisiert!« Christoph Kramer hält sich seine Trüffel nach kurzem Schnuppern vom Gesicht weg.

Auch Fritz Ludewig leckt nur kurz darüber. »Du meine Herren, sollen wir uns eene Alkoholvergiftung einfangen!« Er dreht sich zu meinem Foto hinter sich um und nimmt mich anschließend ins Visier. »Fräulein, dit is nüscht! Ick würde ja fast meinen, Sie sind ne Schokohexe als wie ne Schokofee!«

Der Italiener indessen schiebt sich die ganze Trüffel auf einmal in den Mund. »Salute!«

Wie ein geprügelter Hund springe ich auf und zu Viktoria hin, die mir zuwinkt. Schnell öffnet sie die Tür, die laut Schild nur für das Personal ist, und lotst mich hinaus in einen grauen Gang. Dort nimmt sie mich in den Arm und wartet geduldig, bis ich wieder ruhiger atme.

»Bitte, was war das denn da drin?« Leise stellt sie mir die Frage, die sich seit dem Geschehen kreischend in meinem Kopf dreht.

Ich befreie mich aus ihrer Umarmung und lehne mich mit dem Rücken an die Wand. »Ich weiß es nicht, ehrlich, ich habe keinen Schimmer.«

Sanft streicht mir Viktoria über den Arm. »Na wenigstens musst du jetzt nicht bis zur langweiligen Preisübergabe bleiben.«

»Höchstens, um mir die Goldene Himbeere abzuholen.«

»Es tut mir so leid, Julie.«

Ich nicke leicht. »Ich glaube, ich muss jetzt los, danke für deine Unterstützung.«

»Nicht dafür. Und ich gehe besser wieder rein und verteidige dich wie eine Löwin ihr Junges. Denn das da drin waren nicht die Schokoladen, die ich von dir kenne. Das warst nicht du, Julie.«

»Ich fühle mich momentan auch ganz und gar nicht wie ich selbst«, murmele ich und lasse mich fest von Viktoria drücken.

»Oder soll ich dich lieber nach Hause fahren?«

Ich schüttele den Kopf. »Danke, es ist okay, wirklich. Ich fahre zu Lukas, dort kann ich mich ganz ladylike ausweinen und anschließend mein Krönchen richten.«

Viktoria lächelt mich an. »Genau, hake die Sache ab und mache weiter mit deinen großartigen Schokoladen, denn das sind sie wirklich, daran kann kein vermurkster Trüffelwettbewerb etwas ändern. Und die Jury war ohnehin doof.«

»Na ja, nicht immer sind die anderen schuld.« Lasch winke ich Viktoria zu und sehe den Gang in beide Richtungen entlang. »Ähm, wo lang muss ich?«

»Nach links, dann kommst du direkt in die Lobby.« Sie zwinkert mir zu und öffnet die Tür zu dem vermaledeiten Wettbewerbssaal, den ich nie wieder betreten werde. Nie, nie wieder!

»Halt!«, ruft mir Viktoria hinterher. »Das andere Links!«

Oh! Peinlich berührt drehe ich mich um und laufe in die andere Richtung, vorbei an der Tür, die sich hinter Viktoria schließt. Und mit einem Ruck bleibe ich stehen.

Vorhin, als mir Julia dabei geholfen hat, die Mandarinentrüffeln für die Hochzeit in das Erkerzimmer zu tragen, habe ich sie beauftragt, die rechte Schachtel zu nehmen. Julia hat die Schachtel von ihrem Rechts genommen, welches als das richtige Rechts gilt, während ich mein eigenes Rechts gemeint habe. Das Falsche.

Auf dem Weg zu Lukas kommt mir ein weiterer Verdacht und ich fahre einen Umweg zur Chocolaterie. Gisela hat bereits abgeschlossen und bis auf die Lichterketten an den Fenstern des Wintergartens ist es dunkel. Wunderschön funkeln die goldenen Lichter in den Abend und bescheinen die winterliche Szene an den Fenstern. Mein Atem schwebt als weiße Frostwolke vor mir, als ich stehen bleibe und mein geliebtes Schokoreich betrachte.

Dicke, watteweiche Schneeflocken schweben aus dem Himmel und lassen sich sanft auf meinen Haaren nieder. Leichter ums Herz lege ich den Kopf in den Nacken, um die ganze Magie dieses Zaubers zu spüren. Der erste Schnee in diesem Winter! Für einen Moment löst sich mein Kummer auf und lässt sich von dieser Winternacht davontragen. Aus der Ferne ertönen die Glocken der Andreaskirche durch die stille Nacht und eine tiefe Ruhe erfasst mich, wie ich sie schon lange nicht mehr gespürt habe.

Entschlossen schließe ich die *Schokofee* auf, gehe direkt in die Küche und hole die verbliebenen Quittentrüffeln aus der Kühlung. Ich öffne den Deckel und der Geruch ist mir Antwort genug. Die leere Whiskyflasche, die May mir nach unserer Trüffelnacht zurückgebracht hat, habe ich höchstpersönlich im Glascontainer entsorgt, nachdem sich meine Schwester noch einmal dafür entschuldigt hat, dass sie ihr umgekippt ist.

Ich hätte die Trüffeln vor dem Wettbewerb überprüfen müssen, vor allem, da sie mir ohnehin so merkwürdig feucht an dem Abend vorgekommen waren. Aber das habe ich nicht.

Es ist bereits zehn Uhr vorbei, als ich endlich nach einer schwierigen Fahrt durch den heftigen Schneeschauer müde aus dem Auto steige und mit meinem

Schlüssel Lukas' Haustür aufschließe. Noch eine ganze Weile habe ich in der dunklen Chocolaterie mit Blick auf die festlich geschmückten Wintergartenfenster und den fallenden Schnee gesessen. Es war so ruhig und friedlich, so ohne Muss und Soll, und es fiel mir schwer hinauszugehen in die Kälte, raus aus meinem warmen, geschützten Reich. Doch ich muss es akzeptieren, die Wirklichkeit hat mich längt auch dort eingeholt und ich muss endlich handeln.

An der Wohnungstür klopfe ich zaghaft, irgendetwas lässt mich zögern, mich wie sonst selbst hereinzulassen.

Lukas öffnet die Tür. Die Erleichterung, ihn zu sehen, lässt mich alle Befangenheit vergessen und ich schlinge meine Arme um ihn.

Für einen Moment wiegt er mich still hin und her. »Nicht gut gelaufen?«

An seiner Brust schüttele ich den Kopf und atme tief seinen wunderbaren Lukasgeruch ein.

»Was ist passiert?«

Ich zucke mit den Schultern. »Ich bin über meine eigene Arroganz gestolpert und vor allem war ich nicht achtsam genug.« Damit lehne ich mich ein Stück zurück, um ihn besser ansehen zu können. »In vielerlei Hinsicht.«

Leicht streicht er mir über die Wange, sagt aber nichts. Mir rauscht das Blut in den Ohren und mein Magen zieht sich zusammen, mir ist übel und gleichzeitig heiß und kalt.

Stürmisch küsse ich Lukas, presse mich fest an ihn. Ich will ihn spüren, mich vergewissern, dass er noch immer da ist, noch immer bei mir ist, denn das Gefühl, dass er von mir wegtreibt, wird immer stärker in mir.

»Hey, alles gut.« Lukas legt seine Hände an meine Wangen und beendet meinen verzweifelten Kuss. Seine Augen glänzen dunkel, während er mich ansieht. »Erzähl mir, was passiert ist.«

»Ich will dich nicht verlieren!« Tränen steigen mir in die Augen und trüben meinen Blick.

Und wieder antwortet er nicht. Stattdessen haucht er mir einen Kuss auf die Stirn und nimmt die Hände von meinen Wangen. Da fällt mein Blick auf den Koffer und den vollgepackten Rucksack schräg hinter ihm auf dem Flurboden.

»Du verreist?« Meine Stimme ist tonlos und kaum mehr als ein Flüstern.

Lukas verzieht den Mund, nur ganz leicht, doch mir reicht es und ich schlage mir die Hände vor das Gesicht. »Hamburg, der Nordische Weihnachtsmarkt, richtig? Ihr spielt mit der *Jukebox* dort.« Schon vor Wochen hat mich Lukas gefragt, ob ich an diesem Wochenende nicht gern auch nach Hamburg würde kommen wollen. Irgendwo klebt ein grüner Zettel an meinem Memoboard. Nicht dringend, aber wichtig.

»Es ist okay, Julie, du hast viel um die Ohren. Es ist nicht unser letztes Konzert. Und mir ist klar, wie schwierig es ausgerechnet in der Weihnachtszeit für dich ist, aus der *Schokofee* wegzukommen.« Lukas zieht meine Hände von meinem Gesicht. Was ist bloß los mit mir?

»Nein, ich kriege das hin. Gisela hat heute auch mitgeholfen und gestern sogar Fräulein Lotte, du hättest sehen müssen, wie alle gespurt sind und wie ordentlich die Schokoladen sortiert waren.« Ich quetsche mir ein zittriges Lächeln aufs Gesicht und will so sehr, dass Lukas mit mir lacht und alles wieder ganz leicht und unbeschwert wird.

So wie vor seinem Heiratsantrag.

Abrupt trete ich einen Schritt zurück. Es ist, als ginge dieser Gedanke wie ein Elektroschock durch mich hindurch. Mir wird schwindelig und ich stütze mich an der Wand ab.

Lukas umfasst mich und führt mich in die Küche, wo ich mich setze und ein Glas Wasser von ihm bekomme.

Er kniet sich vor mich und sieht mich mit zusammengezogenen Augenbrauen an. »Julie, du musst dringend kürzertreten! All die Arbeit in der *Schokofee*, dazu die ganzen Sondersachen, die du dir immer auflädst, dein Haus, das über dir zusammenbricht, so geht das nicht weiter!«

»Hast du eine Alternative?«

»Ja, habe ich. Suche dir eine Aushilfe, nimm nicht so viel Aufträge an, hör auf, die Babysitterin für deine Geschwister zu spielen und verdammt nochmal, ziehe zu mir, damit du diese Bruchbude endlich los bist!«

Ich springe so schnell auf, dass mein Knie gegen Lukas' Kinn schlägt. Vor Wut entschuldige ich mich nicht einmal, denn er hat mich genau dort getroffen, wo es mir wehtut, da ist der Treffer an seinem Kinn nichts dagegen.

Ohne ein weiteres Wort stürme ich aus der Küche und aus seiner Wohnung. Und es fühlt sich auch so an wie aus seinem Leben.

Kapitel 19

S wie Sicherheit

Schokolade
»Das Leben ist wie eine Pralinenschachtel.
Man weiß nie, was man bekommt.«
Forrest Gump

»Alles, was ihr hier seht, ist essbar. Sogar ich bin essbar. Aber das nennt sich dann Kannibalismus, liebe Kinder, und wird in den meisten Gesellschaften nicht gern gesehen.«
Charlie und die Schokoladenfabrik

Harry: »Bertie Botts Bohnen in sämtlichen Geschmacksrichtungen?«
Ron: »Und zwar echt in sämtlichen. Du kriegst Schokolade und Pfefferminz, es gibt aber auch Spinat, Leber und Kutteln. George schwört, dass er mal Popelgeschmack erwischt hat.«
Harry Potter und der Stein der Weisen

»Was ist mit der Liebe?«
»Überschätzt! Biochemisch gesehen nichts anderes als riesige Mengen Schokolade zu vertilgen!«
Im Auftrag des Teufels

So heftig haben Lukas und ich noch nie gestritten. Wenn wir unsere bisherigen Meinungsverschiedenheiten überhaupt als streiten bezeichnen würden. Bis jetzt.

Noch Tage später puckert mir Wort für Wort im Kopf herum. Bis auf eine Nachricht von ihm, dass er gut angekommen sei, und meine einsilbige Antwort darauf herrscht Funkstille zwischen uns. Meine Welt steht Kopf und ich mit ihr.

Ich vermisse Lukas unglaublich und denke oft an ihn. Ich sehe sein liebes Lächeln vor mir und höre seine Stimme. Und dennoch will ich unseren Abstand nicht verringern. Ein innerer Zwang, den ich selbst nicht benennen kann, lässt mich innehalten, obwohl ich so gern auf ihn zugehen möchte.

»Guten Morgen, Schokokönigin.«

Ich blinzele und sehe von dem Schlüssel in meiner Hand auf. »Sunny, guten Morgen. Du bist früh dran.«

»Bei dem Schneechaos wollte ich kein Risiko eingehen.« Sie deutet mit einer Grimasse nach oben, von wo seit dem Nikolaustag unentwegt Schneeflocken zu Boden schweben. Fröhlich klatscht sie in die behandschuhten Hände. »Aber es sieht auch grandios aus! Das *Schneeflöckchen* habe ich wie den Palast der Eiskönigin geschmückt und der Vierwaldplatz mit seinen verschneiten Bäumen und dem Eichenbrunnen sieht total verzaubert aus. Genau wie hier.«

Gemeinsam stehen wir vor der verschneiten *Schokofee* und sehen über den Park hinüber zum Schloss, das wie eben jener Eispalast glitzert. Dahinter lockt der überzuckerte *Düppeler Forst* und durch die Kälte beginnt der Wannsee zuzufrieren und trägt noch mehr zu der winterlichen Kulisse bei. »Manchmal kann ich kaum glauben, dass wir hier in Berlin sind.«

»Schön, nicht wahr?«

Ich nicke und schließe endlich die Chocolaterie auf, denn so wundervoll dieses Winterwonderland ist, so kalt ist es auch. »Hereinspaziert. Was kann ich dir Gutes tun, ehe du wieder in dein Eisparadies entschwindest?«

Sunny schließt lachend die Tür hinter sich, allerdings nur, um sie gleich wieder zu öffnen, um die Herren Munzel und Wester hereinzulassen.

»Guten Morgen, liebe Julie, haben Sie denn schon geöffnet?«

»Aber für Sie doch immer. Darf ich vorstellen, Sunny Spatz, sie macht quasi das mit Eis, was ich mit Schokolade mache.«

»Also zaubern.« Mit einem Augenzwinkern küsst Herr Munzel erst Sunnys Hand und dann meine. »Und eine Künstlerin charmanter als die andere.«

Ich wackele lachend mit dem Zeigefinger. »Oh! Und mit Charme kennen Sie sich wohl am besten aus, mein lieber Herr Munzel.«

»Wohl wahr.« Damit lupft er seinen Hut zum Gruß und setzt sich zusammen mit Herrn Wester an seinen Lieblingstisch.

Unterdessen folgt mir Sunny durch die Chocolaterie ins Büro, wo wir die Mützen und die Jacken ablegen und uns anschließend in der Schokoküche gründlich die Hände waschen. Ich lächele darüber, dass auch Sunny sich so tadellos die Hände wäscht, obwohl sie hier nur zu Gast ist und nicht arbeitet. Aber das ist wohl die Macht der Gewohnheit.

»Und nun zeig schon endlich dein Kunstwerk!« Sunny zuppelt sich aufgeregt den kurzen, blonden Zopf zurecht, der ein wenig unter ihrer rosa Bommelmütze gelitten hat.

»Halt, ich muss erst meine Gäste bedienen.« Lachend greife ich nach der Edelbitterschokolade für die *Chocolat chaud à l'ancienne* für die beiden Herren.

Sunny schmult aus der Küche hinaus zum Wintergarten und winkt grinsend in meine Richtung ab. »Och, die sind gut beschäftigt.«

Ich bin neugierig, was meine Freundin so erheitert, und schaue ebenfalls nach. Und in der Tat sehen meine Gäste nicht wartend aus. Beiden sitzt die jeweilige Brille tief auf der Nase und sie fixieren ein Tablet, auf dem Herr Munzel langsam, sehr langsam, mit der Spitze seines Zeigefingers tippt. »Siehst du, Kurt, dann machst du hier die Äp mit dem Goggel auf.«

Lachend ziehe ich Sunny zurück in die Küche. »Okay, aber nur einen ganz kurzen Blick, und dann mache ich die Getränke fertig. Möchtest du auch eine heiße Schoki?«

»Aber immer doch und nun los, zeig mir die Schokolade für Miela und Assa.«

Aus der Vorratskammer hole ich einen großen Karton und stelle ihn auf den Tisch. Vorsichtig hebe ich den Deckel an und enthülle den köstlichen Inhalt.

»Wow«, flüstert Sunny und betrachtet die Süßigkeiten darin ganz genau. »Wie niedlich die Macarons und die winzigen Teetassen geworden sind. Und das ist echt alles aus Schokolade?«

Ich nicke und könnte nicht stolzer sein, als eine Chocolatière nur sein kann. Zwar nagt noch immer das

Versagen beim Trüffelwettbewerb an mir, doch das Besinnen auf das, was ich eigentlich kann, hat mir geholfen, in den Tagen darauf mein Bestes zu geben.

Sunny umarmt mich stürmisch. »Die beiden werden ausflippen vor Freude heute Abend.«

»Ich hoffe, dass ihnen die Überraschung gefällt. Die beiden machen selbst so großartige Sachen, allein die ganze Organisation des Adventsmarktes! Es wäre schön, wenn ich einen Teil dazu beitragen könnte.«

»Na hör mal, sei nicht so steif. Im Übrigen schaffst auch du ganz wunderbare Sachen. Schau dich nur mal um, wie schön es bei dir ist.« Sunny dreht sich einmal um sich selbst und breitet die Arme aus.

»Danke.« Sacht verschließe ich die Schachtel wieder. »Schön vorsichtig transportieren, denk daran.«

»Ich werde es hüten wie mein eigenes Eis.«

»Na dann kann ja nichts mehr schiefgehen. Und nun sollte ich mich wirklich um meine Gäste kümmern.«

»Julie?« Sunny legt ihre Hand auf meine, als ich ein Glas mit Vanilleschoten geraderücke. »Komm doch bitte mit heute Abend.«

Ich schüttele ohne nachzudenken den Kopf. »Nächstes Wochenende ist der Schokoball und ich muss noch schrecklich viel dafür vorbereiten, dazu ist die *Schokofee* von morgens bis abends voll mit Gästen und meine Vorräte schrumpfen schneller, als ich Schokolade sagen kann ...«

»Und?«

Und ich hätte an diesem Adventssonntag bei Lukas in Hamburg sein sollen. Bei seinem Konzert in der ersten Reihe stehen sollen, mich mit ihm freuen sollen. Seinen

Erfolg genießen. »Nichts und, ich bin einfach nur ein wenig müde.«

»Es ist Lukas, richtig?« Sunnys Frage ist keine Frage, und so muss ich auch nicht antworten. »Bitte komm mit, Julie, es wird eine magische Nacht, das fühle ich. Du bist doch ein Teil von uns vieren. Weißt du noch, das Osterfest bei mir im *Schneeflöckchen* im Frühling und die Mittsommernacht bei Claire im *Coffee To Stay*, dein Erntedankfest hier in der *Schokofee* im Herbst? Nun ist es Mielas Adventsmarkt im *Teetässchen*. Es wäre nicht dasselbe ohne dich. Und das mit Lukas und dir, was auch immer es sein mag, das renkt sich wieder ein. Ganz bestimmt, es kann gar nicht anders sein.«

Ich kräusele die Nase und blinzele gegen eine einzelne Träne an. »Weil du es so willst in deiner Welt.«

»Genau! Und nun will ich eine Handvoll deiner kunterbuntesten Zuckerperlen, in denen du so raffiniert Mandeln und Haselnüsse versteckst, und die Zusage, dass du heute Abend ins *Teetässchen* kommst.«

Und so stromere ich kurz nach sieben Uhr durch den verzauberten Torbogen, der im Schein von Fackeln an den Wänden saphirblau und golden funkelt, in den Hofgarten, an dessen Ende das *Teetässchen* thront.

Der riesige, verschneite Kirschbaum in der Mitte erhellt mit seinen hunderten Lichtern den Hof und lässt den Schnee rundherum leuchten. Mittags hat es aufgehört zu schneien und jetzt, nach Anbruch der Dunkelheit, ist der Himmel übersät mit unendlich vielen Sternen sowie einem vollen Mond, der so nah wie selten über uns steht und uns in sein silbriges Licht taucht.

Stände, die wie wahrgewordene Lebkuchenhäuschen aussehen, säumen die Wege. Es duftet nach Weihnachten in all seinen Facetten, süß nach gebrannten Mandeln und fruchtig nach Mandarinen. Herb nach süßem Wein und warm nach Gewürztee.

Fröhlich und bunt durcheinandergewürfelt spazieren die Gäste des Adventsmarktes über die Wege, bleiben mal hier und mal dort an den Ständen stehen, plaudern und lachen, essen und trinken. Im Hintergrund schweben die warmen Stimmen von John Denver und Bing Crosby und wünschen uns allen *Merry Christmas*.

Oh Lukas, so gern wäre ich jetzt hier mit dir.

Auffälliges Winken vor der Tür des *Teetässchens* verhindert, dass ich mich weiter in meine Sehnsucht nach Lukas fallen lasse, und schnell steuere ich auf die Meute zu, die mich ruft.

»Julie, ich freue mich, dass du es doch noch geschafft hast.« Sunny, deren Augen glänzen und Wangen rot leuchten, umarmt mich stürmisch.

Claire geht es etwas ruhiger an, doch auch sie strahlt über das ganze Gesicht. »Schön, dich zu sehen, Julie.«

»Ich freue mich auch. Es ist viel zu lange her, dass wir uns alle getroffen haben.« Vorsichtig beuge ich mich über das schlafende Bündel in ihrem Arm. »Und wie doll Baby Henry schon wieder gewachsen ist. Unglaublich!«

Claire verlagert lachend das Gewicht ihres Sohnes von einem Arm auf den anderen. »Wem sagst du das. All das Kaffeebohnenmahlen hat mir bis vor einem Jahr nicht annähernd so schöne Armmuskeln beschert wie der kleine Herr hier.«

»Dann werde ich dich mal ein wenig erleichtern.« Tobias tritt neben sie, küsst sie kurz und nimmt ihr Baby Henry ab. »Mädels, ihr entschuldigt mich bitte, jetzt gehe ich eine Runde angeben mit meinem Prachtkind.«

»Aber wecke ihn bitte nicht auf!«, ruft Claire ihm hinterher und reibt sich über die Oberarme.

Tobias dreht sich lachend um. »Ja, ja, ich weiß, wecke niemals ein schlafendes Baby.«

Kopfschüttelnd wendet sich Claire wieder uns zu und scheint von den Absichten ihres Ehemannes nicht völlig überzeugt zu sein.

»Wo ist eigentlich Miela?« Ich spähe durch die hell erleuchteten Scheiben in die Teestube, doch weder kann ich Miela dort entdecken, noch sehe ich sie draußen auf dem Adventsmarkt.

Sunny zuckt mit den Schultern und zieht die Augenbrauen bis unter die Mütze, während Claire den Kopf schüttelt. »Keinen blassen Schimmer, eigentlich sollte sie hier sein. Assa ist auch schon total aufgelöst. Angeblich ist Miela vor fünf Stunden einfach so verschwunden und seitdem nicht mehr aufgetaucht. Es kam wohl nur eine Nachricht von ihr, dass alles bestens sei und sie bald hier wäre. Nur gut, dass sie so ein Organisationstalent ist und der Adventsmarkt schon fertig war, als sie abhandengekommen ist.«

Zu dritt drehen wir uns zum *Teetässchen* um, wo Assa in der Tat sehr zerrupft hinter der Theke steht und goldene Teedosen hin- und herschiebt. Ihr granatroter Knödel auf dem Kopf wackelt dabei bedenklich mit. Immer wieder tastet sie nach der kanarienvogelgelben Brille auf der Nase.

Merkwürdig. Miela liebt ihren Adventsmarkt, seitdem sie ihn vor drei Jahren das erste Mal veranstaltet hat. Die ganze Stadt spricht mittlerweile davon und ihr dazugehöriger Macaron-Adventskalender ist aus der Berliner Weihnachtszeit nicht mehr wegzudenken! Wo bleibt sie nur?

Gemeinsam drehen wir uns zum Hofgarten um, als Applaus aufbrandet und Henrik im Torbogen erscheint – auf dem Arm trägt er Miela. Seine Braut Miela.

»Das nenne ich mal einen Auftritt!« Tom stellt sich hinter Sunny, schlingt die Arme um ihre Taille und legt sein Kinn auf ihren bemützten Kopf.

Das kann er wohl laut sagen!

»Überraschung!«, ruft Miela und wird dabei von Henrik auf den Boden gestellt. Ihr enges, weißes Kleid reicht ihr bis zu den Füßen und hat dieselbe Farbe wie der Schnee.

Sie sieht so wunderschön aus und das nicht nur wegen dieses Kleides oder ihrer kunstvoll hochgesteckten Haare, die im Schein der Fackeln im Torbogen rotgold leuchten. Sie sieht einfach so wunderschön aus, wunderschön vor Liebe.

Leidenschaftlich nimmt Henrik Miela in die Arme und die beiden küssen sich. Der Applaus verstärkt sich und unter despektierlichen Zurufen löst sich das frisch verheiratete Paar lachend voneinander.

Erst jetzt nehme ich Assa neben mir wahr, die die Hände über ihrem wogenden Busen übereinandergeschlagen hat und der die Tränen über die Wangen strömen. »Meine Miela«, haucht sie und schmiegt sich dabei fest an Herrn von Weimann, der einen Arm um sie legt.

Miela und Henrik laufen indessen Hand in Hand weiter in den Hofgarten und mit ihnen ihre Eltern und Großeltern und Caro und ein junger Mann, den ich nicht kenne, der aber Caro sehr nah zu stehen scheint, so wie sich die beiden ansehen.

Miela winkt uns zu und streckt ihren kirschroten Brautstrauß in die Höhe. »Auf zu mir, meine Damen, alle unvermählten Jungfern mögen sich bitte hier bei mir einfinden und gern auch all diejenigen, die das Abenteuer Ehe noch einmal wagen möchten.«

Claire und ich schieben die zappelnde Sunny nach vorn zu den anderen Frauen, die sich um Miela versammeln. »Aber ich war doch quasi schon verheiratet.« Sie grinst uns über die Schulter zurück an und lacht fröhlich.

»Keine Angst, wir vergessen auf keinen Fall deine Nicht-Scheidung nach deiner Nicht-Hochzeit mit meiner Wenigkeit«, ruft Tom, der schräg vor mir neben Tobias steht und gutmütiges Gelächter auslöst.

Sunny streckt ihm gekonnt die Zunge heraus und geht näher an Miela heran, die uns jetzt den Rücken zuwendet und von zehn an rückwärts zählt. Na, wenn der Brautstrauß da mal nicht eher weit über Sunnys Kopf hinausfliegt.

Aber das macht er nicht. Zielsicher landet das Rosenbouquet in Sunnys Händen, geradeso, als würde es dorthin gehören.

Für einen Moment ist es still im Hof, nur das Knistern der Fackeln und des Feuers in den Feuerkörben ist zu hören.

Miela dreht sich wieder um und ihrem Lächeln nach scheint sie sehr zufrieden mit der Fängerin ihres Brautstraußes zu sein.

Da löst sich Tom aus der Menge und nach einem Blick zu Miela und Henrik, die ihm zunicken und sich umarmen, geht er zu Sunny und nimmt ihre Hände mit den Blumen in seine. »Ich liebe dich, Sunny, und ich möchte mit dir zusammen sein. Ich möchte mit dir einschlafen und mit dir aufwachen und mit dir schon zum Frühstück Eis essen. Ich möchte ...«

Sunny legt ihm einen Finger auf die Lippen. »Du klaust meinen Text.«

»Weil es der beste Text meines Lebens ist.« Damit sinkt Tom vor Sunny auf ein Knie in den Schnee und blickt zu ihr auf. »Möchtest du mich heiraten? Ganz in echt und im wahren Leben?«

»Mit echten Gästen und einer echten Feier?«

»Mit echten Gästen und einer echten Feier.«

»Ein echtes Kleid habe ich ja schon.«

»Und wenn du ja zu mir sagst, auch bald einen echten Ehemann.«

Sunny zieht Tom hoch und schlingt ihm die Arme um den Nacken. »Ja, ich will, und wie ich will. Schiebst du mich wie versprochen in unseren echten Flitterwochen den Tour-de-France-Berg hoch?«

»Eigenhändig schiebe ich dich den Col du Tourmalet nach oben und wenn es sein muss, trage ich dich, zusammen mit all deinen Geschichten.«

Die beiden küssen sich und Applaus brandet im Hofgarten auf, der sich ins Endlose steigert, als Miela und Henrik zu dem frischverlobten Paar treten und die vier sich herzlich umarmen.

»Lasst uns feiern!« Mit lautem Knall entkorkt Assa hinter mir eine Flasche. »Heute muss es Champagnertee sein!«

Für mich schließt sich gerade ein Kreis, denn ich selbst habe vor eineinhalb Jahren vor Sunnys *Schneeflöckchen* meinen Heiratsantrag von Lukas bekommen. Im strahlenden Frühlingssonnenschein, voll des Glücks und mit vielen Hoffnungen. Was nur hat sich seit damals eigentlich so dramatisch verändert, dass ich mich so quäle?

Eigentlich nichts. Damals habe ich aus vollem Herzen ja gesagt und Lukas damit etwas versprochen. Und dieses Versprechen noch immer nicht eingelöst.

Langsam spaziere ich zu dem Kirschbaum, dessen von der Schneelast schweren Äste mich schützend umgeben, und atme die frostige Luft tief ein. Miela, Sunny und Claire schlendern zu mir unter meinen Baldachin und wir haken uns unter.

»Im *Teetässchen* habe ich vor drei Jahren begonnen, meinen Traum zu leben und Henrik und ich haben genau an dieser Stelle zusammengefunden. Ich bin unfassbar dankbar.« Miela stupst einen Ast an und Schnee rieselt davon herab.

Sunny macht es ihr nach. »Ich ebenso. Für euch, mein *Schneeflöckchen*, Tom ...«

Claire blickt zwischen den Zweigen hindurch zu Tobias und Baby Henry auf seinem Arm. »Auch mein *Coffee To Stay* ist der Platz, an dem ich sein möchte, zusammen mit meiner Mini-Familie. Jeden Tag wieder aufs Neue.«

»Meine Reise hat mich in die *Schokofee* geführt und vielleicht ist es an der Zeit, nicht nur dort zu Hause zu sein.«

Still legen wir die Köpfe aneinander, verbunden durch Liebe und Freundschaft und unsere Leidenschaften.

»Auf uns«, flüstere ich. »Möge es in unserem Leben immer genug Süßes und Romantik geben.«

»Es lebe die Sweet Romance.«

Kapitel 20

C wie Contenance

Champagner-Trüffel
Prickelnde Schaumbläschen, geboren aus den süßen
Trauben der Champagne, eingeflochten in eine rah-
mige Creme aus frischer Sahne, gebettet in feinste
weiße Schokolade.

Schon lange habe ich nicht mehr so gut geschlafen wie in der vergangenen Nacht. Erholt wache ich noch vor dem Weckerklingeln auf und genieße die Stille, ehe der Sturm des Tages beginnt. Zwar ist heute Montag und die Chocolaterie geschlossen, allerdings wartet viel Arbeit auf mich, denn der Schokoball rückt näher und ich habe noch tausend Ideen, die ich umsetzen möchte. Und dieses Mal bin ich mir sehr sicher, dass heute wirklich Montag ist. Immerhin wäre sonst der ganze Adventssonntag gestern verkehrt gewesen. Und das war er definitiv nicht.

Verträumt tauche ich in die Erinnerungen ein, bis mich Gepolter aufschreckt, gefolgt von herzhaftem Fluchen.

Mit klopfendem Herzen setze ich mich auf und schmeiße die Bettdecke zurück. Brr, ist das kalt. Fest wickele ich mich in meinen Bademantel und ziehe mir ein paar Hausschuhe mit Bommeln an den Seiten über.

»Hast du dir wehgetan?« Noch aus dem Flur rufe ich zu May runter, die weiterhin vor sich hin schimpft.

»Nein, geht schon!«, brüllt sie zu mir hoch, was selbst das Knarzen der Treppe übertönt, als ich zu ihr laufe. Nach *geht schon* hört sich der Tumult allerdings nicht an.

Im Flur kauert May auf dem Boden, daneben liegt umgekippt der Hocker, auf den ich üblicherweise meine Jacken und Schals und Handschuhe und sonstigen Krimskrams werfe.

»Was hast du dem armen Kerl angetan?« Ich hebe ein abgebrochenes Beinchen auf und zeige damit auf meine brutale Schwester.

»Was ich diesem blöden, alten Teil angetan habe? Spinnst du?« May zieht sich an der Wand hoch und reibt sich dabei das Steißbein. »Ich habe gewagt, mich einfach darauf zu setzen. Es ist ja wohl nicht zu viel verlangt von einem Hocker, dass er mein Fliegengewicht trägt.«

»Von diesem Hocker schon. Der ist nicht zum Sitzen da. Und ich kenne Stellen an dir, da bist du alles andere als ein Fliegengewicht.«

Mit blitzenden Augen sieht sie mich an. »Dein Haus ist lebensgefährlich und du machst dich auch noch lustig darüber!«

Meine zugegeben wenig passende Schadenfreude verkocht nun ebenfalls zu Wut. »Du musst ja hier nicht wohnen, schließlich hast du eine eigene, sichere Wohnung!«

May tritt einen Schritt zurück. »Ich wäre lieber in meiner eigenen Wohnung, glaube mir.«

»Sorry, das wollte ich nicht. Das habe ich nicht so gemeint.« Über mich entsetzt strecke ich die Hände nach meiner Schwester aus.

Sie atmet tief ein und aus und boxt mir gegen den Oberarm. »Ich auch nicht, entschuldige, ich weiß ja, wie empfindlich du reagierst, wenn es um Gwenis Haus geht.«

Ich lasse diesen Satz unkommentiert und hebe stattdessen lieber die Einzelteile des Hockers auf. »Da kann ich bestimmt noch etwas machen. Im Keller müsste irgendwo Holzleim sein. Den könntest du nachher mal suchen.«

»Der ist hin.«

»Der Holzleim? Woher willst du das wissen?«

May verdreht die Augen. »Der Hocker.«

Fest drücke ich das abgebrochene Bein an sein Gegenstück. »Der steht aber schon immer hier.«

»Das ist natürlich ein Argument. Ich gehe sofort in den muffigen Keller und krame nach muffigem Holzleim.« Kopfschüttelnd kniet sich May hin und bindet sich die Turnschuhe zu. »Autsch«, jault sie und fasst sich an den Rücken.

»Cool, das ist nett.« Auf den Keller habe ich so gar keine Lust.

Meine Schwester hält mit dem Binden der Schnürsenkel inne und blickt zu mir hoch. »Das war ein Scherz. Julie, der Hocker war schon hinüber, bevor ich mich daraufgesetzt habe!«

»Und ihn damit kaputt gemacht hast!«

May schnalzt mit der Zunge, steht auf – wieder kräftig autschend – und zieht sich eine enge Jacke über, die sie aus dem Haufen Klamotten auf dem Boden zieht. Die

Klamotten, die vorher fein säuberlich auf dem Hocker gelegen haben. Nun gut, vielleicht nicht unbedingt fein säuberlich, aber dennoch fein.

»Wo willst du überhaupt um diese Zeit hin? Nach Arbeit sehen deine Sachen nicht aus.« Ich stelle die Hockerüberreste ab und hebe die Jacken und Schals vom Boden auf, um sie an die Garderobe zu hängen. Die sehr volle Garderobe. Hm, ich glaube, die hält nicht noch mehr aus. Unschlüssig stehe ich mit den Sachen in der Hand da.

»Joggen.« May angelt nach einer dünnen Mütze, die sich mit in dem Knäuel in meinen Händen befindet, und ruckelt an der Haustür, um sie zu öffnen.

»Es ist noch stockfinster draußen.«

»Das passt schon.« Aus der Jackentasche zieht sie eine Stirnlampe und setzt sie auf. »Ich brauche frische Luft, um den Kopf freizubekommen. Heute wäre ich mit Ole nach Paris geflogen.« An der offenen Tür dreht sie sich noch einmal zu mir um. »Ich vermisse ihn.«

»Dann geh doch einfach zu ihm!« Doch mein Satz prallt an der geschlossenen Haustür ab.

Die beiden sind so unglaublich, so stur! Das waren sie schon immer! Schon als Teenager, als sie sich das erste Mal verliebt haben, haben sie es nicht hingekriegt und Tante Julie musste einschreiten. Manchmal glaube ich, das macht ihnen Spaß, bringt quasi ordentlich Pep in ihren drögen Ehealltag. Na wartet, Paris ist mein Stichwort!

Mit einem schlechten Gewissen, das mindestens so schwer drückt wie die Fastenzeit auf einen Süßschnabel, lasse ich die *Schokofee* links linken und fahre weiter zu Augusts Kanzlei. Wenn schon, denn schon. Zwei auf einen Streich würde mir eine Menge Zeit sparen.

In Anbetracht der Tatsache, dass ich eine von Augusts geliebten Schwestern bin, parke ich kurzerhand vor seinem Büro auf dem Parkplatz, der den deutlichen Hinweis trägt *Nur für Mandanten*. Immerhin habe ich meinen Bruder oft genug während der Prüfungen abgefragt und Klientin gespielt. Da ich damals nicht in Berlin weilte zwar nur über Skype, aber das zählt. Ich war seine Mandantin. Mehrfach.

Die alte Villa, die schon seit Ciceros Geburt Rechtsanwaltskanzleien beherbergt, strahlt Gediegenheit und Contenance aus. Hier wird nicht geschrien und nicht gerannt, hier werden keine Witzchen gerissen, und sollte es doch einmal etwas zu lachen geben, wird dies hinter vorgehaltener Hand erledigt.

Da ich mich der Bequemlichkeit halber für einfache Sneaker entschieden habe, überlege ich vor der geschnitzten Eingangstür, ob ich lieber umkehren sollte, um mir passenderes Schuhwerk zu holen. Aber nur ganz kurz, dann läute ich.

Die Tür wird ausgerechnet von Augusts Referendarin geöffnet und sogleich wünsche ich mir bei ihrem Anblick doch imposanteres Schuhwerk herbei. Diese Frau ist so alterslos wie ein Koi und benimmt sich mir gegenüber auch so. »Frau Blum, Sie wünschen?«

Wie albern! Auf ihren Hundert-Meter-Stilettos steht sie wie ein Bollwerk vor mir. »Ich möchte zu meinem Bruder.« Das Bitte schenke ich mir.

»Sie haben keinen Termin.«

»Den brauche ich auch nicht, es dauert nicht lange.«

»Bedaure.« Mit einem Lächeln auf dem vollen roten Mund, das übersetzt heißt *Nun verschwinde schon*, ist sie im Begriff, die Tür vor meiner Nase zu schließen.

In diesem Moment läuft Augusts Partner Gunnar hinter Karpfen-Barbie vorbei und sieht mich. »Grüß dich, Julie, schön, dass du uns einmal wieder beehrst.«

Und schwupp, steht mir die Tür zu den heiligen Hallen der Anwälte offen. Ich will es nicht, ich will es nicht, und doch grinse ich Annabelle an, als ich mich an ihr vorbeischiebe. Das bekomme ich tausendfach zurück, ihr Gesichtsausdruck ist ein einziges Versprechen.

Gunnar deutet eine Verbeugung an und weist in Richtung Augusts Büro. »Ich begleite dich.«

»Du hoffst doch nur auf ein Stück Schoki, mein Lieber.«

»Erwischt, diese Hoffnung hege ich in der Tat.« Die Lachfältchen rund um seine braunen Augen vertiefen sich und sein Schmunzeln tröstet mich über den frostigen Empfang von eben hinweg.

Vor Augusts Bürotür bleiben wir stehen und ich krame in meinem Rucksack nach einem Riegel *Grappa al Cioccolato*. Ich gehe nie, niemals ohne entsprechenden Proviant aus dem Haus. »Mandelfeiner Marzipankuchen, mit duftendem Grappa getränkt. Lass es dir schmecken und iss nicht alles auf einmal.«

»So stark bin ich nicht.«

»Du weißt ja, stark ist, wer eine Tafel Schokolade in vier Teile brechen kann und nur eines davon isst.«

»Oder dumm.« Gunnar küsst meine Hand und verbeugt sich erneut. »Lass dir bis zu deinem nächsten Besuch bitte nicht wieder so viel Zeit.«

Stirnrunzelnd weise ich mit dem Kopf den Flur hinab, von wo Annabelle hüftwackelnd angestöckelt kommt. »In meiner *Schokofee* bist du jederzeit herzlich willkommen.« Dort gibt es wenigstens keine menschgewordenen Kois.

»Eine hervorragende Idee.« Damit öffnet er nach kurzem Anklopfen die Tür zum Reich meines Bruders, der hinter seinem Schreibtisch steht und telefoniert.

Er bedeutet mir mit dem Zeigefinger auf dem Mund leise zu sein und winkt mich herein.

Gunnar schließt die Tür hinter mir und ich setze mich auf das cremefarbene Sofa.

»Gut, dann machen wir das so. Bis später.« Effizient wie immer beendet August das Gespräch, legt den Hörer auf und kommt zu mir. »Welch seltener Glanz in meiner Hütte, du hast dich schon lange nicht mehr her getraut.«

»Ungefähr seitdem du dir bissige Giftschlangen hältst!«

Mit einem dröhnenden Lachen setzt sich mein Bruder in den Sessel mir gegenüber und streckt die Beine von sich. »Sie ist aber verdammt gut in ihrem Job und zu mir und Gunnar ist sie die Sanftmut in Person.«

»Nur nicht zu allen anderen. Wie hältst du das bloß aus?« Ich schenke mir aus der Karaffe auf dem Tisch Wasser ein und trinke einen Schluck.

»Ja, daran müssen wir in der Tat noch ein wenig arbeiten. Aber du solltest sie mal im Gerichtssaal erleben, da bleibt kein Stein auf dem anderen. Wenn sie sich etwas in den Kopf gesetzt hat, bekommt sie es auch.«

»Und dich hat sie schon, wie ich sehe.« Mit mehr Schwung als notwendig stelle ich das Glas zurück auf den Glastisch.

Mit einem Schlag wird August ernst und beugt sich zu mir vor. »Das habe ich jetzt nicht gehört, meine liebe Schwester! Nur weil Orélie und ich momentan Schwierigkeiten miteinander haben, heißt das nicht, dass ich fremdgehe!«

»Das habe ich auch gar nicht so gemeint«, murmele ich und beiße mir in Gedanken auf die Zunge. Heute ist nicht unbedingt mein diplomatischster Tag, das habe ich schon vorhin bei dem Streit mit May bewiesen. Dabei will ich doch bloß vermitteln. Lieb, mit zur Seite geneigtem Kopf, sehe ich meinen Bruder an. »Sorry. Aber das ist übrigens der Grund, warum ich hier bin.«

»Weil du mich in flagranti erwischen willst?«

Oh! Ich kenne meinen Bruder nicht als nachtragend und normalerweise lässt er unsere Dispute nach einer Entschuldigung ruhen. Und so auch dieses Mal, denn ein breites Grinsen wischt seinen bösen Gesichtsausdruck weg. Erleichtert seufze ich auf.

»Da habe ich dich kurz gehabt, nicht wahr, meine liebe Julie?«

»Der sei dir gegönnt.« Ich greife wieder nach dem Wasserglas und drehe es hin und her. »Aber jetzt mal im Ernst, ich will, dass du dich wieder mit Orélie versöhnst. Sie liebt dich total, ich weiß zwar nicht so recht warum, aber so ist es. Und weißt du, was ich zufällig noch weiß?«

August verschränkt die Hände hinter dem Kopf, als er sich zurücklehnt. »Dass ich sie liebe.«

»Messerscharf kombiniert, Herr Advokat.«

»Dann, mein Advokats Liebling, nenn mir doch mal den Grund, warum sie sich momentan so verhält, wie sie sich verhält. Denn für den vergessenen Hochzeitstag habe ich mich gefühlt siebenhundert Mal entschuldigt und ich glaube, sie hat ganz genau verstanden, wie sehr mir das leidtut. Aber wieso lässt sie mit sich überhaupt nicht mehr reden?«

»Du weißt es wirklich nicht, oder?« Ich kneife die Augen zusammen, um meinen Bruder ganz genau ins Visier zu nehmen. Doch er sieht so sehr nach einem Fragezeichen aus, dass er vermutlich tatsächlich keine Ahnung hat.

»Was soll ich wissen?«

»Warum hast du nie Orélies Geschenk geöffnet?«

»Welches Geschenk?«

»Das, in dem dich deine Frau zu einem romantischen Wochenende in Paris einlädt, du Banause.« Jetzt ist es auch schon egal, ob ich Orélies Geschenk spoilere oder nicht, denn ich kann es nicht fassen, wie ignorant ein einzelner Mann sein kann.

August nimmt die Hände vom Kopf und setzt sich aufrecht hin. »Ganz langsam für dich zum Mitschreiben, ich weiß nichts von einem Geschenk und somit schon gar nichts von dessen Inhalt!«

Hm, dieses Argument muss ich erst einmal sacken lassen.

»Da fällt dir nichts mehr ein, Schwesterchen, oder?« August steht auf und setzt sich neben mich auf das Sofa. »Und jetzt raus mit der Sprache. Welches Geschenk habe ich wann und wo angeblich bekommen und missachtet?«

»Orélie hat dir an eurem Hochzeitstag ein Kuvert in dein Jackett gesteckt, weil du zu spät auf dem Weg zum Gericht warst, nachdem ihr, ähm, geschmust habt.« Puh, mir ist heiß hier, so neben meinem großen Bruder. Und wie ungläubig er mich gerade ansieht!

August reibt sich die Augen und schüttelt den Kopf. »Das ist nicht dein Ernst. Orélie erzählt dir von unserem Sex?«

»Ah!« Ich halte mir die Ohren zu. »Nicht weiterreden! Too much information!«

»Aber wenn Orélie darüber redet ist es in Ordnung, oder wie darf ich das verstehen?«

»Sie ist ja auch nicht mein Bruder. Und genug jetzt, darum geht es gar nicht.« Ich fuchtele mit den Händen in der Luft herum, um die Bilder zu vertreiben, die da gerade vor meinem inneren Auge entstehen wollen. »Also, wo ist der Umschlag? Noch in besagtem Anzug?«

Mein Bruder schüttelt den Kopf. »Nein, ich dulde nichts in meinen Taschen und Briefe gebe ich grundsätzlich an die Referendare weiter, wenn ...« Sein Blick wird glasig und ich reiße die Augen auf.

»Wenn?«

»... es sich um Geschäftspost handelt. Und bei diesem erwähnten Brief dachte ich, er wäre für die Kanzlei, da er ja in meinem Jackett steckte! Ich erinnere mich daran.« August springt so heftig auf, dass er an den Tisch stößt und die Karaffe und das Wasserglas darauf klirren.

Mich hält auch nichts mehr auf dem Sofa und ich eile ihm hinterher.

Mein Bruder bricht seine eigene Regel des Nichttrennens in der Kanzlei und, was viel schwerer wiegt, zusätzlich die des Nichtbrüllens. »Annabelle!«

Zwei Räume weiter wird eine Tür aufgerissen und Annabelles raffinierter Ich-bin-seriös-aber-dabei-verdammt-sexy-Schopf kommt zum Vorschein. »August?«

»Mitkommen!«

»Warte kurz, ich hole nur schnell mein iPad.«

»Das brauchst du nicht.« Damit rauscht August in sein Büro zurück.

Ich will mich diskret zurückziehen, denn mein Bruder macht mir gerade Angst und ich möchte nicht seine Bahn kreuzen. Auch wenn ich vor Neugier das Risiko eventuell eingehen würde.

Doch August stoppt mich mit einem Nicken und ich folge ihm hinter den Schreibtisch, wo wir beide nebeneinander stehen bleiben.

Sehr gut, das fühlt sich hervorragend an. Familie Blum, ein Bollwerk gegen die Unbilden des Lebens. Okay, Familie Blum/Dupont.

Annabelle scharwenzelt in das Büro, umgeben von einer Mauer aus Selbstbewusstsein. Dieser Frau kann nichts und niemand etwas anhaben. Neugierig schiele ich zu meinem Bruder. Oha! Ich glaube, er kann.

»Wo ist der Brief meiner Frau vom ersten November? Der hellgraue Umschlag war im Jackett meines anthrazitfarbenen Irving-Anzuges, ich habe ihn dir am Nachmittag um sechzehn Uhr zwanzig ausgehändigt.«

Ich verstehe diesen Mann nicht. Er vergisst seinen Hochzeitstag, trotz eindeutiger Avancen seiner Frau und einem Geschenk, doch er merkt sich, wann und um welche Uhrzeit er jemandem einen Briefumschlag gegeben hat? Nun, für Details hatte er schon immer einen besonderen Blick.

Annabelle nickt, ein Bein leicht seitlich gestellt, sodass es durch den Schlitz ihres eigentlich durch und durch züchtigen Rockes grandios in Szene gesetzt wird. »Wie es zu meinem Aufgabengebiet gehört, habe ich besagten Brief geöffnet, als unwichtig und unangemessen für den Arbeitsplatz erachtet und entsorgt. So wie ich es mit jeglicher Werbung und unerwünschter Korrespondenz vornehme.«

»Das war ein privater Brief meiner Schwägerin an meinen Bruder!« Ich fasse es nicht, was sie da redet!

Doch sie reagiert nicht, zuckt nicht einmal mit einer ihrer Sieben-Meter-Wimpern.

»Du bist fristlos entlassen. Die Kündigung deines Arbeitsvertrages händige ich dir gleich in Schriftform aus. Bitte nutze die Zeit bis dahin, deinen Schreibtisch zu räumen und deine aktuellen Aufgaben an Franz zu übergeben.« Augusts Stimme vibriert im Raum, obwohl er leise spricht. Aber sehr deutlich.

Annabelle kommt auf uns zu, oder wohl eher auf August, denn ich scheine in ihrem Kosmos nicht zu existieren. »Aus uns hätte etwas werden können, das habe ich dir mehr als einmal deutlich gemacht. Aber du kümmerlicher Mann bist ja zu sehr fixiert auf deine kleine französische Mutti in deiner spießigen Ehewelt.«

»Raus!«

Als hätte sie alle Zeit der Welt, stöckelt die ehemalige Referendarin aus Augusts Büro und schließt sogar manierlich die Tür hinter sich. Ich kann gar nicht aufhören, auf die Tür zu starren, weil ich darauf warte, dass noch etwas passiert. So selbstbeherrscht kann doch keine Frau sein!

Nach einer Weile gebe ich auf und drehe mich zu meinem Bruder um, der sich mittlerweile gesetzt hat und mit fliegenden Fingern auf dem Laptop tippt. »Ich habe es dir schon immer gesagt, die ist scharf auf dich, seit dem ersten Tag.«

Ungerührt tippt er weiter. »Und ich habe dir gesagt, dass mich das nicht interessiert.«

»Großer Fehler, großer Bruder!«

»Den ich hiermit korrigiere.« August klickt mit der Maus und hinter mir springt der Drucker an. Ich greife nach dem Papier und reiche es ihm. Er springt auf. »Bin gleich wieder da.«

Kopfschüttelnd sehe ich ihm hinterher und bin damit noch immer nicht ganz fertig, als er auch schon wieder zurückkommt. Ruhig schließt er die Bürotür hinter sich und lehnt sich mit dem Rücken dagegen. »Und nun?«

Ich setze mich in seinen Hightech-Drehstuhl und drehe mich einmal um mich selbst. »Und nun wird es Zeit für Plan B!«

Kapitel 21

H wie Hofieren

Honig-Konfekt
Feinster Honig, aus dem Nektar bunter Gebirgsblü-
ten, vermengt mit unter mallorquinischer Sonne ge-
reiften Mandeln, übergossen mit aromatischem Oran-
genblütenwasser.

»Es ist so toll geworden!« Vor Begeisterung schüttele ich Gisela neben mir, der prompt zwei Lockenwickler verloren gehen. Schnell bücke ich mich danach und drehe ihr einen davon wieder in das störrische Haar. »Entschuldige bitte, aber ich bin so aufgeregt! Die ganze Arbeit der letzten Woche, die vielen Ideen, die jetzt Wirklichkeit geworden sind. Ich bin so begeistert! Habe ich schon gesagt, dass es toll geworden ist?«

Lachend nimmt mir Gisela die Lockenwickler aus der Hand, die so gar nicht bleiben wollen, wo ich sie haben will. »So ein, zwei Mal jede Viertelstunde. Und diese Dinger kommen jetzt weg. Aus dem Nest auf meinem Kopf wird sich ohnehin nie ein Löckchen drehen lassen.«

»Aber du versuchst es jedes Jahr wieder.« Bedächtig zupfe ich an Giselas schwarzer Haarpracht mit dem weißen Ansatz, die selbst nach einem Friseurbesuch aussieht, als wäre sie gerade verstrubbelt worden.

»Ist gut, ist gut, geh lieber und zieh dich endlich um. Deine Haare könnten auch den einen oder anderen Bürstenstrich vertragen.« Gisela duckt sich unter meinen eifrigen Händen weg und gibt mir einen Klaps auf den Po. Eine Geste, die mich rasend macht! Schon als Kind! Aber heute belasse ich es einfach bei einem strafenden Blick, der Gisela erröten lässt. »Sorry«, murmelt sie.

Großzügig nehme ich das an und drehe mich in dem noch leeren, weihnachtlich dekorierten Ballsaal mehrfach um mich selbst. »Ich freue mich so!«

»Kind, Kind, vielleicht hätte dir heute weniger Zucker ganz gutgetan!«

Entschieden schüttele ich den Kopf. Ich will meinen Fauxpas vom Trüffelwettbewerb endlich wiedergutmachen. Nein, ich will mehr als das! Ich will heute die grandioseste Schokoleistung abgeben, die es jemals gegeben hat. Meine Schmach wurmt mich noch immer so dermaßen, dass ich in den vergangenen Tagen akribisch alle Trüffeln, Pralinen, Konfekte und Schokoladen konzentriert vorbereitet habe.

Jede einzelne Sorte habe ich verkostet, mir die Ergebnisse notiert und die für gut befundenen Leckereien verpackt und weggeschlossen. Weit weg von jeglichem umgekippten Whisky, Rum und Tequila. Und noch weiter weg von Baobab, ominösen Knöterichgewächsen und was sonst noch Missgeschmack hervorrufen könnte.

»Gut, dann fahre ich jetzt nach Hause, mache mich fertig und komme in einer Stunde wieder, um die Süßigkeiten auf dem Schokoladenbuffet anzurichten.«

Gisela zieht ihre Augenbrauen zusammen, als sie auf ihre Armbanduhr blickt. »Das wird aber knapp, meine Liebe. Ich hatte dir doch vorgeschlagen, dass du deine Sachen gleich mitbringst und dich hier im Schloss umziehst. Du hast dazu sogar genickt, was in unserem Kulturkreis in der Regel als Zustimmung gewertet wird.«

Ich beiße mir auf die Unterlippe und krame in meinem Gedächtnis.

Gisela hilft mir. »Bei unserer ersten Besprechung hier im Ballsaal? Als du Schokobananen dabeihattest?«

Oh! Da meint sie. »Ich glaube, da war ich ein klitzekleines bisschen abgelenkt.«

Langsam entspannen sich Giselas Augenbrauen wieder, um dann in ungeahnte Höhen gezogen zu werden.

»Was habe ich noch überhört?« Ganz vorsichtig trete ich einen Schritt zurück. Nur so.

»In einer Stunde wird der rbb hier sein, um die Vorbereitungen zu treffen für einen Live-Beitrag in der Abendschau mit Frau Lemke, zusammen mit Herrn Kramer.«

Sämtlicher Zucker in meinem Körper verflüssigt sich auf einmal und sackt mir in die Knie. »Christoph Kramer?«, quieke ich.

»Meine Güte, Julie, wenn ich gewusst hätte, dass du bei unserer ersten Besprechung so abwesend gewesen bist, hätte ich dich gezwungen, zu wenigstens noch einem der anderen Termine zu kommen, die du wohlgemerkt jedes Mal kurzfristig abgesagt hast!«

»Ich will Christoph Kramer nicht sehen! Ich stelle die Schokoladen bereit und verschwinde so lange von der Bildfläche, wie der rbb hier ist, okay? Dann trete ich sofort meinen Dienst am Schokoladenbuffet an. Am besten ich hole sofort alles her und richte die Süßigkeiten schön an.« Ich drehe mich um, werde jedoch von Gisela am Arm festgehalten.

»Wie stellst du dir das vor? Das Interview findet schließlich mit dir, der Schokofee, statt! Du hast selbst deine Zustimmung gegeben!«

Tränen steigen mir in die Augen und mit viel Kraft blinzele ich sie weg. »Ich kann dem Kramer nach dem Trüffeldebakel im *Calla* nicht unter die Augen treten, Gisela. Ich habe mich so dermaßen blamiert an diesem Abend, der hält mich doch für den letzten Volltrottel. Ich habe mir doch nichts sehnlicher gewünscht, als dass dieser Abend alles wieder heil machen würde.«

Seufzend nimmt Gisela meine Hände in ihre. »Und das wird er auch, du wirst sehen. Ich war dabei, als du letzte Woche in deiner Schokoküche gewirbelt bist. Du warst doch bis eben selbst ganz euphorisch.«

»Da wusste ich ja auch noch nicht, dass ich als Lachnummer ins Fernsehen komme!«

»Du solltest wirklich besser zuhören, wenn mit dir geredet wird. Ich habe dir sogar einen Zettel als Erinnerung an deine Pinnwand geklebt.«

»Welche Farbe?«

Gisela zieht die Stirn kraus. »Blau, glaube ich, ja, hellblau.«

Ich seufze tief. »Nicht wichtig und nicht dringend.«

Gisela sieht mich an, als würde sie überlegen, wohin genau sie mich boxen soll. »Bille!«, brüllt sie an mir vorbei.

Keine Minute später kommt Bille in den Saal geeilt. »Ich war doch schon auf dem Weg, Entschuldigung.«

»Du hast dich für nichts zu entschuldigen.« Gisela sieht mich an und dann wieder zu Bille, die ihre Schürze zwischen den Händen malträtiert. »Wie ich dich kenne, bist du bestimmt längst fertig in der Küche, oder?«

»Aber sicher doch, Frau Wessner. Und die Caterer stehen auch alle bereit, von uns aus kann es losgehen.«

»Sehr gut. Sei bitte so lieb und geh mit Julie in die Chocolaterie, um die Schokoladen für das Buffet zu holen. Dann hätte ich gern, dass du mir hilfst, alles nett anzurichten.«

Billes Augen ploppen ihr wie in einem Comic aus dem Gesicht. »Ich darf das Schokoladenbuffet anrichten?«

»Aber das will ich doch machen«, jammere ich.

Gisela sieht erneut auf die Uhr. »Du hast noch genau die Zeit, die du brauchst, um Bille alles zu zeigen und dein Kleid zu holen. In zwanzig Minuten ist die Dame von der Maske hier, die dich ball- und vor allem fernsehtauglich herrichtet. Oder willst du im Fernsehen auftreten wie dein Abziehbild?«

Ich will gar nicht im Fernsehen auftreten. Also zumindest nicht mit Christoph Kramer. Obwohl auch das nicht ganz korrekt ist. Denn Fakt ist, ein Auftritt in der Abendschau zusammen mit Christoph Kramer würde meine *Schokofee* einem sehr großen Publikum vorstellen. Das, in Zusammenhang mit dem *Seeschlösschen Wannsee*, würde wiederum viele, viele neue Gäste anziehen.

»Was soll ich bloß tun?« Verzweifelt drehe ich mich zu Vianne um, die ich um Hilfe angefleht habe und die in der Rekordzeit von unter zwanzig Minuten bei mir gewesen ist. Gelobt sei ihr Faible für schnelle Sportwagen.

Vianne neigt den Kopf und sieht mich ein wenig spöttisch an. »Na, was wohl! Du gehst da jetzt raus und gibst dein Bestes. Julie, das ist eine Wahnsinnschance! Und du bist eine Wahnsinnsfrau mit Wahnsinnsschokolade. Und du sagst doch selbst immer, wenn einem die Schokolade bis zum Hals steht, lässt man den Kopf nicht hängen.«

»Mach dich nicht lustig über mich.«

»Doch, aber nur ein klitzekleines bisschen.« Vianne streicht mir leicht über die Haare, die dank der Verwandlungskünstlerin des Fernsehsenders aussehen wie aus einer Hochglanzzeitschrift. »Na los! Du siehst großartig aus und bist eine der charmantesten Personen, die ich kenne. Sei du selbst und die Zuschauer werden dir zu Füßen liegen. Vergiss den Trüffelwettbewerb.«

Autsch! Jedes Mal fühle ich bei dessen Erwähnung einen Peitschenhieb. »Ich bin so schrecklich nervös.«

»Das musst du nicht. Als ich vorhin reingekommen bin, habe ich Bille ein paar Trüffeln gemopst und auf dem Weg hierher gegessen. Die sind perfekt!«

»Du hattest also Zeit, dir Schokolade zu gönnen, anstatt zielstrebig zu mir zu eilen und mir in meiner Not beizustehen?«

»Für Schoki habe ich immer Zeit.«

»Du liebst mich sowieso nur wegen meiner Schokolade.«

Vianne umarmt mich und drückt mir einen Schmatzer auf die Wange. »Toi, toi, toi. Ich bleibe in der Nähe.«

»Frau Blum, es geht los.« Eine Mitarbeiterin des Senders steckt den Kopf zur Tür herein.

Vianne reckt die Daumen in die Höhe und ich drücke den Rücken durch, straffe die Schultern und gehe meinem Schicksal entgegen. Oder meiner Chance, je nachdem, aus welchem Winkel ich das betrachte.

»Ah. Die vermeintliche Schokohexe.« Christoph Kramer streckt mir die Hände entgegen und wenn er nicht so unglaublich charmant dabei lächeln würde, würde ich auf der Stelle erstarren. »Nein, bitte nicht weglaufen. Entschuldigen Sie, das war nicht böse gemeint. Und Schokofee trifft es ohnehin besser.«

Wie in Zeitlupe sehe ich seinem Mund zu, wie er sich beim Reden bewegt, doch irgendwie gelingt es mir nicht, selbst Worte zu formulieren. Also schweige ich.

»Sie sehen total verschreckt aus. Keine Sorge, Ihre alkoholisierten Trüffeln von letztens sind vergeben und vergessen und Ihr Angriff mit diesem überambitionierten Zeug auf meine Geschmacksnerven ebenso.«

Verzweifelt hebe ich die Hände. »Eigentlich gelingt mir meine Schokolade. Irgendwie lief bei diesem Wettbewerb alles schief ...«

»Machen Sie sich bitte keine Sorgen, ich wurde gezwungen, Ihre *eigentliche* Arbeit kennenzulernen und bin begeistert. Sonst wäre ich nicht hier.« Christoph Kramer zwinkert mir doch tatsächlich zu.

»Ich verstehe nicht?«

Vertraulich beugt er sich vor und senkt die Stimme. »Verraten Sie das bloß keinem, aber die Hausdame des Hotels, diese Frau Müller, hat mich mit Varianten Ihrer Trüffeln verführt.«

»Sie sind verheiratet!«

Er winkt lässig ab. »Doch nicht so verführt! Also eigentlich hat sie mich eher erpresst. Da ich abends in Ruhe speisen wollte, habe ich mein Essen beim Zimmerservice bestellt und gebracht hat es mir Frau Müller. Doch gegeben hat sie es mir erst, nachdem ich einige Ihrer *eigentlichen* Trüffeln probiert habe.«

»Wow, da ist sie aber echt ein großes Risiko eingegangen. Das hätte sie ihren Job kosten können.«

»Frau Müller hatte Rückendeckung von ihrer Chefin, Frau Lindo. Der Affront der beiden war gut geplant.« Dabei grinst Christoph Kramer so fröhlich, als hätte es ihm Spaß gemacht, Ziel dieses Affronts gewesen zu sein. »Ja, alles in allem war das dann noch ein hervorragender Abend. Sie haben zwar nicht gewonnen, aber Ihr guter Ruf ist definitiv wiederhergestellt. Wie gut, dass Sie das *Calla* mit Ihren Köstlichkeiten beliefern!«

»Sind Sie so weit?« Ein Herr mit Headset und Klemmbrett auf dem Arm sieht uns an. Ein wenig abseits steht Frau Lemke und lässt die Show beginnen.

»Du siehst aus, als hättest du am Sahnetöpfchen genascht.«

Gisela hat recht, ich habe das Gefühl, vor Zufriedenheit zu leuchten. »Christoph war echt nett und dieses ganze Interview hat mir nach den ersten holperigen Sätzen total Spaß gemacht.«

Seite an Seite stehen wir in dem prächtig erleuchteten Ballsaal an der Schokoladenbar, die sich vor Köstlichkeiten biegt. Tanzende Paare gleiten zu wundervoller Walzermusik an uns vorüber. Die Damen wirbeln in bunten Roben, während die Herren schicke Anzüge tragen.

Auf der Terrasse vor den Fenstern erhellen Fackeln die Nacht und lassen die Schneeflocken funkeln, die seit einer Weile vom Himmel schweben.

»Ich wünschte, Lukas wäre hier.« Ich spreche leise, doch Gisela versteht mich trotzdem.

Leicht legt sie mir den Arm um die Taille. »Vielleicht schafft er es ja nach dem Adventskonzert noch. So lange kann es eigentlich nicht dauern, oder? In der Musikschule sind doch auch viele kleinere Kinder, die auftreten.«

»Danach gibt es noch eine Weihnachtsfeier, ich vermute, da sind die üblichen Bettgehzeiten außer Kraft gesetzt.«

Und überhaupt wird Lukas vermutlich gar nicht kommen wollen. Seit unserem Streit vor einer Woche haben wir uns noch immer nicht gesehen, obwohl er längst zurück in Berlin ist. Hin und wieder haben wir uns geschrieben, aber nichts Privates, lediglich organisatorischen Kram wegen Viannes Hochzeit.

»Das sieht alles so lecker aus!« Eine Dame in goldener, enganliegender Robe beugt sich über die Schokoladen und reißt mich aus meinen trüben Gedanken. »Ich kann mich gar nicht entscheiden.«

»Wie wäre es, passend zu ihrem wunderschönen Kleid, mit einer Kakitrüffel, überzogen mit goldener Schokolade? Ergänzt durch ein Konfekt aus der Golden-Queen-Himbeere, verschmolzen mit Sonnenblumenhonig. Und dazu eine Aprikosenpraline mit seinem goldenen Inhalt aus Marillenlikör.« Ich zeige auf die jeweiligen Köstlichkeiten und die Dame nickt begeistert.

Einzeln lege ich die Süßigkeiten auf einen hauchzarten Porzellanteller und reiche ihr eine kleine Besteckzange, damit sie die Confiserien klebefrei genießen kann.

»Vielen Dank, Sie adeln diesen Abend!«

Damit taucht sie wieder in der Menge der Ballgänger unter und lässt mich mit einem Lächeln zurück.

»Vielleicht solltest du dir Lukas nicht nur herbeiwünschen, meine liebe Julie, vielleicht ist es an der Zeit, dass du ein paar Schritte auf ihn zugehst und dann auch dortbleibst.«

Mit einem Ruck wende ich mich Gisela zu. Sie steht entspannt neben mir und beobachtet das bunte Treiben. Habe ich mich verhört? Mir vielleicht nur eingebildet, was ich eben gehört habe?

»Finn, mein Junge, wie schön, dich zu sehen.« Er schlendert auf uns zu, und Gisela schmeißt sich ihm regelrecht in die Arme. Das lange Haar trägt er ordentlich zum Zopf gebunden und ich muss gestehen, dass ihm der Anzug genauso gut steht wie sein übliches Outfit aus Bluejeans und weißem T-Shirt. »Julie hat mir schon berichtet, dass du endlich mal wieder im Lande bist. Du hast dich aber auch ewig nicht blicken lassen.«

Giselas ohnehin schon schief hängender Chignon im Nacken verrutscht bei ihrer herzlichen Umarmung noch mehr und beginnt sich aufzulösen. Finn fängt gerade noch das Kämmchen auf, das aus der Frisur fällt. »Das habe ich so an mir, dass ich meine Damen in Unordnung bringe.«

Gisela errötet und kichert. »Ach du! Wenn ich nur fünf Jahre jünger wäre ...«

»Du bist perfekt wie du bist.« Finn küsst Gisela schmatzend auf die Wange.

Sie dreht sich lachend zu mir um. »Mein Tag ist vollkommen.«

Mir bleibt angesichts dieser Liebe nur übrig, die Stirn zu runzeln.

»Nun guck nicht so pikiert, ein bisschen schäkern hat noch niemandem geschadet. Holger ist und bleibt die Nummer eins, Brad Pitt, sorry, ich meine natürlich unser Finn hin oder her. Und nun ab mit dir auf die Tanzfläche, mein Liebchen, ich halte die Stellung am Schokoladenufer.«

»Hervorragende Idee.« Finn lässt mich gar nicht zu Wort kommen, schnappt sich meine Hand und läuft mit mir zur Tanzfläche. Gerade verklingen die letzten Töne eines Straußwalzers und das kleine Orchester auf der Balustrade am Kopfende des Saales beginnt einen Weihnachtssong.

Finn und ich legen unsere Arme umeinander und für einen Wimpernschlag bin ich wieder sechzehn Jahre alt und tanze zum ersten Mal auf dem Weihnachtsball des *Seeschlösschens Wannsee*. Zum ersten Mal gehört mein Herz nicht mehr nur mir selbst, zum ersten Mal ist es verliebt.

Ich spüre Finns Atem an meiner Wange und nehme seinen vertrauten Duft wahr, der sich in all den Jahren nicht verändert hat. Es war die perfekte erste Liebe, jedoch ohne Happy End.

»Have yourself a merry little Christmas, let your heart be light.« Leise singt Finn den Text des alten Liedes mit und ich schließe die Augen, dabei bin ich ganz bei ihm und gleichzeitig ganz bei mir.

Flüsternd singe ich mit. »Here we are as in olden days, happy golden days of yore.«

Ich löse meine Wange von seiner und wir sehen uns an, wissend, was wir aneinander haben.

Als der Refrain anschwillt, wirbelt mich Finn herum. Lachend drehen wir uns umeinander, so leicht und unbeschwert wie früher, wie damals. Wie davor.

Kapitel 22

O wie Ohne

Oatmeal-Kekse
Süßer Hafer, verbacken zu knusprigen Keksen, um-
hüllt von zarter Alpenmilchschokolade. Dazu ein Glas
frische, kalte Milch und es fühlt sich an wie Heim-
kommen in die Kindheit.

Nach unserem Weihnachtslied legen Finn und ich für einen Moment die Köpfe aneinander, ich fühle mich leicht und löse mich mit einem Lächeln von ihm.

Im Eingang zum Ballsaal lehnt Lukas am Türrahmen. Mein Herz beginnt zu rasen und mit einem Seitenblick auf Finn lasse ich ihn stehen.

Lukas beobachtet mich, als ich zu ihm eile. Mit zitternden Händen nehme ich ihn am Arm und ziehe ihn durch die Eingangshalle hinüber in die Bibliothek, wo wir ungestört sind.

»Du hast es doch noch geschafft ... ich hoffe, das Konzert war schön und es hat alles geklappt?«

Lukas entzieht sich meinem Griff und steckt seine Hände in die Hosentaschen. Dunkle Schatten liegen unter seinen Augen und auch ich fühle mich auf einmal müde.

Leise weht die Musik aus dem Ballsaal herüber und das Licht der Eingangshalle beleuchtet die Bibliothek spärlich.

»Tanzt du mit mir?« Mit einer Hand berühre ich Lukas an der Brust, während ich die andere auf seinen Arm lege.

Er bewegt sich nicht und sieht mich nur an. »Hast du heute nicht schon genug getanzt?«

Ich verringere den Abstand zwischen uns weiter, seine Wärme dringt durch den leichten Stoff meines Kleides. Und doch überzieht Gänsehaut meine nackten Arme. »Du hast keinen Grund, auf Finn eifersüchtig zu sein. Lukas, bitte, das musst du mir glauben. Finn und ich sind sehr alte Freunde, nichts weiter.«

»Ich bin nicht eifersüchtig auf Finn. Allerdings fühle ich mich zunehmend mutlos. Das ist es, was mich nicht mehr schlafen lässt, Julie. Ich verliere den Mut dir gegenüber!« Den Schritt, den ich gerade auf ihn zugegangen bin, tritt Lukas zurück. »Seit eineinhalb Jahren frage ich mich, was ich falsch mache, dass du mich nicht heiraten möchtest. Als du meinen Antrag angenommen hast, wirktest du so glücklich. Und kurz darauf wurde alles anders.«

»Das stimmt nicht, nicht alles wurde anders.«

»Siehst du, du merkst es auch und du hast recht, nicht alles wurde anders, aber etwas. Und wie es aussieht, ist dieses Etwas wichtig für unsere Beziehung.« Lukas dreht sich von mir weg und geht zu dem Sessel vor dem Kamin. Er legt die Hände auf die Lehne und blickt hinunter. »Was immer du damals bei Finn gefunden hast, suchst du jetzt vergeblich bei mir.«

Ich schließe für ein paar Atemzüge die Augen, um meinen Herzschlag zu beruhigen. »Lukas, dich trifft keine Schuld, ich ...«

Die Standuhr hinter mir lässt ihr tiefes Läuten ertönen und ich zähle zwölf Schläge, ehe sie wieder verstummt und nur noch das stete Klackern des Pendels zu hören ist.

Mitternacht. Das Ende der magischen Ballnacht. Mein Blick fällt auf das Schokoladenrezeptbuch, das ich vor wenigen Wochen zwischen die anderen Bücher in das Regal neben Lukas geschoben habe. »Ich ...« Ein schiefes Lächeln ist alles, was ich herausquetschen kann, aber ich merke, wie unecht es in meinem Gesicht klebt. »Du weißt doch, wie es ist. Ich, also wir beide, wir haben so unglaublich viel zu tun. Du hast deine Schüler, ich habe meine Schokoladen. Allein meine ganze Familie mal an einem Termin zusammenzubekommen ist echt schwierig. Ole ist mal hier und May mal dort und August kümmert sich permanent um seine Klienten, Orélie hat den vollsten Terminkalender, den ich mir nur vorstellen kann. Meine Mutter schreibt oder ist auf Lesereise ...«

»Du tust es schon wieder!« Lukas haut auf die Sessellehne und sieht mich endlich wieder an. Jedoch mit einem fremden Blick, einem Blick, den ich nicht an ihm kenne.

»Was?« Meine Stimme ist einen Tick zu laut und ich balle die Hände zu Fäusten, um mich zu beherrschen. »Was tue ich?«

»Genau diese Antwort möchte ich von dir haben, Julie. Was tust du? Warum schaffst du es nicht, mich zu heiraten?«

»Ich liebe dich!«

»Das weiß ich, oder zumindest glaube ich, das zu wissen. Doch da ist noch mehr. Und wenn du mich weiterhin aussperrst, wird es schwierig für uns sein, gemeinsam miteinander zu leben. Egal, ob wir verheiratet sind oder nicht, denn darauf kommt es nicht an. Ich liebe dich auch ohne Trauschein.« Lukas kommt ein paar Schritte auf mich zu.

Nun steigen mir doch Tränen in die Augen. »Dann ist doch alles in bester Ordnung.«

Lukas bleibt stehen. »Nein, das ist es nicht.« Und damit geht er an mir vorbei.

Ich halte ihn am Arm zurück. »Bitte, komm mit mir nach Hause«, flüstere ich und spüre eine Träne auf der Wange.

Sanft wischt Lukas sie weg. »Du solltest erst einmal dringend für dich selbst dein Zuhause finden.«

Seitdem Lukas gegangen ist, sitze ich in dem Sessel vor dem Kamin in der Bibliothek. Ich friere und ziehe vorsichtig die Beine an, denn Kater Nörgi schnarcht zufrieden auf meinem Schoß. Gelächter vom Ballsaal weht gelegentlich zu mir herüber, je später es wird, desto mehr.

Ein leises Klopfen am Türrahmen lässt mich aufblicken.

»Hier bist du, ich dachte schon, Lukas und du seid nach Hause gefahren.« Gisela läuft zu mir, ihr bodenlanges Kleid raschelt bei jedem Schritt, ihre Frisur hat sich mittlerweile völlig aufgelöst. Zärtlich krault sie den alten Kater zwischen den Ohren, der sich erhebt, in einem eleganten Katzenbuckel streckt und auf den

Boden springt, um gemächlich die Bibliothek zu verlassen. Ohne Blick zurück.

Mühsam rappele ich mich aus dem Sessel hoch. Mein Rücken schmerzt und mein rechtes Bein kribbelt. »Ich komme. Sorry, dass ich dich mit der Schokolade so lange allein gelassen habe, ich muss wohl eingenickt sein.«

»Alles gut, ich mache das gern.« Gisela kneift die Augen zusammen. »Wo ist Lukas?«

Ich laufe an ihr vorbei zur Tür. »Zu Hause.«

Gisela lässt sich nicht abschütteln und folgt mir. »Dann fährst du jetzt auch nach Potsdam?«

»Nein, ich muss zu mir nach Hause, packen und wenigstens ein wenig schlafen. In ein paar Stunden fliege ich mit May und Orélie und meiner Mutter nach Paris.«

Gisela stellt sich vor mich, sodass ich nicht weiterlaufen kann. »Du machst was, bitte?«

»Ich fliege nach Paris. Einer muss doch schließlich die Liebe meiner Geschwister retten.« Schnell umrunde ich Gisela und eile, so schnell es mir mein enges, knöchellanges Kleid erlaubt, durch die Eingangshalle zur Tür.

»Ich kann dir nur empfehlen, lieber deine eigene Liebe zu retten, Julie.«

»Warum genau sitze ich nochmal zu solch nachtschlafender Zeit in einem Flugzeug nach Paris?«, murmelt May neben mir mit geschlossenen Augen.

»Weil Mama uns darum gebeten hat. Sie möchte gern, dass wir bei dieser speziellen Lesung dabei sind.« Ich mache es mir so gut es geht in dem Sitz bequem und lege den Kopf gegen die Rückenlehne, um noch ein wenig zu dösen.

»Das ist doch Blödsinn.«

Da meine Schwester offensichtlich keine Antwort von mir erwartet, schweige ich und lasse das Thema damit elegant fallen.

Orélie auf meiner anderen Seite scheint von meiner Vermeidungsstrategie nichts zu halten. »Selda liest ja nicht einmal selbst, immerhin ist die Lesung die Premiere der französischen Ausgabe!«

»Na und? Sie möchte uns trotzdem gern dabeihaben, als moralische Unterstützung, wenn du so willst. Du weißt ja selbst, die Franzosen sind gnadenlos mit ihrer Kritik.« Zur Bestätigung nicke ich.

»Sottise!« Damit scheint auch Orélie Ruhe zu geben, zumindest verbal, denn sie raschelt demonstrativ mit der Zeitschrift in ihren Händen. Bis meine Mutter ihr mit einem genervten Prusten über den Flugzeuggang hinweg die Lektüre aus der Hand reißt.

Der Rest des Fluges verfliegt in mehr oder weniger einträchtigem Schweigen und wohlbehalten landen wir zum Sonnenaufgang in der Stadt der Liebe. Ein Chauffeur erwartet uns und bringt uns zügig durch das winterliche Paris zu unserem Hotel.

Als ich das Zimmer meiner Mutter betrete, quietsche ich vor Wonne auf. Plüschiger, cremefarbener Teppich bedeckt den Boden und ich schwebe darauf zu den Terrassenfenstern, vor denen mir Paris zu Füßen liegt, der in der Sonne glitzernde Eiffelturm zum Greifen nah. Was für ein Anblick! Am liebsten würde ich einen Sessel vor das Fenster schieben, mich darin einmummeln und für die nächsten Stunden einfach nur diese grandiose Aussicht genießen.

Aber ich habe eine Mission zu erfüllen und so reiße ich mich los. »Du wirst ganz schön hofiert, meine Liebe. Vielleicht sollte ich das Schokoladenrühren an die Kakaobohne hängen und auch blutige Thriller schreiben.«

»Na mach mal, und es sind Horrorthriller. Kriegst du bestimmt gut hin in deiner zuckersüßen Welt.« Meine Mutter hat bereits ihren Koffer ausgepackt und verstaut ihn im unteren Teil des Schrankes. »Da kommt mir doch eine brillante Idee. Wie wäre es mit einem Setting in einer Chocolaterie, ganz harmlos am Anfang, aber dann ...«

Ich winke entsetzt ab. »Ihh, hör auf! Das will ich nicht hören. Und bitte, schreibe nie, niemals einen Roman, der in einem Schokoladenladen spielt. Auch nicht davor, dahinter oder in der Nähe!«

»Du bist eine Zimperliese!« Lachend nimmt meine Mutter das Hoteltelefon zur Hand und bestellt uns ein paar Croissants und Kaffee, ganz unblutig.

Arm in Arm schlendere ich zwischen May und Orélie durch Paris, um meiner Mutter, die bereits vor zwei Stunden abgeholt und ins Hotel *Marignan* chauffiert wurde, bei ihrer Lesung beizustehen.

Um uns herum funkeln die Lichter der Stadt, über uns Millionen Sterne. Die Luft ist frostig und klar und unser Atem gefriert in einer gemeinsamen Wolke vor uns.

»Oh seht! Da, an der Ecke, die Boulangerie *Dupain-Cheng*.« Ich hake mich bei den beiden aus und zeige über die schmale Kopfsteinpflasterstraße. »Dort gibt es laut Miela die besten Macarons von Paris. Ich hole schnell welche.«

Eilig husche ich über die Straße. Viel Zeit habe ich nicht, wenn wir pünktlich sein wollen. So stürme ich regelrecht durch die Tür an der Ecke des Gebäudes, während eine Kundin es gerade verlässt. »Merci beaucoup, Marinette, au revoir.«

»Entschuldigung«, murmele ich nach einem strengen Blick der Madame.

»Bonsoir.« Das Mädchen hinter der Theke mit all den bunten Köstlichkeiten in Form von Macarons lächelt mich herzlich an. Ihr dunkles, blauschwarzes Haar trägt sie in zwei kurzen Zöpfen, ihre großen, türkisen Augen funkeln. »Wie kann isch Ihnen 'elfen?«

»Das sieht alles so großartig aus, ich kann mich gar nicht entscheiden.« Am liebsten würde ich jedes einzelne Macaron einpacken und mitnehmen, aber nicht, ohne vorher voller Genuss hineinzubeißen.

»Zur Feier des *Le Jour Miraculous* gibt es 'eute Macarons à la *Ladybug* und *Cat Noir.* Dies ist la framboise und le mûron.« Sie zeigt auf wundervolle rote Macarons neben delikaten schwarzen.

»Perfekt. Bitte jeweils zehn Stück.«

Mit einer Zange legt das Mädchen die Macarons in eine passende Schachtel, nicht jedoch, ohne hin und wieder eines daneben fallen zu lassen. Unbekümmert schiebt sie sich diese in den Mund.

Das Handy in meiner Jackentasche vibriert mit einem der Erinnerungsalarme, die ich für heute eingestellt habe, und so leid es mir tut, bezahle ich in Windeseile und bin auch schon wieder draußen bei May und Orélie, die sich lachend unterhalten.

»Los jetzt«, bedeute ich ihnen weiterzugehen.

May schließt zu mir auf. »Na hör mal, du hast uns warten lassen, um noch schnell shoppen zu gehen.«

»Müssen wir nicht nach links?« Orélie bleibt an der Kreuzung stehen, an der ich mit May weiter in die andere Richtung laufe.

»Nein, nein«, winke ich ab. »Hier geht es lang.«

Orélie bleibt stur stehen und zeigt in die Straße hinter sich. »Zum Hotel *Marignan* geht es aber in diese Richtung. Ich habe die Adresse vorhin extra gegoogelt.«

Mist! Warum verlässt sie sich nicht einfach auf mich! Ich habe alles so schön geplant. Nun gut, da ich weiß, dass sie weiß, dass sie recht hat, muss ich meine Taktik ändern. »Okay, ich gebe es zu, ich wollte uns einen kleinen Umweg gönnen. Bitte, bitte, ich will unbedingt den Eiffelturm im Weihnachtszauber sehen und diesen wunderschönen Adventsmarkt davor kenne ich auch nur von Bildern.«

Orélie und May ziehen synchron die Augenbrauen nach oben.

Ich klimpere mit den Wimpern. »Bitte.«

May schüttelt den Kopf. »Dann kommen wir definitiv zu spät.«

»Bitte. Ich habe Mama schon angedeutet, dass wir vielleicht ein klitzekleines bisschen später da sein werden. Und sie findet das total okay. Ist ja nicht ihre erste Lesung.« Großzügig winke ich ab.

Orélie zeigt mit ihrer Fäustlinghand auf mich. »Du hast uns in einer Nacht-und-Nebel-Aktion dazu überredet, nach Paris zu fliegen, um Selda bei ihrer Lesung hier im ach so fremden Paris beizustehen, und willst jetzt lieber zum Eiffelturm als zu der Lesung?«

»Das meine ich wohl auch.« May stemmt die Hände in die Hüften und sieht mich verwundert an. »Also mich zumindest hast du regelrecht auf Knien angefleht mitzukommen.«

»Bitte, bitte. Für Mama ist das total in Ordnung. Und bedenkt doch bitte, diese wunderschönen Lichter gleich, der Duft von gebrannten Mandeln und französischem Glühwein. Romantische Weihnachtsmusik, festliche Stimmung und der Blick auf das Lichtermeer der Stadt der Liebe.«

»Hinauffahren willst du also auch noch!« Orélie schmeißt die Arme in die Luft, als würde ich ihr vorschlagen, höchstpersönlich auf den Eisenturm zu klettern.

»Es muss ja nicht ganz bis nach oben sein.« Mit dem Zeigefinger und dem Daumen zeige ich den beiden, wie wenig ich meine.

»Na ja, Paris bei Nacht vom Eiffelturm ist schon ein Spektakel.« May sieht in Richtung des Turmes. »Und zusammen mit dem Weihnachtsmarkt durchaus einen Blick wert.«

Sehr schön, meine Schwester habe ich auf meiner Seite.

Orélie noch nicht. »Seid ihr irre? Wisst ihr eigentlich, wie lange wir für Karten anstehen müssten?«

Ich schüttele den Kopf, ziehe mir einen Handschuh aus und krame einen Zettel aus der Tasche. »Gar nicht. Ich habe schon unsere Tickets.«

Orélie rollt noch einmal kurz aber heftig mit den Augen und weist mit dem Kopf in die Richtung des Eiffelturmes. »Dann los Mädels. Auf einen romantischen

Abend unter uns Frauen. Und wehe, ich bekomme von euch keinen *Vin chaud à la cannelle*.«

Vergnügt laufen wir das letzte Stück zum Turm der Türme. Die Beleuchtung überstrahlt den Platz davor und taucht den Adventsmarkt und uns in goldenes Licht.

Mein Herz zieht sich zusammen, so sehr wünsche ich mir Lukas herbei. Ich sehe hinauf zu der funkelnden Spitze des alten Bauwerkes, als könnte die Magie dieser Nacht ihn herbeizaubern.

May stupst mich in die Seite. »Manchmal hast du doch ziemlich gute Ideen.« Ihre Wangen sind gerötet und ihre Augen leuchten. Und ich hoffe, hoffe, hoffe, dass sie gleich noch viel mehr leuchten werden und das nicht nur vom Widerschein der Lichter des Eiffelturmes.

Orélie schließt die Augen und schnuppert. »Ich rieche köstlichen *Bordeaux vin chaud*.«

Lachend hake ich mich bei ihr ein. »Dieser Genuss muss warten, erst besuchen wir den Eiffelturm. Es ist Zeit für uns.« Wieder brummt das Handy in meiner Jackentasche und ich klopfe zufrieden mit mir und meinem Zeitplan darauf.

Dank meiner akkuraten Vorbereitung schweben wir eine Viertelstunde später mit dem Aufzug nach oben. Jedoch nur bis in die zweite Etage, wo ich May und Orélie bitte auszusteigen.

Schulterzuckend folgen sie mir durch ein Gewirr von Gängen, offensichtlich haben sie es aufgegeben, heute aus mir schlau zu werden.

Vor dem Eingang des Restaurants *Le Jules Verne* bleibe ich stehen. Die Handschuhe und die Mütze habe ich schon längst ausgezogen und mir auch die Jacke aufgeknöpft. Wie wild klopft mir das Herz in der Brust und ich zappele von einem Bein auf das andere. »Überraschung!«

»Ça décoiffe!« Orélie reißt sich die Mütze vom Kopf und ich glätte ihr schnell den roten Haarschopf.

May nickt anerkennend. »Deshalb wolltest du, dass wir uns so schick anziehen. Ich kam mir doch ziemlich overdressed für eine Lesung vor. Aber jetzt ...«

Der Satz meiner Schwester bleibt unvollendet, denn ihr Blick quer durch das Restaurant bleibt an einer Person hängen, die sie sehr gut kennt. Und ihren glänzenden Augen und dem zarten Lächeln nach zu urteilen sehr doll liebt.

Ole hat sich erhoben und steht gut sichtbar vor den imposanten Fenstern des Restaurants, unter denen sich ein Meer aus Lichtern über Paris ergießt. Daneben steht August ebenfalls auf und sein Blick verschränkt sich mit dem von Orélie.

Leicht lege ich den beiden, die rechts und links von mir stehen, je einen Arm um die Taille. »Bon appétit, meine Lieben. Auf die Liebe!«

Ein Kellner tritt zu uns und nimmt May und Orélie die Jacken ab.

»Isst du nicht mit uns?« Meine Schwester nimmt mich fest in den Arm, ihre langen Haare liegen weich an meiner Wange.

»Ich fliege gleich wieder zurück nach Berlin, so kurz vor Weihnachten kann ich die *Schokofee* nicht allein lassen. Und mein Werk hier ist vollbracht. Der Rest liegt jetzt an euch. Und keine Sorge, Mama erwartet euch heute natürlich nicht mehr auf der Lesung.«

Orélie legt ihre Arme ihrerseits um May und mich und für einen Moment stehen wir eng verbunden da. »Sag Gisela liebe Grüße von mir und dass ich mein Zimmer im Schloss nicht mehr benötige. Das wollte ich ihr heute ohnehin selbst mitteilen, doch dann kamst du dazwischen mit deiner dringenden Paris-Mission. Danke für alles, Julie, du bist die beste Schwägerin, die ich mir nur wünschen kann.«

Wir lösen unsere Umarmung und ich sehe May und Orélie hinterher, wie sie durch das Restaurant zu ihren beiden Männern laufen. Männer, die sie lieben und von denen sie geliebt werden, auch wenn nicht immer alles geradeaus verläuft.

Kapitel 23

K wie Keiner

Kakao-Nibs
Getrocknete Kakaobohnen, leicht geröstet und in
kleine Stücke gebrochen, schenken uns das volle
Aroma des Kakaos, das ganze Glück des Genusses.

Die Aufregung über meine gelungene pariser Überraschung zirkuliert so sehr in mir, dass ich in der Nacht kaum schlafe und schon sehr früh in der Chocolaterie bin. Was auch dringend notwendig ist, da meine Vorräte zur Neige gehen und sowohl die Schokobar als auch die Theke abgegrast aussehen, als hätten sich Horden von schokosüchtigen Kindergartenkindern selbst bedient.

Gegen Mitternacht ist ein Foto von May, Ole, Orélie und August auf meinem Handy angekommen. Arm im Arm standen sie vor dem Eingang des Eiffelturmes, der dazugehörige Text bestand aus vielen verschiedenen Herzen.

Längst habe ich die ersten *Dragee misti con latta* hergestellt und die beliebten Minitafeln aus weich geröstem Carúpano-Kakao gegossen, die meine Gäste wegen ihrer ausdrucksstarken bitteren und süßen Aromen so mögen, als die Herren Munzel und Wester nach ihrer französischen Schokolade verlangen.

Ab diesem Moment füllt sich die Chocolaterie zusehends und im Wintergarten sind die Plätze durchgehend besetzt. Auch reißt die Schlange an der Theke nicht ab. Ich verpacke süße Weihnachtsschokolade in schimmerndes, rotes Papier und schichte Trüffeln, Pralinen und Konfekt in goldene Schächtelchen.

Mittags eilt mir Gisela zur Hilfe, sodass ich mich nicht mehr zwischen Wintergarten, Verkaufsraum und Schokoküche aufteilen muss.

Am Nachmittag schweben im Dämmerlicht der untergehenden Sonne dicke, watteweiche Schneeflocken vom Himmel und setzen ein i-Tüpfelchen auf die festliche Stimmung in der *Schokofee*.

Mit einem Schwall eisiger Luft stürmt Vianne in die Chocolaterie. Sie schüttelt sich die Schneeflocken aus ihrer Haarpracht, die sie in einem hohen Zopf trägt, und schließt überschwänglich die Tür hinter sich. Da ich soeben im Wintergarten einen Muffin serviere, kann ich gerade noch eingreifen, als sich eine Strohsternkette am Fenster daneben löst. »Wow, du sprühst ja regelrecht Funken.«

Vianne umfasst meine Hände mit ihren, die trotz der Kälte draußen ganz warm sind. »Nur noch fünf Tage, Julie. Ich dreh durch. Ich kann nicht mehr schlafen, nicht mehr essen und im Atelier kann ich eine Stecknadel nicht von einer Nähmaschine unterscheiden. Die Mädels haben mich rausgeschmissen und zu einem Spaziergang verdonnert.«

»Und da dachtest du dir mal so eben, du demolierst meinen bezaubernden Schokoladenladen.« Grinsend halte ich ihr die Strohsterne vor die Nase.

»Was ich mir dachte ist, ich brauche Schokolade, echte, gute, süße, beruhigende Schokolade!«

Bedächtig wiege ich den Kopf, während ich vor ihr hergehe, um benutztes Geschirr in die Küche zu bringen. »Was du brauchst scheint mir eher Baldriantee zu sein.«

Vianne bleibt in der Tür zur Küche stehen und winkt Gisela zu, die einer Großfamilie bei ihrem Schokoeinkauf behilflich ist. Sie greift nach einer silbern verpackten Tafel Schokolade, die ich erst vergangenen Samstag zur Probe hergestellt habe. Auf einem Teller daneben liegt noch ein Rest der Kostprobe. »Rosa Schokolade, die sieht ja interessant aus.«

»Und sie schmeckt auch interessant, beerig, ein wenig säuerlich, sehr leicht. Dafür habe ich mir extra Ruby-Kakaobohnen besorgt.« Ich breche ein Stück der rosa Schokolade ab und schiebe es Vianne in den Mund, was sich diese nur allzu gern gefallen lässt.

»Mmh, anders als die dunkle und die weiße Schokolade.«

»Anders gut oder anders schlecht?« Auch ich lasse mir erneut die cremige Schokolade auf der Zunge zergehen.

»Lecker!« Vianne dreht die Packung in ihrer Hand. »Und schreit definitiv nach mehr. Die Hülle hast du auch toll gemacht, die sieht so verspielt aus, wie es zu der Schokolade passt. Ach schau mal, auf der Verpackung steht *wiederverschließbar*. Hihi, der ist gut!« Damit schnappt sie sich den Rest vom Probierteller und futtert alles auf.

Mit einem Mal weiß ich, was ich Gisela und Holger zum Hochzeitstag schenken werde. Vor Freude klatsche ich in die Hände.

»Welche grandiose Idee ist dir denn gerade in dein süßes Köpfchen geflogen?« Vianne schwenkt die Ruby-Schokolade und ich nicke, damit sie sie öffnen und ebenfalls verspeisen kann.

»Gisela und Holger haben am Sonntag ihren vierzigsten Hochzeitstag. Und ich überlege schon seit Wochen, was ich ihnen Schönes schenken könnte. Ruby-Schokolade zur Rubinhochzeit! Die Lösung liegt doch quasi in deiner Hand.«

»Mmh, gleich nicht mehr«, mümmelt Vianne. »Wahnsinn, dann sind mir die beiden vierzig Jahre voraus. Und weißt du was, ich will das auch!«

Ich schnipse mit den Fingern. »Und bekanntermaßen bekommst du, was du willst.«

»Ich gebe mir Mühe.«

Nur manchmal scheint Mühe nicht auszureichen, aber diesen Gedanken behalte ich für mich. Denn es ist Lukas, der in meinem Kopf auftaucht, und nicht Conrad.

»Vergiss mir aber über deine rosarote Schokolade nicht den Sweet Table für meine Hochzeit am Sonntag! Und davon will ich definitiv auch ein paar Portionen haben.« Vianne wedelt mit der leeren Schokoladenverpackung.

»Ich liege erschreckend hervorragend im Plan und dein Tisch, der nebenbei größer ist als mein Häuschen, biegt sich doch jetzt schon unter der Last deiner Genüsse.«

»Schokolade ist niemals eine Last, meine Liebe, das müsstest du doch am besten wissen. Also kann sich auch nichts biegen. Allerdings mache ich jetzt die Biege zurück ins Atelier, sonst tanzen dort die Mäuse auf den

Tischen.« Vianne grinst über ihren gelungenen Spruch, leckt sich einen klebrigen Schokoladenfinger und rauscht nach einer Umarmung so schnell aus der *Schokofee*, wie sie hereingekommen ist.

»Du meine Güte, hättest du ihr heute mal lieber nichts Süßes gegeben.« Stirnrunzelnd sieht Gisela Vianne hinterher. »So aufgekratzt habe ich sie noch nie gesehen. Na, hoffentlich legt sich das bis zu ihrer Hochzeit, sonst rauscht am Sonntag ein Tornado durchs Schloss und weht uns alles durcheinander.«

»Bloß nicht! Durcheinander hatte ich in den letzten Wochen schon genug.« Abwehrend hebe ich die Hände.

Giselas Stirn runzelt sich noch mehr. »In der Tat, du Chaos-Queen. Aber wie es aussieht, bekommst du zumindest dein Schokoladenleben langsam wieder in den Griff.«

Ein wenig weh im Herzen sehe ich mich in der Chocolaterie um. Ich war mehr als fleißig heute. Die Schokobar ist gut gefüllt mit Riegeln feinster *Panforte al Cioccolato*, deren Lebkuchenaroma verführerisch unterstrichen wird von den Düften der gemischten Nüsse und kandierten Früchte darin. Daneben locken Tafeln cremiger Milchschokolade und Macadamianüsse, Haselnüsse und Mandeln, alle mit einer delikaten Kakaoschicht überzogen, und laden zum Naschen ein. Die Theke biegt sich unter fruchtigen Trüffeln aller Couleur sowie glänzenden Pralinen. Auf den Regalen präsentieren sich handgegossene Weihnachtsmänner, Rentiere und Schneemänner in allen Größen.

Die dezente Weihnachtsbeleuchtung verbreitet kuschelige Stimmung und in den Duft der Schokoladen mischt sich der von Tannenzweigen, die ich als weihnachtliche Gestecke überall verteilt habe. Tiefrote Weihnachtssterne auf den Tischen setzen Farbpunkte und spiegeln sich in den Scheiben, hinter denen noch immer Schneeflocken zu Boden rieseln.

Eigentlich könnte es gerade nirgendwo schöner sein. Doch das ist es nicht, weil Lukas nicht hier ist.

Seufzend wende ich mich ab. »Ich werde mal bei den Gästen nachfragen, ob noch jemand etwas möchte. Vielen Dank für deine Hilfe, den Rest schaffe ich allein. Fräulein Lotte wartet bestimmt schon mit dem Tee auf dich und rümpft die Nase über mich, dass ich dich hier so lange schuften lasse. Immerhin gehört sich das nicht für die Schlossherrin höchstselbst, bitte.«

Lachend bindet sich Gisela die Schürze ab. »Du kannst Lotte erschreckend gut nachmachen, meine Liebe. Das solltest du sie bei Gelegenheit unbedingt mal wissen lassen.«

»Oh bloß nicht! Sie würde mich bei lebendigem Leib auffressen, ohne Schokoglasur oder Streusel!«

»Auch wieder wahr. Nun denn, wir sehen uns am Donnerstagnachmittag hier wieder. Nach dem Ansturm heute vermute ich, dass es den Rest der Woche so weitergehen wird. Und Freitag übernehme ich wie besprochen den Vormittag.«

»Ich beeile mich auch, es grenzt ohnehin an ein Wunder, dass Herr Schild so kurz vor Weihnachten noch einmal Zeit für mich und Gwenis Haus hat. Danke Gisela, ohne deine Hilfe sähe ich echt alt aus.« Aus meiner Schürzentasche ziehe ich eine pinke Pralinenschachtel und überreiche sie ihr.

»Mmh, ist da drin, was ich vermute?« Genießerisch leckt sie sich über die Lippen und öffnet die Verpackung. »*Mandorle Caramello*! Du bist und bleibst meine Lieblingsschokofee. Und Julie, ich helfe total gern in der Chocolaterie, es ist mir ein Vergnügen, eher müsste ich dir danken, dass ich in deinem Schlaraffenland arbeiten darf. Wobei ich das Wort arbeiten in diesem Zusammenhang als sehr übertrieben ansehe.«

Lachend hole ich Giselas Jacke aus dem Büro und schlendere mit ihr durch den Wintergarten zur Tür, während sie sich eine geröstete Mandel, umhüllt mit Karamellschokolade, in den Mund schiebt. »In der Weihnachtszeit ist schon immer viel los gewesen, aber in diesem Jahr ist es unglaublich. Und ich freue mich! So liebe ich es. Bald kommen ja ein paar ruhigere Tage.«

»Die solltest du dir auch dringend gönnen, Julie. Du siehst müde aus.« Gisela umarmt mich, winkt ein paar Stammgästen zu und verlässt die *Schokofee*.

So sehr ich den Trubel in der Chocolaterie liebe, so sehr freue ich mich auch auf ein wenig Zeit für mich. Am Samstag öffne ich nur den Vormittag über, damit ich den Rest des Tages für Viannes Sweet Table nutzen kann, und am Sonntag zu Viannes Hochzeit und dem Heiligen Abend ist ohnehin geschlossen.

»Frau Blum, wenn Sie weiterhin so aus dem Fenster starren, haben wir gleich ein Loch in der Scheibe und dann friert Ihre schöne Schokolade ein.«

Irritiert schüttele ich mich und sehe mich der alten Frau Paula gegenüber, die mit ihren einen Meter und fünfundfünfzig – mit Hut – von unten zu mir heraufsieht. »Ein Tütchen beschwipste Nüsse zum Mitnehmen, bitte.«

»Aber gern doch. Kommen Sie mit nach hinten, ich habe mich an der Violetta-Walnuss versucht und diese mit Zimtlikörschokolade überzogen. Sie dürfen diese Köstlichkeit als Erste kosten.«

Händereibend folgt sie mir und probiert sich durch mein Sortiment an schokolierten Nüssen. Bald hat sie sich ihre Lieblingsauswahl zusammengestellt und verlässt mit den letzten Gästen die Chocolaterie.

»Schönen Abend noch Frau Blum! Und frohe Weihnachten und einen guten Rutsch für Sie und Ihren Verlobten. Ein feiner Mann, den Sie da gefunden haben.«

Den Rutsch haben Lukas und ich leider schon hinter uns und ich befürchte, dass wir sehr bald schmerzhaft fallen werden. Zaghaft winke ich ihr hinterher und will eben die Tür schließen, als Finn aus der Dunkelheit auftaucht. Mit einem Holzschlitten im Schlepptau.

»Na, wie wäre es mit einer Partie?« Er strahlt mich mit seinen warmen Augen an und schüttelt sich die Schneeflocken aus den Haaren.

»Jetzt?« Ich trete einen Schritt zurück und starre auf das alte Holzding.

»Klar, wann sonst? Oder willst du warten, bis der Schnee wieder getaut ist?« Mit Schwung zieht er den Schlitten einmal um sich herum. »Perfekt in Schuss, der alte Giesbert. Ich habe den ganzen Tag daran rumgewerkelt.«

Neugierig gehe ich jetzt doch hinaus, die Arme gegen die Kälte eng um mich geschlungen. »Das ist Giesbert? Unser Schlitten von damals?«

»In echt und Farbe. Oder eher nur in echt und recht farblos, aber für einen neuen Anstrich hat die Zeit nicht mehr gereicht.« Finn setzt sich hinten auf den Schlitten und klopft auf den Platz vor sich. »Na los, Probe sitzen.«

Lachend schüttele ich den Kopf. »Da passen wir doch nie zusammen drauf. Schon als Kinder ist meist einer hinten runtergefallen.«

Finn steht wieder auf. »Allerdings, und der eine war meistens ich, weil du immer vorn sitzen wolltest. Na gut, dann fahren wir halt abwechselnd. Geh rein, schnapp dir deine Jacke und los geht es zum Forsthügel.«

»Es ist stockdunkel.«

»Die Piste ist heute wegen des Adventsmarktes beleuchtet.«

»Es schneit total.«

»Gut so, mehr Schnee zum Schlittenfahren.«

»Ich muss noch arbeiten. Die *Schokofee* aufräumen, Schokolade machen, Viannes Hochzeit vorbereiten, mit dem Geschenk für Gisela und Holger beginnen und ...«

Finn legt mir einen behandschuhten Finger auf den Mund. »Und dich auch einmal um dich selbst kümmern. Komm schon, Julie, eine Stunde. Danach bringe ich dich sofort wieder zurück in die Chocolaterie und helfe dir bei deinen To-dos.«

Unentschlossen stehe ich inmitten der wirbelnden Flocken. Erinnerungen an unsere früheren Schlittenpartien perlen in mir an die Oberfläche. Was solls. Es ist ewig her, dass ich rodeln war. »Bin gleich wieder da.«

Flugs fülle ich eine Thermoskanne mit heißer Schokolade, schnappe mir eine Schachtel Ingwertrüffeln und ziehe mich winterfest an.

»Kann losgehen. Ziehst du mich?« Schwungvoll setze ich mich auf den Schlitten und treibe Finn an.

Er stapft mit mir auf dem Schlitten durch den Schlosspark zum *Düppeler Forst*, wo sich der Forsthügel mit spektakulärem Blick auf den Wannsee befindet. Schlitten in allen Farben und Formen sausen bereits dort hinab, das Lachen von großen und kleinen Menschen schallt über die Lichtung.

Auf der anderen Seite der Piste sind ein paar Buden aufgebaut, von denen süßer Punschduft zu uns herüberweht, vermischt mit dem Aroma frischgebackener Waffeln. Zustimmend knurrt mein Magen.

Finn bleibt mit einem Ruck stehen, sodass ich fast vom Schlitten rutsche. Aber nur fast. Dieses Spiel kenne ich und mal gewinne ich, mal verliert er. »Möchtest du vielleicht erst eine kleine Stärkung? Nicht, dass das Gerumpel in deinem Magen dich aus der Bahn wirft.«

»Niemals! Jetzt, wo ich schon so schön auf dem Schlitten sitze, will ich den Wind in meinen Haaren spüren.«

»Na dann mach mal, vielleicht pustet er ja bis unter deine megadicke Mütze, die nebenbei bemerkt eher nach Antarktisexpedition aussieht als nach Berliner Winter.« Finn zieht keck an den beiden Bommeln, die rechts und links an der Mütze herabhängen und mir bis über die Schulter reichen. »Aber pass auf, dass du dich nicht strangulierst.«

Ich strecke ihm die Zunge raus, binde die Bommeln jedoch sicherheitshalber zusammen und stecke sie mir oben in die Jacke. Ich liebe diese Mütze, die ich mir mit Lukas zusammen in Norwegen bei einer verhutzelten alten Dame gekauft hatte. Deren Hütte stand mitten in einem verschneiten Wald, ein Elch verträumt daneben, davor die Alte mit bunten Mützen in der Hand.

Das war in unserem ersten gemeinsamen Winterurlaub.

Mit mehr Schwung als notwendig stoße ich mich ab und sause die Piste hinunter. Der kalte Wind pustet mir den Kopf frei und das Kribbeln im Bauch lässt mich jauchzen. Außer Atem lande ich unten zwischen verschneiten Haselnusssträuchern, umgeben von lachenden Kindern und gut gelaunten Erwachsenen.

Langsam ziehe ich den Schlitten wieder nach oben, im Schatten der Lichter, die die Piste beleuchten.

»Du bist dran.« Ich lasse Finn Platz nehmen und stoße ihn tüchtig an.

Hin und her tauschen wir den Schlitten, bis wir, verschwitzt und nass vom Schnee, uns beide daraufsetzen. Von der ungewohnten Bewegung zittern mir die Beine und meine Arme fühlen sich lahm an. Aber es geht mir prächtig.

»Einmal gemeinsam?« Finn schwingt sein Bein über mich hinweg und rutscht nach hinten, ich setze mich davor. »Eins, zwei, drei und los.«

Vor Lachen kann ich mich kaum darauf konzentrieren, mich festzuhalten. Wie in einem Rausch rasen wir die Piste hinunter, werden hin und her geschüttelt und fliegen ein kurzes Stück über den Buckel in der Mitte. Unten bremsen wir so scharf, dass wir eine kleine Kurve fahren und umkippen.

Kichernd landen wir in dem pulvrigen Schnee. Der Augenblick ist so wunderbar, so unbeschwert, so wie früher, dass ich liegen bleibe.

Bis Finn mir die Hand reicht und mich hochzieht. »Steh auf, Julie, es ist zu kalt, um liegen zu bleiben.«

Schweigend setzen wir uns nebeneinander auf den Schlitten. Finn nimmt den kleinen Rucksack von den Schultern und zieht meine Thermoskanne heraus. Es dampft, als er die heiße Schokolade in die Verschlusstasse gießt, und süßer Kakaoduft umweht uns.

Er reicht mir den Becher und sieht mich dabei an. Das Lachen von eben ist verschwunden. »Manchmal wünsche ich mir, wir hätten das Leben leben dürfen, das wir uns ausgemalt haben. Ich wäre so gern mit dir zusammen alt geworden.«

In diesem Moment wird mir bewusst, dass ich mir das nicht wünsche. Oh ja, ich habe es mir gewünscht, lange Jahre. Bis ich in Lukas den Freund gefunden habe, den ich nie wieder hergeben möchte. Den Mann, den ich über alles liebe. Dem ich so viel verschwiegen habe, weil es ein anderes Leben für mich ist.

»Nun schau nicht so erschrocken.« Finn stupst mich leicht mit der Schulter an. »Nicht immer müssen alle Wünsche in Erfüllung gehen, wovon sollten wir sonst schließlich träumen? Wäre unsere Scheidung nicht gewesen, wäre ich jetzt wahrscheinlich so ein alteingesessener Tierarzt wie Papa und kein Weltenbummler.«

»Du kannst noch immer Tierarzt werden.«

»Das will ich gar nicht, Julie. Ich liebe es, in der Welt herumzubummeln, neue Dinge zu sehen, Menschen kennenzulernen, zu verstehen, wer wir sind, zu helfen, wo Hilfe notwendig ist. Zumindest momentan. Wer weiß schon, was später ist, doch ich bin zuversichtlich, dass sich auch dann alles fügen wird. Vorerst ist die Welt mein Zuhause.«

Eine Träne rinnt mir warm die kalte Wange herab. »Lukas hat gesagt, ich solle erst einmal für mich selbst mein Zuhause finden.«

»Und er hat damit völlig recht. Vor zehn Jahren hast du dich selbst verloren, aber du verschließt die Augen davor. Das hast du damals getan und das machst du noch heute so.«

»Tue ich nicht«, schluchze ich.

»Warum bist du dann so bemüht, May und August zu helfen, die sich meiner Meinung nach sehr gut selbst helfen können? Du bist für sie bis nach Paris geflogen. Aber du schaffst es nicht, auf Lukas zuzugehen, für ihn auch nur irgendwohin zu gehen.«

»Woher weißt du denn schon wieder von Paris?« Ich krame in der Jackentasche nach einem Taschentuch und tupfe mir damit die Tränen trocken.

Finn wackelt mit den Augenbrauen und vertreibt so einen Teil der düsteren Stimmung. »Frühstück im Schloss. Gisela und Holger haben mich eingeladen. Und hey, sage ich nein zu einem Frühstück, persönlich zubereitet von der Küchengöttin Bille?«

»Du bist verfressen.«

»Und du bist unglücklich, obwohl es keinen Grund dafür gibt.«

»Ihr seid Tratschtanten!«

»Das sind wir nicht und das weißt du. Julie, wir sind deine besten Freunde und wir wünschen uns für dich, dass du glücklich bist. Aber du selbst stehst dir im Weg. Da ist dieser großartige Mann, der dich auf Händen trägt, den du über alles liebst. Das gibt es nicht allzu oft im Leben. Lass endlich die Vergangenheit sein, was sie ist, nämlich vergangen, aus und vorbei. Was glaubst du denn, was geschehen wird, wenn du endlich wieder zu dir selbst zurückfindest? Es wird sich nicht wiederholen, das kann es gar nicht, weil es vorbei ist.«

Kapitel 24

O wie Ostwind

Obst-Konfekt
Sonnige Orangenscheiben, saftige Aprikosenstücke,
süße Apfelspalten, zuckrige Trauben, edle Erdbeeren,
gebadet in einem Meer aus zarter, flüssiger Milchscho-
kolade, bestäubt mit feinstem Criollo-Kakao.

Irgendwann in der Nacht hat es aufgehört zu schneien. Von meiner Bank aus sehe ich in den tiefblauen Himmel mit einer strahlenden, goldenen Wintersonne. Ich bin fest eingewickelt in meinen wärmsten Mantel, die Hände versteckt in dicken Fäustlingen. Meine Lieblingsmütze habe ich mir tief in die Stirn gezogen und am Kinn als Schutz gegen den eisigen Ostwind zusammengebunden.

Immer wieder hallen Finns Worte von gestern in mir nach. Weil es vorbei ist. Diese Endgültigkeit ist es, die mir Angst macht. Diese Erkenntnis, nichts mehr tun zu können, keine Chance zu haben, es zu richten, es zu ändern, es ungeschehen zu machen.

Geblendet von all dem Schnee um mich herum und dieser merkwürdigen Helligkeit schließe ich die Augen. Doch die Schwärze, die ich nun sehe, quält mich noch mehr. Wieder starre ich durch die verschneiten Zweige der Buche in den Himmel. Ich ertrage den Blick nach vorn einfach nicht. Und dennoch bin ich hier. Zum ersten Mal.

Ich habe in den vergangenen Wochen so viele Fehler gemacht, womöglich zu viele Fehler, und das Schlimmste daran ist, ich habe nicht aus ihnen gelernt. Immer und immer wieder habe ich einfach nur weggesehen. Habe mich verbuddelt in Aufgaben und vermeintlichen Dingen, die ich meinte, tun zu müssen. Und dabei habe ich mich immer weiter von Lukas entfernt, obwohl wir uns so nah standen.

Mit einem Mal schluchze ich auf. Für eine Weile weine ich in meine Fäustlinge hinein, weil ich es noch immer nicht sehen will.

Ein Rascheln neben mir lässt mich zusammenzucken und ein Arm legt sich um meine Schulter. Als ich aufsehe, sitzt meine Mutter neben mir.

»Woher weißt du, dass ich hier bin?«, flüstere ich.

»Finn hat mich angerufen. Er hat mir erzählt, dass ihr gestern Abend geredet habt und er meinte, du hättest ihm gar nicht gefallen, als er dich nach Hause begleitet hat.« Die Sorgen spiegeln sich in den Augen meiner Mutter, deren dunkles Braun so warm schimmert.

»Es war ein langer Weg bis hierher. Und irgendwie fühlt er sich gerade wie das Ende von allem an.«

Sie nimmt den Arm von meiner Schulter, zieht sich die Handschuhe aus und berührt mein Gesicht. »Es ist aber der Anfang, Julie, dein Neuanfang.«

»Wieso?« Meine Stimme klingelt mir in den Ohren, weil ich so schreie, und sie zieht erschrocken die Hände zurück, aber nur, um mich fest in den Arm zu nehmen.

Leise wiegt sie mich hin und her.

»Wieso?« Dieses Mal flüstere ich.

»Das ist das Leben, Julie. Dinge geschehen, Menschen sterben.« Die Stimme meiner Mutter zittert, denn auch sie leidet.

»Aber wenn Finn und ich nicht diese dämliche Idee mit der Hochzeit gehabt hätten, wäre das alles nie passiert.«

»Vielleicht nicht. Aber dann wäre es später passiert.« Meine Mutter lässt ein wenig locker, damit sie mich ansehen kann. »Gweni war krank, das haben wir nicht gewusst, sie hat es niemanden wissen lassen. So war sie nun mal. Es war ein schrecklicher Zufall, dass ausgerechnet an dem Tag eurer Hochzeitsfeier ihr Herz einfach stehen geblieben ist. Julie, es ist nicht deine Schuld!«

»Ich bin aber der Anlass!« Ich löse mich aus den Armen meiner Mutter und setze mich aufrecht hin. »Wenn wir nicht so spontan geheiratet und euch damit überrascht hätten, könnte Gweni noch leben.«

»Nein, Julie. Das könnte sie nicht.«

»Woher willst du das wissen? Wir hätten sie schonen können!«

»Wir wussten es nicht, verdammt noch mal!« Nun ist es meine Mutter, die schreit. »Sie hat es ganz bewusst verschwiegen! Du bist nicht die Einzige, die sich Vorwürfe macht, Julie, bei weitem nicht. Warum glaubst du ziehe ich rastlos von Wohnung zu Wohnung? Irgendwann komme ich an den Punkt, wo nichts mehr zu tun ist, der Punkt, an dem ich die Stille, die aus den Ecken kriecht, nicht mehr ertrage. Die Erinnerungen an die letzten Tage und Wochen, Monate mit meiner Mutter winden sich in mir empor und ich frage mich immer wieder, wann ich es hätte merken müssen! Aber ich habe es nun mal nicht. Und damit muss ich leben! Genau wie du damit leben musst.«

Beide schluchzen wir hemmungslos und ich sehe das tränenüberströmte Gesicht meiner toughen Mutter, wie ich es noch nie gesehen habe, mein Schmerz darin gespiegelt. »Ich war nicht da, als es passiert ist, ich war einfach nicht da.«

Zart streicht sie mir über die Wange. »Aber ich war da.«

Endlich befreit uns das Sonnenlicht aus dem Schatten der Buche, der eisige Wind flaut ab. Der frischgefallene Schnee funkelt und mein Herz schlägt ruhiger.

Meine Mutter steht auf und reicht mir die Hand. »Komm.«

Ich weiß, wohin sie mit mir gehen möchte, und ich bin bereit.

Hand in Hand spazieren wir zu Gwenis Grab. Bisher dachte ich immer, ich würde zerbrechen, wenn ich es sehe. Aber ich bleibe heil. Wenn auch unendlich traurig und wund in meiner Seele.

Meine Finger sind von der Kälte so steif, dass ich kaum die Haustür aufschließen kann. Auch meine Mutter neben mir bibbert und klappert mit den Zähnen. Endlich schaffe ich es, die Tür aufzudrücken, und wir huschen schnell ins Haus.

»Funktioniert deine Heizung noch immer nicht?« Verwundert legt sich meine Mutter den Schal, den sie eben abgenommen hat, wieder um die Schultern. »Es ist eisig hier drin!«

Da ich momentan keine Lust dazu habe, meine Wohnungssituation zu diskutieren, gehe ich nicht darauf ein. »Der Ofen in der Stube ist vorbereitet, ich mache uns schnell eine heiße Schokolade, das wird uns auftauen.«

Noch in Gedanken an gerade, rühre ich hauchzarte, weiße Himbeerschokolade so lange in heißer Milch, bis sie cremig geschmolzen ist und der süße Duft nach Kakaobutter und fruchtigen Himbeeren mich umfängt. Feinporiger Milchschaum krönt das Getränk. Vorsichtig gieße ich es in eine Porzellankanne und suche zwei saubere Tassen dazu.

In der Stube hat meine Mutter den Kachelofen in Gang gebracht und dankenswerterweise qualmt er heute nur ein ganz kleines bisschen. Allerdings nicht so wenig, dass ich nicht das Fenster öffnen müsste. Aber nur ein kleines bisschen.

Meine Mutter schüttelt den Kopf und zieht zwei Sessel näher zum Ofen. Ich reiche ihr eine dampfende Schokolade sowie eine Fleecedecke und wir kuscheln uns in die Sessel.

Leicht pustet sie in ihre Tasse. »Schon damals habe ich es für einen Fehler gehalten, als du nach deiner Ausbildung und den Auslandsjahren zurückgekommen bist und unbedingt in Gwenis Haus ziehen wolltest. Ich wünschte, ich hätte mich durchgesetzt.«

»Das hättest du nicht geschafft, ich war so fest entschlossen, hier zu leben, wie ich entschlossen war, die Gelegenheit zu ergreifen und die Chocolaterie zu eröffnen.«

»Das Haus stand zu diesem Zeitpunkt schon fast sieben Jahre leer und auch vorher war es nicht unbedingt in bester Verfassung.« Meine Mutter trinkt vorsichtig einen Schluck ihrer Schokolade und sieht mich über den Rand der Tasse hinweg an. »Wusstest du eigentlich, dass ich einmal kurz davorstand, das Haus zu verkaufen? Einfach, um nicht mehr mit dir diskutieren zu müssen. Ich glaube, da warst du gerade in Belgien.«

Obwohl ich bei dieser Neuigkeit aufbrausen müsste, bleibe ich ruhig. Kein Grummeln bildet sich in meinem Bauch und kein instinktives Dagegenreden setzt ein. Fast beschleicht mich Wehmut, denn wer weiß, was es mir erspart hätte. Oder besser gesagt, was ich mir damit erspart hätte. Nachdenklich lehne ich den Kopf zurück. »Vermutlich würde ich dann jetzt mit Lukas zusammenwohnen.«

»Da bin ich mir sicher. Ihm haben wir es zu verdanken, dass du wieder nach Berlin gekommen bist.« Für einen Moment schweigt sie. »Ich habe dich vermisst in den Jahren, als du weg warst.«

Mein Herz klopft schneller. Das hat sie mir noch nie gesagt.

»Und wo wir schon mal bei all den Geständnissen sind«, meine Mutter grinst mich schief an, »die aber niemals diesen Raum verlassen werden, ich weiß auch ganz genau, wie sehr du mir die Scheidung von deinem Vater übel nimmst oder Gwenis von Opa Paule. Von deiner Tante und deinen Onkeln will ich gar nicht erst anfangen. Doch das sind allein unsere Angelegenheiten. Wir haben dir stets unser Bestes gegeben, wenn dir das nicht genug war, tut es mir aufrichtig leid.«

Verschämt schaue ich in meine Tasse. »Das weiß ich eigentlich. Und mir tut es leid, dass ich dich stets als Sündenbock abgestempelt habe. So war es einfacher für mich. Im Grunde genommen sind wir eine ziemlich tolle Familie.«

»Das will ich wohl meinen! Allein was du für deine Schwester und deinen Bruder in Paris gemacht hast, genauso wie für Ole und Orélie, war ganz bezaubernd.«

Ich sehe auf und grinse. »Bezaubernd? So ein Wort aus deinem Mund?«

»Weil die schlichte Wahrheit nun mal nach grandiosen Worten verlangt.« Meine Mutter prostet mir mit ihrer Tasse zu.

»Apropos grandiose Worte, wie waren eigentlich die Lesung und dein Rückflug?«

»Die Lesung war très bien und der Rückflug kurz und schmerzlos gestern Abend. Alles in allem eine äußerst gelungene, kleine Lesereise. Immer wieder gern.«

»Damit die Stille in den Ecken bleibt?« Vorsichtig beuge ich mich vor und nehme die Hand meiner Mutter.

Sie nickt leicht. »Manchmal auch das. Doch meist, weil ich es schlicht und ergreifend liebe.«

Für einen Moment bin ich wieder in Paris, vor dem leuchtenden Eiffelturm, den Geschmack der Macarons auf der Zunge. »Mama?«

Sie lacht leise. »So redest du mich nur noch selten an.«

»Meinst du, auf dem alten Schokorezeptbuch liegt ein Fluch?«

Nun lacht meine Mutter nicht mehr nur leise, nein, es schallt durch das ganze Haus.

Pikiert ziehe ich eine Augenbraue nach oben. »Na hör mal!«

»Hat dir Sunny einen verzauberten Floh ins Ohr gesetzt?« Meine Mutter bemüht sich redlich, ihr Lachen in den Griff zu kriegen, sie ist schon ganz rot im Gesicht.

Auch meine Wangen fühlen sich heiß an.

»Also doch. Aber bitte Julie, warum glaubst du daran?«

»Die letzten Schokoladen, die ich mit Hilfe des Buches gemacht habe, haben dazu geführt, dass sich erst August und dann May von ihren Partnern getrennt haben und, als ich das Buch weggesperrt habe, ging es in meiner Chocolaterie drunter und drüber!«

Meine Mutter zieht sich die Decke runter und fächelt sich Luft zu. »Erstens haben sich weder August noch May getrennt, sie hatten ein paar Probleme, nicht mehr und nicht weniger. Zweitens hatten sie die schon vor deinen Schokoladen und werden sie auch danach haben. Die vier sind einfach so. Im Gegensatz zu dir und Lukas, ihr beide seid eine ganz seltene Einheit, eigentlich gibt es euch nur in Romanen. Und drittens sagst du es selbst, seitdem du ohne dein heißgeliebtes Buch arbeitest, gibt es Chaos. Quod erat demonstrandum.«

Das ist ihr Beweis? »Dann heißt das aber im Umkehrschluss, dass ich ohne das Buch keine gute Schokolade hinbekomme!« Das ist ja noch viel schlimmer, als damit etwas anzurichten!

»Das heißt im Umkehrschluss, dass du dir viel zu viele Gedanken machst! Wenn du auf der Suche nach Inspiration bist und in dem Buch blättern möchtest, tu es, und wenn nicht, dann nicht. Es ist ein tolles Buch und mit den Rezepten und Ideen, die du hineingeschrieben hast, ist es noch tausendmal toller geworden!« Wie zur Bestätigung ihrer kleinen Rede klatscht meine Mutter in die Hände. »Und eines Tages reichst du das alte Schokoladenbuch an deine Tochter weiter und sie wird ihre

Ideen hineinschreiben und Köstlichkeiten nachbasteln, die du dir ausgedacht hast.«

Ich hebe den Arm und ziehe den Ärmel meines Pullovers hoch. »Wow, jetzt habe ich Gänsehaut.«

»Vertrau dir mehr selbst, Julie. Du bist eine großartige junge Frau mit einem großartigen Herzen. Und weil auch deine Schokolade so großartig ist, hätte ich gern noch ein Tässchen davon.« Sie hält mir die leere Tasse hin und ich schenke ihr und auch mir frische Schokoladenmilch nach. »Da fällt mir ein, du hast doch die *Schokofee* heute nicht schon wieder im Stich gelassen, oder?«

»Woher weißt du denn von meinem Lapsus mit der geschlossenen Chocolaterie?« Ich ziehe einen Flunsch und schnuppere an meiner Tasse.

»Von deinem Vater. Der weiß es von Enno, der hat es von Leander gehört, der bekam es von Holger erzählt, der selbstverständlich von den Herren Munzel und Wester informiert wurde.«

»Selbstverständlich. Fehlt ja eigentlich nur noch Cerstin Richter-Kotowski. Oder auch nicht, denn die Tratschweiber, die du gerade aufgezählt hast, waren ja Männer.«

Meine Mutter kichert und ich verdrehe die Augen. »Wie auch immer. Nein, ich habe heute nicht vergessen, die *Schokofee* zu öffnen. Ich habe Bille gebeten, vormittags die Stellung zu halten. Sie hat es mir schon oft angeboten, aber bisher habe ich mich immer gesträubt das anzunehmen. Sie hat im Schloss genug selbst zu tun. Zumal sie ja unter Fräulein Lottes Fuchtel steht.«

»Ach ja, das gute alte Fräulein Lotte. Wo es auftaucht herrscht Ordnung.« Meine Mutter blickt um sich und verzieht den Mund. »Du solltest Fräulein Lotte mal dringend hierher einladen.«

»Das war nicht nett.«

»Aber wahr.«

Ein Holzscheit knackt im Ofen und der Wind pfeift ums Haus. Ich könnte mir einreden, dass ich es hier gemütlich habe, eingekuschelt in eine weiche Decke vor dem warmen Kachelofen, eine Tasse mit delikater heißer Schokolade in der Hand, abgeschirmt vom Winter draußen. Doch dem ist nicht so.

Ich fröstele selbst unter der Decke, die heiße Schokolade in der Tasse ist längst kalt und vor den kalten Winterwinden schirmen mich weder die undichten Fenster noch die verzogene Tür und schon gar nicht das marode Dach ab. Von dem verrauchten Kachelofen will ich erst gar nicht anfangen.

Und auf einmal sehe ich meinen Weg so klar vor mir, als hätte ich nach einem langen Schlaf die Augen geöffnet. Alle Puzzleteile finden endlich ihren Platz. Lukas, die *Schokofee*, dass ich damals gemeinsam mit ihm zurück nach Berlin gekommen bin, ohne den Mut zu finden, wirklich mit ihm zusammen zu sein, und dabei so viele Umwege in Kauf genommen habe.

»Du seufzt, als wäre dir deine beste Schokolade verklumpt.« Meine Mutter neigt den Kopf zur Seite und sieht mich an. »Lukas?«

»Vor eineinhalb Jahren habe ich mich so unglaublich über seinen Heiratsantrag gefreut. Das war alles so richtig. Das Drumherum, er und ich. Und was habe ich daraus gemacht? Murks habe ich gemacht.« Mit einem großen Schluck trinke ich meine Tasse leer und stelle sie auf den Tisch. Dann stehe ich auf, denn ich fühle mich plötzlich so zappelig.

»Aber dieser Murks lässt sich doch wieder richten.«

»Ich habe große Angst, dass ich ihn einmal zu oft vertröstet habe. Ich bin mir nicht mehr sicher, dass er mir verzeiht.«

Nun steht auch meine Mutter auf und stellt sich zu mir ans Fenster, von dessen Rahmen der alte, mehr graue als weiße Lack abbröselt. »Wir reden hier von Lukas, einem der anständigsten Menschen, die ich kenne. Und ich will nicht sagen, dass er dir alles verzeiht, aber das, was dich gerade quält, oder wohl eher die letzten Jahre schon gequält hat, das ganz sicher.«

»Ich will ihn nicht verlieren.«

»Dann sage es ihm.«

Ich lege die Stirn gegen die kühle Scheibe und pule an einem Holzsplitter auf dem Fensterbrett herum. »Das habe ich doch schon.«

Sanft zieht meine Mutter meine Finger zurück und wischt die Krümel vom Lack. »Dann sagst du es ihm halt noch einmal. Und zwar in einer Sprache, die er versteht! Und dieses Mal machst du es richtig.«

Die Hoffnung, die meine Mutter in mir sät, zusammen mit dem großen Schritt, den ich heute endlich gemacht habe, lässt mich tief durchatmen. Die Last der vergangenen Jahre, die Last dieser unsäglichen Trauer, dieser schweren Schuldgefühle, beginnt sich zu heben. Mein Herz, meine Seele, mein ganzes Ich fühlen sich leichter an und ich beginne loszulassen.

Zärtlich lehne ich den Kopf gegen den meiner Mutter. »Ich fühle mich gerade wie Zuckerwatte. So habe ich mich das letzte Mal gefühlt, als ich mit Gweni welche gemacht habe. Rosa Himbeerzuckerwatte. Wir waren über und über mit den feinen Zuckerfäden beklebt. Dieser Tag war so mühelos. Es war einer der letzten mit ihr.«

Meine Mutter streicht mir sanft über den Rücken und küsst mich auf die Wange. »Dann hopp, ab mit dir in deine Chocolaterie, mach die allerschönste rosa Zuckerwatte und sieh zu, dass es einer der ersten Tage mit Lukas und dir in eurem gemeinsamen Leben wird.«

Kapitel 25

F wie Fluch

Feigen-Trüffel
Mit Muscovado karamellisierte Dauphine-Feigen,
übergossen mit feinem Orangensaft, verrührt in fri-
scher Sahne, vermengt mit delikater Edelbitterschoko-
lade aus kräftigen Criollo-Kakaobohnen, gepflückt am
Fuße des Pico Bolívar.

Der sonnenübergossene Himmel malt Licht und Farbe in den Tag und der verschneite Weg zur Chocolaterie funkelt und glitzert um die Wette mit dem Schloss und dem dahinterliegenden Wannsee.

Mit den besten Absichten rausche ich wenig später in die *Schokofee*. Voller Tatendrang und Ideen wirbeln Gedanken in meinem Kopf umher, prallen aufeinander, verschmelzen miteinander und irgendwie passt alles zusammen.

Viel zu lange habe ich mich von meiner Vergangenheit jagen lassen. Es wird Zeit, dieses Kapitel zu schließen.

»Hallo ihr Lieben!« Schwungvoll schließe ich die Tür hinter mir und winke den Gästen im Wintergarten zu. Alle Tische sind besetzt, es duftet nach cremigem Kakao und süßer Vanille, vermischt mit Zimt und Lebkuchen.

Zufriedenes Murmeln begleitet meinen Weg. Sehr schön, Bille hat alles bestens im Griff, wie ich sehe.

An der Schokobar halte ich inne. Das sieht ihr aber nicht ähnlich, dass sie angebissene Kostproben liegen lässt. Schnell klaube ich einen angefutterten Kokosmakronenriegel und ein paar angeknabberte Schokomandeln sowie diverse Pralinen von den kleinen Tellern, die überall herumstehen.

»Ah Julie, da bist du ja schon.« Aus der Küche kommt mir Holger entgegen, Enno im Schlepptau. Beide tragen mit all der ihnen zur Verfügung stehenden Männlichkeit die pinken Schürzen der Chocolaterie mit dem herzigen *Schokofee*-Logo.

Enno klopft auf sein Walkie-Talkie, das er an der Seite am Gürtel trägt. »Wir haben alles im Griff.«

Ich luge an ihnen vorbei in die Küche und werfe einen raschen Blick ins Büro. »Wo ist Bille?«

»Fräulein Lotte hat sie rüber beordert, weil es bei dir länger gedauert hat. Das Mittagessen für die Gäste sollte zubereitet werden.« Enno zuppelt an der grasgrünen Schiebermütze auf seinem Kopf, die sich so vortrefflich mit seiner Schürze beißt. »Du weißt ja, wie Lottchen so ist, von wegen Gäste lässt man nicht warten und so weiter.«

»Aber wie gesagt, wir haben hier übernommen und alles im Griff.« Begeistert reibt sich Holger die Hände.

Das klingt alles furchtbar nett und sieht auf den ersten Blick auch recht gut aus, wenn da kein Aber in Form von schokoverschmierten Mündern wäre und kein weiteres Aber in Form von angebissenen Schokoladen, die in der Chocolaterie herumliegen. Und ein ganz großes Aber, da die beiden bisher in der *Schokofee* lediglich Gäste waren, zwar häufige Gäste, aber dennoch nicht mehr.

Tausend Besucher fallen mir ein, die in diese Szenerie platzen, und von diesen tausend sind neunhundertsiebenundneunzig vom Gesundheitsamt.

Die restlichen drei sind meine Mutter, Gisela und Vianne, die sich köstlich über das Schokodebakel amüsieren würden.

So schnell wie noch nie räume ich auf und entferne alle angeknabberten Spuren. Ich kann der Schlossherrenerziehung nur auf Knien danken, dass die beiden für jedes Fitzelchen Schokolade einen Teller benutzt haben und ich so ihrer Schneise folgen kann.

Umständlich entledigen sich Holger und Enno ihrer Schürzen und lassen sich überreden, wohlverdienten Feierabend in der Chocolaterie zu machen und sich lieber wieder ihrem Schachspiel zu widmen, das sie extra für mich haben sausen lassen. Allerdings nicht, ohne mir nachdrücklich zu versichern, stets und immer für mich einzuspringen, sollte Not an der Frau sein. Denn sie fanden es fabelhaft.

Fast meine ich, dass sie extra lange trödeln, um nicht zu ihrem Schachspiel zurückkehren zu müssen. Nachvollziehen kann ich das total, denn spätestens nach dem dritten Zug befinde ich mich jedes Mal im Tiefschlaf, wenn ich zu diesem Spiel genötigt werde. Besser als jeder Schlaftee.

Nun gut, nach diesem ungeplanten Zwischenfall kümmere ich mich erst einmal darum, die *Schokofee* fast so schön aufzuräumen wie Fräulein Lotte. Gerade die weihnachtlichen Leckereien neigen sich dem Ende zu und ich fülle alles nett angerichtet auf.

Ich muss unbedingt für Nachschub sorgen! Aber zuerst ist Lukas dran – sehr wichtig und sehr dringend.

Da es mittlerweile kurz nach fünf Uhr ist, leert sich die *Schokofee*. Eine halbe Stunde später verabschiede ich mit einem Winken die letzten Gäste und schließe.

Für Lukas möchte ich eine ganz besondere Schokolade zaubern und ich weiß auch ziemlich genau, wie ich das anzustellen habe. Doch ein i-Tüpfelchen fehlt mir noch, zwar nicht als Zutat, so doch quasi als Glitzerschicht auf dem Ganzen.

Ich ziehe mir meine Jacke über und laufe durch die klirrende Kälte zum Schloss. Obwohl es nun wahrlich nicht weit ist, kribbelt meine Nase eisig und mir frieren Mund und Wangen ein. Schnell schlüpfe ich durch das Schlosstor und bleibe überwältigt in der Halle stehen.

Neben der Freitreppe thront ein Weihnachtsbaum wie aus einem Märchen gezaubert. Wunderschöne, dichte Äste strecken sich und wirken, als würden sie mich umarmen wollen. Raffiniert versteckte Lichterketten strahlen warmgoldenes Licht in den Raum und dieses spiegelt sich in silbernen Kugeln.

Darunter stapeln sich glänzend rot verpackte Geschenke und ich kann nicht anders als hinzugehen. Wie herrlich es hier nach Tannenwald duftet! Und nach gebackenen Äpfeln mit gerösteten Mandeln. Mmh.

Kurz blicke ich mich um und beuge mich rasch hinunter, um eines der Päckchen zu schütteln. Als ich es hochhebe, kommt Kater Nörgi zum Vorschein, der flach wie eine Flunder unter dem Baum liegt. Seinem genervten Blick nach zu urteilen, ist er nicht sonderlich amüsiert darüber, seine Päckchen mit mir teilen zu müssen.

»Ist ja gut.« Über mich den Kopf schüttelnd, lege ich das Geschenk wieder zurück, nur Katerles Schwanzspitze ist noch zu sehen.

Und Piepsi, der von der Seite angeschossen kommt und mitten hineinspringt in diesen roten Spielplatz. Ein Kind im Bällebad könnte nicht mehr Freude haben als dieser verrückte Kater.

»Raus mit dir.« Lachend verscheuche ich Piepsi, der, befeuert durch mein Handwedeln, noch mehr aufdreht und plattmacht, was in seine Reichweite kommt.

Nörgi beendet die Tollerei des Jüngeren mit einem gezielten Hieb seiner Pfote. Als Piepsi daraufhin davonhüpft, um sich einen neuen Ort für seinen Schabernack zu suchen, rollt sich der alte Kater wieder ein und schnurrt zufrieden.

Ich richte die ramponierten Päckchen so gut es geht und drücke die eingequetschten Ecken gerade. Die Seiten mit den Kratzspuren drehe ich nach hinten. Mit vier, fünf Schritten Abstand sieht das Ergebnis recht annehmbar aus.

»Frau Blum, bitte was haben Sie nun wieder mit Ihrer Hektik angerichtet.« Fräulein Lotte eilt an mir vorbei, ein Tablett mit gefüllten Sektkelchen tragend. Ihr Blick umrundet mich regelrecht und scannt jedes einzelne Paket unter dem Baum.

Abwehrend hebe ich die Hände. »Nichts! Die Kater waren das.«

Fräulein Lotte schüttelt den Kopf, doch offensichtlich fehlt ihr die Zeit, mich weiter zu rügen, denn sie bleibt nicht stehen. »Ich bitte Sie, Kater rütteln wohl kaum an

Geschenken. Wohlgemerkt an Geschenken, die lediglich zu Dekorationszwecken dienen! Sie entschuldigen mich bitte. Die Gäste des Schlosses warten auf ihren Aperitif und Gäste lassen wir selbstverständlich nicht warten. Damit, dass Sie mir heute Vormittag Frau Viersturm so lange entwendet haben, haben Sie sehr viel Hast und Durcheinander angerichtet, Frau Blum! Guten Abend, bitte.«

Ein wenig komme ich mir gerade vor wie eine jener Figuren, die sich um sich selbst drehen, nachdem an einer Schnur gezogen wurde. Diesen Effekt beherrscht Fräulein Lotte auf das Vorzüglichste. Dabei hatte ich eigentlich vor, mich zum Abendessen unauffällig in das Schloss zu schleichen, doch dazu muss ich wohl oder übel an der gestrengen Hausdame vorbei.

»Du hast es gut, Katerle«, murmele ich Nörgi unter dem Baum zu, »du musst nur rumliegen und schnurren.«

Da mich der Kater völlig ignoriert, setze ich meinen ursprünglichen Weg fort und gehe endlich in die Bibliothek, um mir mein Schokorezeptbuch zurückzuholen.

Doch in dem Regal neben dem Kamin ist es nicht. Dabei bin ich mir sicher, es in das zweite Fach von oben zwischen zwei ledergebundene Atlanten geschoben zu haben.

Doch die stehen nebeneinander, als hätte sie nie etwas getrennt. Fast so, als hätten sie mein Rezeptbuch verschluckt. Gänsehaut kriecht an meinen Armen empor.

So ein Blödsinn! Energisch gebe ich einem der beiden Bücher einen Stups, sodass es nach hinten rutscht. So sieht es schon viel weniger gruselig aus. Doch mein Schokobuch taucht noch immer nicht auf.

Merkwürdig. Oder hatte ich es doch in ein anderes Fach gestellt? Ein anderes Regal vielleicht?

Reihe für Reihe gehe ich die Bücher durch, lasse meinen Blick von unten nach oben und wieder zurück gleiten. Und je weiter ich mich von der Stelle entferne, desto sicherer bin ich mir, dass es jemand weggenommen haben muss. Trotzdem suche ich weiter.

Wie blöd von mir, das Buch überhaupt aus der Hand zu geben! Zu Recht ist es jetzt beleidigt und versteckt sich vor mir. »Wo bist du? Los zeig dich! Accio Buch.« Ich strecke die Hand aus. »Accio Schokorezeptbuch. Accio Schokoladenrezeptbuch.«

So ein Schmarren!

Riddikulus!

Laute Stimmen aus der Eingangshalle lassen mich mit dem Suchen innehalten. Ich kann es kaum glauben, denn eine Stimme gehört Fräulein Lotte – bisher dachte ich immer, sie könne nur in Zimmerlautstärke reden.

Was auch immer da draußen los ist, es lohnt sich definitiv zu lauschen. Doch noch ehe ich mich an die Tür der Bibliothek herangepirscht habe, rauschen Fräulein Lotte und Bille herein.

»Ich streike!« Bille stellt sich vor mich, die Hände fest in die Taille gestemmt.

Fräulein Lotte stellt sich zwischen uns und mit dem Rücken zu mir. »So ein Nonsens! Frau Viersturm, bitte begeben Sie sich sofort zurück in die Küche und richten Sie das Abendessen für die Gäste fertig an!«

»Nein.«

Wow, wie viel Kraft so ein Wörtchen haben kann. Fast rutschen alle Bücher in den Regalen um ein Stück zurück.

Um beide besser im Blick zu haben, gehe ich um die Hausdame herum, die sich gerade den Zwicker von der Nase reißt.

»Was ist denn überhaupt passiert?«

»Was passiert ist? Nichts!« Bille antwortet mir, ohne mich anzusehen, denn sie starrt Fräulein Lotte in Grund und Boden. Und das ganz ohne ihre Schürze in den Händen zu verknautschen. »Lediglich Frau Viersturm, bitte hier und Frau Viersturm, bitte dort! Kein Danke zum Bitte! Kein Gut gemacht zum Bitte! Wir lassen Gäste nicht warten! Aber mich warten zu lassen, das geht wunderbar!«

Billes Ausbruch überrollt mich und fegt mir die Worte aus dem Mund. Fräulein Lotte hingegen holt tief Luft und sieht aus, als würde sich ihr das Fell sträuben. »Bitte, ich habe Sie lediglich gebeten, für heute einen Extragang für das Abendessen vorzubereiten, da Sie zum Mittagessen nur eine Suppe aufgetischt haben, der ein simpler Schokoladenpudding folgte!«

Oh! Ich fürchte, ich weiß nun, worauf dies hinausläuft. Meinetwegen hatte Bille weniger Zeit für das Mittagessen der Schlossgäste und es anscheinend kreativ verkürzt. Das soll sie nun wiedergutmachen. Nur duldet Fräulein Lotte keinerlei Kürzungen bei den Schlossgästen.

Mutig wie noch nie in meinem Leben werfe ich mich zwischen die Hausdame und Bille. »Ich helfe Bille selbstverständlich. Schließlich ist es mein Verschulden, dass sie vorhin zu spät zu ihrer eigenen Arbeit gekommen ist.«

»So beginnen Sie doch bitte keinen Satz mit ich, Frau Blum! Wie oft soll ich Ihnen das noch sagen ...«

»Und übrigens, das nervt mich noch viel mehr! Ständig dieses *So beginnen Sie doch keinen Satz mit*!« Die Frevel nehmen kein Ende, denn Fräulein Lotte ins Wort zu fallen ist ein absolutes No-Go! »Ich bin für heute mit meiner Arbeit fertig, Fräulein Lotte. Wenn Sie einen Gang mehr wünschen, machen Sie ihn doch selbst. Bitte!«

Damit dreht sich Bille um und schreitet erhobenen Hauptes aus der Bibliothek.

Fräulein Lottes Mund steht offen. Meiner vermutlich ebenso.

»Okay«, flüstere ich schließlich und entferne mich rückwärts von der fassungslosen Hausdame. »Ich suche mal weiter nach meinem Buch. Sie schütteln bestimmt einen hervorragenden Gang aus dem Handgelenk.«

»Ich kann nicht kochen.«

Bäm. Der Satz sitzt und ich bleibe mitten in der Bewegung stehen. Sie hat eben gesagt, sie kann gut kochen, oder? Vielleicht sogar sehr gut. »Sie können nicht kochen?«

»Nun sehen Sie mich bitte nicht so entsetzt an, Frau Blum. Es gibt durchaus Dinge, die sich meiner Kenntnis entziehen, und dazu gehört definitiv, einzelne Lebensmittel so sinnvoll miteinander zu kombinieren, dass eine schmackhafte Mahlzeit daraus entsteht. Gemeinhin bekannt ist diese mühselige Tätigkeit als kochen.« Fräulein Lotte blickt noch immer in die Richtung, in die

Bille verschwunden ist, und ihr Wunsch, Bille möge doch bitte, bitte zurückkommen, schwebt wie ein Heißluftballon über ihr.

So tatenlos habe ich Fräulein Lotte noch nie gesehen und so übernehme ich das Kommando. »Ach, das macht doch nichts, kochen liegt nicht jedem. Ich suche rasch Gisela und dann zaubert sie bestimmt schnell etwas Leckeres.«

»Gisela ist mit Herrn Wessner beim Weihnachtsdîner der Stiftung Preußischer Kulturbesitz. Im Übrigen gleichen Giselas Kochqualitäten in etwa den meinen.« Fräulein Lotte starrt und starrt und starrt und bewegt sich nicht einen Millimeter.

Je mehr sie starrt, desto hibbeliger werde ich. »Dann lassen wir den zusätzlichen Gang eben aus. Wie ich Bille kenne, hat sie ein ganz vorzügliches Abendessen vorbereitet.«

»Frau Blum! Bitte, das ist so nett von Ihnen, dass Sie mir Ihre Hilfe anbieten. Was wollen wir als Zwischengang servieren?«

Bitte? Wo in diesem Gespräch habe ich meine Hilfe angeboten? Aber wenigstens bewegt sie sich wieder, allerdings auf mich zu. »Wie kommen Sie darauf, dass ich jetzt koche?«

»Sie haben doch eben gesagt, *wir* lassen den zusätzlichen Gang aus. Da dies natürlich absolut indiskutabel ist, richten *wir* gemeinsam etwas Nettes an. Bitte.« Sie setzt sich ihren Zwicker auf die Nase und bedeutet mir, ihr zu folgen. »Nach Ihnen, bitte.«

»Es tut mir wirklich leid, Fräulein Lotte, aber ich kann nicht, weil ich selbst noch so viel zu tun habe.« Und absolut und überhaupt keine Lust habe zu kochen. »Wie wäre es mit Enno? Der geht Ihnen sicher sehr gern zur Hand.«

»Herr Boltenhagen ist nach der Schachpartie mit Herrn Wessner aufgebrochen, um, ich zitiere, mal wieder sein Spatzl zu treffen. Selbst wenn er hier wäre, ist er ein durchaus passabler Esser, aber kein Zubereiter. Vermutlich weiß er bei einem Brot nicht einmal, wo vorn und wo hinten ist.«

Hat ein Brot überhaupt ein Vorn oder Hinten? Egal. Ich will meinen Abend nicht in einer Küche verbringen, vor allem, da ich gehofft hatte, eher selbst in den Genuss des von Bille Gekochtem zu kommen.

»Selbstverständlich sind Sie zum Abendessen eingeladen, Frau Blum.«

Erschrocken lege ich die Hand auf den Mund. Sieht sie meinen Hunger?

»Bitte Frau Blum, ich brauche Sie.«

Fräulein Lotte steht aufrecht vor mir, den Rücken gerade durchgedrückt. Und ich muss an die vielen Male denken, als Bille mir geholfen hat, genauso wie Gisela und auch an das eine – sehr hervorragende – Mal, als Fräulein Lotte eingesprungen ist. »Okay, let's get started.«

»Bitte ohne Englischisierung unserer wundervollen deutschen Sprache, Frau Blum.«

Augenrollend gehe ich vor ihr her.

»Frau Blum, bitte verzichten Sie auf Ihr Augenrollen, ich höre dies.«

Drei Stunden und fünf Nervenzusammenbrüche später haben wir das Abendessen überstanden. Noch in wohlmeinender Eintracht haben wir den Kühlschrank inspiziert und uns zu einer bunten Gemüseplatte mit Maronen entschlossen, perfekt abgestimmt auf Billes Minestrone, der Auberginenpasta mit Parmesan und dem abschließenden Gurken-Zitronen-Sorbet.

Easy-peasy! Ein bisschen Gemüse schälen und schnippeln, andünsten und braten, würzen und nett anrichten.

Die Küche sieht aus, als wäre uns das Gemüse explodiert. Was es auch irgendwie ist. Billes Wahnsinnsluxus-Hightech-Ofen ist aber auch ein Biest. Und die Tatsache, dass Fräulein Lotte und mir nicht klar war, wer das Sagen hat, war nicht förderlich für unser Unternehmen.

Vermutlich hätte der Brokkoli mehr Aufmerksamkeit benötigt, ähnlich wie der Blumenkohl. Auch die Maronen haben wir überaus stiefmütterlich behandelt. Aber wir haben es geschafft! Vielleicht gehen wir nicht unbedingt als Siegerinnen vom Platz, aber den Gästen hat es geschmeckt – zumindest Billes Gänge.

Ermattet sitzen wir nebeneinander auf der Küchenbank, die Beine weit von uns gestreckt.

»Frau Viersturm leistet hier jeden Tag enorm viel gute Arbeit. Bisher dachte ich nicht daran, ihr zu danken. Schließlich ist es ihre Aufgabe. Doch dies werde ich schnellstens nachholen!« Fräulein Lotte steht auf, holt eine Flasche Mineralwasser aus dem Kühlschrank und schenkt mir ein Glas ein. »Danke auch Ihnen, Julie. Ohne Sie wäre ich heute auf verlorenem Posten gewesen.«

Eines muss ich der gestrengen Hausdame lassen, was sie macht, macht sie voll und ganz.

Kapitel 26

E wie Erlesen

Espresso-Ganache
Panamaischer Casa Ruiz Espresso, aufgelöst in rah-
miger Alpensahne, verschmolzen zu einer Creme des
höchsten Genusses.

Da ich bis zum Termin mit Herrn Schild noch ein wenig Zeit habe, brühe ich mir einen zimtig duftenden
Weihnachtstee und mache es mir damit und einem
Stück Honigprinten in der Stube gemütlich. Fest umwickele ich mit einer Decke meine Beine.

Seit Mays Auszug vorgestern ist es sehr still im Haus.
Wobei still es nicht ganz trifft. Der Wind heult durch
alle möglichen Ritzen und Fugen, die Dielen knarren
bei jedem Schritt und die Rohre gurgeln und glucksen,
als hätten sie Frösche verschluckt.

Ich schließe die Augen, um die alltäglichen Geräu-
sche, die zu diesem Haus gehören, noch intensiver
wahrzunehmen. Der antike Kühlschrank brummt tapfer gegen die zunehmende Wärme in seinem Inneren
an, die Standuhr tickt mal mehr, mal weniger hektisch,
aber immer knapp an der richtigen Zeit vorbei. Ein Ast
schabt über das Fenster.

Lukas hat gesagt, ich solle mein Zuhause für mich finden. Lange Zeit hat etwas in mir gerufen, ohne dass ich es verstanden habe. Ohne, dass ich es verstehen wollte.

Nun nehme ich Abschied, denn mein Zuhause ist bei mir und nicht in Gwenis Haus.

Draußen beginnt es hell zu werden und ich höre das Gartentor quietschen, mehrfach. Merkwürdig. Vielleicht versucht Herr Schild, es zu reparieren. Aber daran haben sich schon viele Möchtegern-Zaunbauer die Zähne ausgebissen.

Rasch stehe ich auf, ziehe mir eine Jacke über, schlüpfe in ein Paar Gartenschuhe und gehe nach draußen.

Mit einem Ruck bleibe ich stehen.

Es ist mitnichten Herr Schild, der zehnmal durch das Gartentor spaziert, sondern mein Garten ist voller Menschen. Die Hälfte davon kenne ich gut und liebe sie. Sie sehen mich grinsend an und klatschen sich gegenseitig ab. Die andere Hälfte blickt abwechselnd von mir zu Gwenis Haus.

»Was macht ihr denn alle hier?« Nacheinander begrüße ich mit einer Umarmung May, Ole, August, Orélie, meine Eltern, Holger, Enno, Vianne, Conrad, Finn, Bille und Leander. Und Herrn Schild. »Habe ich meinen Geburtstag vergessen?«

»Vielleicht hast du ja auch mal wieder ein paar Tage durcheinandergebracht und heute ist eigentlich Weihnachten?« Vianne kuschelt sich enger an Conrad, denn ein eisiger Wind pfeift uns um die Ohren.

»Oh, das glaube ich nicht, denn dann wärst du ganz sicher heute nicht hier, es sei denn, du vergisst deine eigene Hochzeit.«

»Meine was?« Sie strahlt über das ganze Gesicht und sieht Conrad augenzwinkernd an.

Der drückt ihr einen Schmatzer auf die Stirn. »Du weißt schon, dieses Ding, wo wir beide uns schick anziehen und wofür du mittlerweile schon drei Kleider hast, und dann müssen wir noch brav ja sagen, wenn wir etwas gefragt werden, und anschließend darf ich dich küssen.«

»Küssen hört sich gut an.«

»Genau, küssen hört sich hervorragend an, aber deswegen sind wir nicht hier.« May hakt sich bei mir unter und zeigt auf den jungen Mann, der neben ihr steht. »Darf ich vorstellen, Tony. Er ist so etwas wie der MacGyver unserer Bodencrew und außerdem gelernter Fensterbauer.«

Tony aka MacGyver reicht mir die Hand. Wobei er keinerlei Ähnlichkeit mit dem Tinker Hero hat – weder mit dem älteren noch mit dem jüngeren Exemplar. Viel eher schon mit Robert Downey jr. – unglaublich, was meine Schwester für Männer kennt.

»Stefan, der beste Dachdecker weit und breit«, stellt August seinen Begleiter vor und haut ihm kräftig auf die Schulter. »Wir kennen uns vom Laufen.«

Stefan schüttelt mir mit einem außergewöhnlich festen Druck die Hand. »Normalerweise sieht mich dein Bruder aber nur von hinten.«

»Ich krieg dich schon noch irgendwann.«

»Aufgeben ist nicht so das Ding meines Bruders.«

August nickt demonstrativ. »Genau, kann den ganzen Tag so weitergehen.«

»Aber zuerst stelle ich dir Natalia vor, sie wird deine alten Möbel wieder in Schwung bringen.« Orélie schiebt sich mit einer zierlichen Frau zwischen meinen Bruder und mich.

»Freut mich, dich endlich kennenzulernen. Orélie bringt uns bei unseren Mädelsabenden immer deine Cognacschokolade mit. Ich habe so ähnliche vor Jahren mal in Budapest probiert und nie vergessen.«

»Genau! Und wehe ich vergesse sie bei unseren Treffen.« Prompt zieht Orélie aus der Jackentasche ein Tütchen mit besagter Nascherei und reicht sie Natalia. »Und glaube mir, ich weiß ganz genau, warum du auf mindestens zwei Treffen in der Woche bestehst.«

Natalia steckt sich sogleich ein Stück Schokolade in den Mund und zwinkert mir zu. »Was immer nötig ist.«

Reihum geht es weiter mit Namen und Daten und Fakten. Bald schwirrt mir der Kopf vor Bruno und Clemens und Thore, Maria und Virginia und ihren unterschiedlichen Tätigkeiten, die vom Keller bis zum Dach und einmal quer durch den Garten rund um das Haus reichen.

All diese Menschen haben gemeinsam, dass sie hier sind, um Gwenis Haus ein dringend benötigtes Makeover zu schenken. Und mir fällt es von Minute zu Minute schwerer, zu glauben, was gerade passiert. Meine Gefühle verflechten sich zu einem unaussprechlichen Wirrwarr aus Glück und Unglauben, unbändiger Freude auf die Zukunft und vor allem tiefer Dankbarkeit.

Ich stammele wilde Dankesworte, drücke alle und jeden fest an mich und kann es nicht verhindern, dass sich meine Augen mit Tränen füllen.

Schließlich übernimmt Herr Schild das Kommando über seine Gruppe und führt sie um das Haus, nachdem ich nur nicken konnte, denn zu mehr fühle ich mich im Moment nicht fähig. »Herrschaften, versammeln! Und ick bin übrigens der Nick!«, ruft er mir fröhlich im Vorbeigehen zu.

»Julie«, hauche ich ihm hinterher.

Ehe ich auch nur einen Gedanken sortieren kann, verabschieden sich meine Familie und Freunde von mir und schlendern ihren eigenen Tagewerken entgegen. Nur May bleibt neben mir stehen. »Überraschung.«

Schweigend sehe ich meine Schwester an. Die Sonne, die vom blauen Winterhimmel lacht, lässt ihr braunes Haar glänzen. Ihr strahlendes Lächeln und funkelndes Wesen sind zurück, was mich zufrieden seufzen lässt. Fest nehme ich sie in den Arm. »Ihr seid der Wahnsinn!«

»Ich weiß.« Sie lacht, wie Tinkerbell nicht schöner lachen könnte, und befreit sich aus meiner Umklammerung.

»Wie soll ich euch allen bloß dafür danken?«

»Wir danken dir, Julie. Du bist immer zur Stelle, wenn jemand dich braucht, egal wie viel du selbst gerade zu bewältigen hast. Außerdem haben August und ich schon lange ein schlechtes Gewissen, dass wir dich mit dem alten Haus allein gelassen haben.«

Einen Moment lang merke ich, wie ich wieder auf Abstand gehen will, um dieses Thema zu vermeiden. Doch ich zwinge mich, zu bleiben. »Es war damals meine Entscheidung, in das Haus zu ziehen. Ich habe euch ja gar keine Wahl gelassen.«

»Trotzdem hätten wir uns schon viel früher zusammen darum kümmern müssen. Gweni hätte es so gewollt.« May wendet sich zum Haus um und beobachtet

Nick und seine Truppe, die diskutierend vor der Tür stehen.

»Ich wollte es aber nicht.«

»Ich weiß.« Meine Schwester lächelt und nickt. »Wir haben letzten Mittwoch, als wir uns alle abends getroffen haben, lange darüber geredet. Aber Mama meinte, dass jetzt genau der richtige Zeitpunkt sei.«

Und mit einem Mal fällt eine Last von mir ab, von der ich gar nicht gewusst habe, wie schwer sie eigentlich war. Ich habe das Gefühl, zum ersten Mal seit Jahren wieder durchzuatmen, tief diese herrliche, klare Winterluft in mich aufnehmen und genießen zu können.

»Noch heute Morgen war ich fest entschlossen, das alte Haus endlich zu verkaufen. Das war der eigentliche Grund, warum ich mich mit Herrn Schild, ich meine Nick, treffen wollte. Doch jetzt ...«

»... haben wir dich hoffentlich vor einer großen Dummheit bewahrt!«

Ich verknote Mays geflochtene Zöpfe miteinander. »Es wurde zu viel, ich hatte keine Kraft mehr gegen den Verfall zu kämpfen und vielleicht ganz einfach auch keine Lust mehr.«

May nimmt meine Hände, die noch immer ihre Zöpfe halten, in ihre. »Jetzt hast du ja uns. Betrachte uns als deinen ganz persönlichen Bautrupp.«

Es dauert eine Weile, ehe mein Bautrupp zufrieden ist und alles gesehen hat, was er sehen wollte. Und mit jedem Schritt durch das Haus wächst auch mein Mut wieder und ich sehe die Visionen für das Haus, die mir aufgezeigt werden.

Schließlich sind sämtliche Schokoladenvorräte aufgefuttert und mein Weihnachtstee bis auf das letzte Teeblatt ausgeschlürft. Das Haus leert sich wieder, doch die Stille, die dieses Mal zurückbleibt, ist leicht und luftig und heißt mich willkommen.

Glücklich wie schon lange nicht mehr verschließe ich die Haustür und laufe über den knirschenden Schnee zum Gartentor, das sich auf wundersame Weise leicht und quietschlos öffnet und hinter mir wieder schließt.

Ausnahmsweise fahre ich das kurze Stück zur *Schokofee* mit dem Auto, denn zum einen möchte ich nach dem Feierabend noch zu Lukas weiterfahren und zum anderen bin ich viel später dran als ursprünglich geplant. Doch mittlerweile weiß ich, dass Gisela in die Überraschung eingeweiht ist und sich darum gekümmert hat, die Chocolaterie heute zu öffnen.

Daher nutze ich die Gelegenheit, mache mich auf den Weg zu Bille und stürme kurz darauf in die Schlossküche. »Deswegen hast du am Mittwoch alles stehen und liegen gelassen! Den Ärger mit Fräulein Lotte hättest du meinetwegen aber nicht eingehen sollen.«

»Das habe ich nicht deinetwegen gemacht, Julie, es war für mich.« Bille steht von der Küchenbank auf. Ebenso wie die Hausdame neben ihr.

»Oh!« So schwungvoll, wie ich hereingekommen bin, so schwungvoll bleibe ich stehen. »Fräulein Lotte, guten Tag, ich wusste nicht, dass Sie hier sind, um diese Zeit sind Sie sonst immer mit der Post beschäftigt.«

»In der Tat, doch heute gibt es Wichtigeres, als den Tagesplan einzuhalten.« Damit nickt sie Bille zu, reicht ihr die Hand und geht an mir vorbei aus der Küche. »Frau Blum, da Sie sicher nicht mich suchen, entschuldigen

Sie mich bitte. Erstaunt nehme ich gleichwohl zur Kenntnis, wie gut Sie doch meine Gewohnheiten kennen.«

Und wie gut ich diese Gewohnheiten kenne, allerdings aus reinen Selbstschutzgründen, aber das verrate ich ihr nicht. Wobei, so spitzbübisch, wie sie mich ansieht, weiß sie es wohl.

»Du hättest meinetwegen nicht streiken sollen«, setze ich Bille gegenüber erneut an. »War die Abreibung gerade schlimm?«

Sie schnappt sich einen Kürbis und zerteilt diesen mit geübten Händen. »Wie schon gesagt, das war nicht für dich. Es war wirklich an der Zeit, dass ich mich endlich mal aus meinem Mauseloch heraustraue. Und das Nein von Fräulein Lotte am letzten Mittwoch und dass sie mich nicht gehen lassen wollte, hat das Fass zum Überlaufen gebracht. Es war einfach der Funke, den ich gebraucht habe. Und nein, die Abreibung gerade war nicht schlimm. Fräulein Lotte kam zu mir, um sich zu entschuldigen. Wir haben endlich einmal auf Augenhöhe miteinander geredet. Und sicher werden wir nicht die besten Freundinnen, aber wir konnten einiges klären und ich fühle mich besser.«

Beeindruckt nehme ich die lange Rede von Bille zur Kenntnis, vor allem aber, dass sie nicht einmal ihre Schürze dabei zerknüllt. Freundschaftlich knuffe ich sie in die Seite. »Ich freue mich für dich.«

»War es schlimm?«

Ich drehe mich zur Küchentür um, wo Leander mitten in seiner Bewegung erstarrt. Gleichzeitig läuft Bille so rot an, dass sie sich ohne aufzufallen in die Schüssel mit den Tomaten neben sich legen könnte.

Habe ich es doch gewusst! Amor ist mir schon einer. Genüsslich beobachte ich die beiden, wie sie sich unter meinem Blick winden, dabei fühlt sich mein Grinsen an, als würde es einmal um mich herum reichen.

»Ähm«, räuspert sich Leander und zuppelt an seiner knallengen und grellgelben Jacke. »Ich muss auch wieder los, die Pralinenabos liefern sich nicht von allein aus. Bis denn.«

Wusch, draußen ist er und Bille sieht aus, als würde sie gern ebenfalls einen abrupten Abgang hinlegen. Doch ich stehe ihr im Weg.

Da ich aber ein gütiger und großherziger Mensch bin, lasse ich die überhitzte Bille in Ruhe, winke ihr zu und verlasse die Küche. Fast. »Ô la la, die Bille und der Leander, eine neue Chocolatelove aus der *Schokofee*.«

Während ich durch die Eingangshalle tänzele, merke ich selbst, wie albern ich bin, doch das ist mir egal. Heute ist ein Welt-lass-dich-umarmen-Tag und den werde ich ausnutzen.

Vor der Chocolaterie steigt Leander gerade auf sein Superrad, das er der Witterung entsprechend mit Spikes ausgestattet hat, doch er ist nicht schnell genug.

Frontal stelle ich mich vor ihn. »Du weißt schon, dass für heute die Pralinenabos ausgesetzt sind, weil wir das alles morgen machen?«

»Dann bis morgen.« In einer scharfen Kurve umfährt Leander mich elegant, als gäbe es den ganzen Schnee und das glatte Eis unter seinen Reifen nicht. Dabei spritzt es aber so hoch, dass ich voll getroffen werde.

Na gut, verdient, würde ich sagen. »Ich grüße nachher Bille von dir, wenn ich sie sehe«, rufe ich ihm hinterher.

»Und ich bringe ihr ein paar von meinen heißen Liebestrüffeln mit, die dürft ihr euch bei Gelegenheit teilen.«

Ich klopfe mir den Schnee von der Hose und der Jacke und gehe in die *Schokofee*. Wohltuende Wärme umfängt mich und meine Wangen prickeln. Vermutlich nicht nur von dem Temperaturwechsel, sondern auch von all der Aufregung, die in mir tobt.

Am liebsten würde ich jeden meiner Gäste einzeln abknutschen, doch ich halte mich zurück, denn ich glaube, dass der Chocolaterie-Knigge so ein Benehmen nicht vorsieht. Also beschränke ich mich auf freundliche Worte – viele freundliche Worte – und einen herzlichen Händedruck hier und da, ab und zu verbunden mit einer innigen Umarmung.

Gisela steht hinter der Theke und bedient eifrig Kunden, die allem Anschein nach hauptsächlich auf der Suche nach Weihnachtsgeschenken sind. Wobei auffällig ist, dass die Schlange vor der Theke zu neunundneunzig Prozent aus Männern besteht. Diese Quote wird lediglich in den beiden Tagen vor und besonders am Valentinstag getoppt.

Rasch wasche ich mir die Hände, binde eine Schürze um und widme mich den schokoladigen Wünschen meiner Kunden und Gäste, die heute nicht satt werden.

Kaum haben sich Gisela und ich einmal um uns selbst gedreht, ist es dunkel draußen und Zeit, die Chocolaterie zu schließen.

Nachdem ich Gisela verabschiedet habe, lösche ich bis auf zwei Lichterketten an den Fenstern das Licht im Wintergarten und schlendere in die Küche, um endlich die Schokolade für Lukas zu kreieren, die mir seit Tagen vorschwebt.

Angezogen von der Truhe neben der Schokobar halte ich inne und gehe zu ihr. Aus einem Impuls heraus öffne ich sie und entdecke mein altes Schokorezeptbuch.

»Wo kommst du denn her?« Wie einen wertvollen Schatz hole ich das Buch aus der Truhe und drücke es kurz an mich. Das ist in Ordnung, mich sieht ja keiner.

In der Mitte lugt ein Zettel als Lesezeichen hervor und ich öffne das Buch an der Stelle.

Auf dem Zettel steht eine Mitteilung an mich, geschrieben in Fräulein Lottes vorbildlicher Schönschrift:

Das Buch gehört bitte nicht in die Schlossbibliothek.
Es gehört dahin, wo es zu Hause ist. Zu Ihnen, liebe Frau Blum.

P.S.: Bei unserer ersten (und für Sie einzigen Besprechung) des Schokoballs habe ich das »ihr Lieben« sehr wohl zur Kenntnis genommen und mich eingeschlossen gefühlt. Danke auch dafür, meine Liebe.

Sieh an, sieh an, Fräulein Lotte zeigt Herz und ein butterweiches dazu.

Es fällt mir leicht an diesem Abend, eine ganz besonders aromatische Schokolade aus Maracaibo-Porcelana-Kakao zu einer unwiderstehlichen Süßigkeit für Lukas zu bereiten. Hauchdünn bestreiche ich mit der flüssigen Schokolade einen Bogen Pergamentpapier und lasse sie trocknen.

Dieses Schokoladenpapier beschreibe ich mit feinster Tinte aus weißer Criollo-Kakaobutter. Es entsteht ein

Liebesbrief, wie es keinen zweiten auf der Welt gibt, und stolz betrachte ich mein fertiges Werk. Ich weiß, dass Lukas alles sorgfältig lesen wird, ebenso wie all das, was zwischen den Zeilen steht und keinen Platz in Worten findet – und seien diese aus noch so feiner Schokolade.

Vorsichtig verpacke ich den Brief, räume die *Schokofee* auf und fahre nach Potsdam zu Lukas.

Wie schon beim letzten Mal benutze ich für die Haustür meinen Schlüssel, an der Wohnungstür jedoch läute ich.

Vergebens. Lukas öffnet nicht. Wo bleibt er nur? Eigentlich hätte er längst von der traditionellen Weihnachtsfahrt zurücksein müssen, die er jedes Jahr mit der Musikschule in der Woche vor Weihnachten unternimmt. Telefonisch erreiche ich nur seine Mailbox.

Beunruhigt rufe ich Oskar an, der zusammen mit Lukas an der Fahrt teilgenommen hat. Dieser ist wohlbehalten zu Hause angekommen und versichert mir, dass Lukas bis vor zwei Stunden ebenfalls noch bester Dinge war und noch etwas zu erledigen hätte. Oskar vermutet verspätete Weihnachtsgeschenke und ich kann das Zwinkern regelrecht in seiner Stimme hören.

Nur mäßig beruhigt beende ich das Gespräch und laufe unruhig im Treppenhaus hin und her.

Soll ich?

Ich komme mir merkwürdig vor, als ich die Tür aufschließe und die mir so vertraute Wohnung betrete. Für einen Moment lehne ich mich an die geschlossene Tür und atme durch. Los jetzt Julie, kneifen gilt nicht!

Unsicher, wo ich meinen Liebesbrief am besten hinlege, entscheide ich mich schließlich für die Küche. Ich platziere mein Schokoladenwerk gut sichtbar auf dem Tisch.

Beim Hinausgehen fällt mir das Glasgefäß mit meinem Lieblingsmüsli auf, das Lukas nachgefüllt hat, und ich lächele still in mich hinein. Als ich zuletzt hier gefrühstückt habe, hatte ich es leer gefuttert.

Dieses Frühstück ist schon viel zu lange her und ich hoffe sehr, dass ich bald öfter mit Lukas frühstücke. Am liebsten jeden Morgen.

Kapitel 27

E wie Einander

Edelbitter-Schokolade
Edel wie ein Kuss und bitter wie Liebeskummer, fein wie die Liebe und herb wie ein Streit, süß wie die Versöhnung und vollmundig wie das Leben – all das schmilzt, vereint in einem einzigen Stück dunkler Schokolade, in unseren Mündern und unseren Herzen ineinander.

Der Weihnachtsmorgen ist ein klirrend kalter Tag mit einem Himmel so klar und so tiefblau, wie er es nur im Winter sein kann. In der Nacht hat es erneut geschneit und das frische Weiß funkelt und strahlt im Sonnenschein.

Es ist einer jener Tage, die uns umarmen und uns atemlos vor Glück über das Leben zum Tanzen auffordern.

Ich genieße den Spaziergang durch den Wald hinüber zum Schloss. Der Bach unter der alten Brücke ist mittlerweile eingefroren, nur noch ein schmales Rinnsal in der Mitte schlängelt sich durch das Eis, das in Regenbogenfarben schillert.

Bereits gestern habe ich mein Kleid für Viannes Hochzeit ins Schloss gebracht, wo ich heute Nacht auch schlafen werde. Sämtliche Köstlichkeiten für den

Sweet Table sind vorbereitet und mir bleibt jetzt am Vormittag nur noch, diesen anzurichten. Und Gisela und Holger zum Hochzeitstag zu gratulieren.

Danach wird sich zeigen, ob Lukas meine Schokolade geschmeckt hat oder nicht. Aber daran möchte ich im Moment nicht denken, denn sonst würde ich auf der Stelle durchdrehen und mit zittrigen Händen Viannes Sweet Table in Chaos stürzen.

So schiebe ich all die Wenns und Abers und Falls weit von mir, strecke mein Gesicht der wundervollen Wintersonne entgegen und genieße den Moment. Es ist Weihnachten! Die magischste Zeit des Jahres, eine Zeit, in der Wünsche wahr werden. Die Zeit der Liebe.

Für einen Moment bleibe ich vor der *Schokofee* stehen und betrachte meine Chocolaterie. Doch ich sehe nicht nur das elegante Gebäude, die blitzblanken Fenster, die festliche Weihnachtsdekoration, nein, ich sehe noch viel mehr. All die Arbeit und die Liebe, die darin steckt, all meine Leidenschaft.

Schwungvoll schließe ich auf, hole das Geschenk für Gisela und Holger und trage es zum Schloss. Aufmerksam achte ich auf jeden Schritt, denn ich möchte weder über einen der umherschleichenden Kater stolpern noch von einem der aufgeregten Hunde ein Bein gestellt bekommen.

Doch wie es aussieht, sind die kleinen Schlossherrschaften für heute aus dem Verkehr gezogen, und so erreiche ich sicher den Flur im ersten Stock, wo Giselas und Holgers Zimmer liegen.

Nun zittern meine Hände vor Aufregung doch ein wenig, und da ich beide Hände für das Geschenk brauche, klopfe ich mit dem Ellenbogen heftiger an die Tür des Wohnsalons als beabsichtigt.

»Ich komme«, ruft Gisela und öffnet. »Meine Güte Julie, hast du uns erschreckt, wir dachten schon, Willi will mit dem Kopf durch die Tür.«

»Entschuldigt bitte, das wollte ich nicht, aber mir sind gerade quasi die Hände gebunden.« Ich zeige Gisela den rosa Karton und sie winkt mich herein.

Holger steht neben dem Sofa, das die Größe meiner Stube in Gwenis Haus hat, steckt sich mit der einen Hand das Hemd in die Hose und glättet sich mit der anderen die verwuschelten Haare.

Und auch Gisela sieht derangierter aus als sonst. Oh!

Meine Wangen brennen und ich trete zwei Schritte zurück.

»Nun sei nicht so prüde, mein Mädel.« Lachend zieht mich Gisela am Arm zum Sofa. »Meinst du, nur weil wir zwei alten Zausel keine knackigen zwanzig mehr sind, herrscht bei uns Dürre?«

Kann sich nicht genau jetzt und hier ein Loch unter meinen Füßen auftun und mich hineinplumpsen lassen?

Okay, da das Schloss solide gebaut wurde, öffnet sich kein magisches Portal, um mich aus dieser peinlichen Situation zu beamen, und so walte ich meines Amtes und tue so, als hätte ich Gisela und Holger nicht eben bei einem Stelldichein unterbrochen. Voller Schwung strecke ich Gisela den Karton entgegen. Leider verrutscht der Inhalt dabei merklich. Oh je. »Alles Liebe zu eurem Hochzeitstag.«

Gisela nimmt mir den Karton ab und zwinkert mir zu. »Das hat mir mein Ehemann auch gerade gewünscht, wenn du verstehst, was ich meine.«

Das macht sie doch mit voller Absicht!

»Welch hübsche Gesichtsfarbe du heute hast, meine liebe Julie. Ist es etwa so warm draußen?« Da, sie tut es schon wieder!

Holger, ganz der Gentleman der alten Schule, rettet mich, indem er Gisela den Karton abnimmt und auf einen Teetisch vor dem Erkerfenster stellt. »Darf ich ihn schon auspacken?«

»Aber sicher doch, dazu ist er da.« Ich schiebe Gisela vor mir zum Tisch und sehe gespannt zu, wie die beiden mein Geschenk öffnen und eine Schokoladenskulptur herausnehmen.

»Unsere Hochzeitstorte von damals!« Gisela schlägt die Hände vor dem Mund zusammen und lehnt sich an Holger. Der legt zärtlich den Arm um seine Frau und drückt sie an sich.

Die Schokolade habe ich extra in Teilen angefertigt, damit einzelne Stücke herausgenommen werden können, ohne alles auf einmal zu zerbrechen. Wie ein dreidimensionales Schokoladenpuzzle. Und so entnehme ich der Schokoladenhochzeitstorte zwei Stück, die jeweils wie ein Tortenstück aussehen, und richte sie auf Tellern an, die ich mit in den Karton gelegt habe. »Damit ihr auch endlich von eurer Hochzeitstorte kosten könnt.«

»Oh Julie! Es sieht fantastisch aus! Was für eine Mühe du dir gemacht hast.« Gisela dreht den Teller mit der rosa Ruby-Schokolade hin und her und schnuppert daran. »Ich traue mich gar nicht, hineinzubeißen.«

»Trau dich nur, denn dazu ist die Torte da.«

»Seit vierzig Jahren weine ich meiner Hochzeitstorte hinterher, weil ich sie nicht einmal probieren konnte, und jetzt kommst du mit diesem Wunderwerk. Das bedeutet mir so viel! Danke, Julie.« Mit Tränen in den Augen knabbert Gisela an ihrem Stück und auch Holger beißt in seines.

»Besser als das Original!«, murmelt er und gönnt sich den nächsten großen Happen.

»Du weißt doch gar nicht, wie sie damals geschmeckt hat.« Ich schiebe die Schokotorte ein wenig zur Seite, da die Sonne jetzt auf den Teetisch scheint.

»Egal, so gut wie deine kann sie nicht gewesen sein, nicht wahr, Gisela?«

»Definitiv. Und zum ersten Mal seit meiner Hochzeit bin ich froh, dass uns damals so schlecht war, dass wir nicht einmal unsere eigene Hochzeitstorte essen konnten, denn sonst hätten wir die hier nie bekommen.«

Fröhlich summend mache ich mich nach meinem gelungenen Geschenk auf die Suche nach Bille, die mir hilft, all die Leckereien für Viannes Sweet Table aus der Chocolaterie ins Schloss zu bringen. Und ich bin froh über ihre Hilfe, denn zusammen müssen wir viermal hin- und herlaufen, bis alles im kleinen Salon neben dem großen Ballsaal bereitliegt.

Es ist mir eine Freude, den süßen Hochzeitstisch für meine beste Freundin anzurichten, auch wenn von einem Tisch keine Rede mehr sein kann, denn es handelt sich um eine opulente Tafel. König Artus wäre neidisch!

Auf Etageren aus hauchdünnem Porzellan verteile ich all die Trüffeln, die mal bunt und mal in wundervollem Schokoladenbraun zum Naschen einladen. Granatapfeltrüffeln liegen neben samtigen Orangentrüffeln, Buttervanilletrüffeln neben säuerlichen Granny-Smith-Trüffeln. Es duftet süß nach Sahne, intensiv nach Kakao und hin und wieder feurig nach Bacardi und Sambuca. Herbe Espressonoten mischen sich darunter, getragen von feinen Nussaromen.

Aus milder Bitterschokolade habe ich Veilchen gezaubert, die sich mit Glockenblumen aus rosa Ruby-Schokolade abwechseln, ergänzt durch weiße Schokoladenrosen.

In der Mitte all der Köstlichkeiten prangt eine übergroße Praline in Form zweier verschlungener Herzen, gefüllt mit einer burgunderroten Creme aus süßen Herzkirschen und verziert mit glitzernden Himbeerstreuseln. Umgeben wird die Herzpraline von kleineren Versionen, die zart auf der Zunge schmelzen und einfach nur glücklich machen.

Eine einzige stehle ich mir noch und genieße sie mit geschlossenen Augen, dann trete ich aber wirklich ein paar Schritte zurück, um den Tisch zu überblicken.

»Von diesen Leckereien wird nicht eine einzige gegessen werden!«

Erschrocken drehe ich mich zu Bille um, die sich in den Salon geschlichen hat. »Wie bitte?«

Kichernd legt sie mir den Arm um die Taille. »Der Sweet Table sieht einfach zu schön aus, da traut sich keiner dran.«

Kopfschüttelnd winke ich ab. »Das glaube ich nicht, Vianne wird höchstpersönlich dafür sorgen, dass nicht ein Schokokrümel zurückbleiben wird.«

»Und du vermutlich auch. Du hast da was.« Bille zeigt mit dem Finger auf meinen Mund und grinsend lecke ich mir die Lippen sauber.

»Besser?«

»Jep. Im Übrigen soll ich dir Bescheid sagen, dass die Friseurin mit Viannes Haaren fast fertig ist und du dich schon mal umziehen sollst. Und das ist jetzt nicht von mir, ich soll dich höchstpersönlich aus deinem schokoladigen La La Land abholen und in dein Zimmer geleiten.«

»Na, dann geleite mich mal, denn ich habe nicht vor, zu der Hochzeit meiner besten Freundin zu spät zu kommen, für keine Schokolade der Welt.« Ich umrunde Bille und tänzele aus dem Salon, um nach oben in mein Zimmer zu gehen, wo das wunderschöne Brautjungfernkleid auf mich wartet, das Vianne extra für mich angefertigt hat. Es wird wirklich Zeit, mich herzurichten, denn so wichtig mir die Hochzeit auch ist, vorher habe ich noch etwas weitaus Wichtigeres zu erledigen.

Meine Verwandlung von Normal-Julie in Brautjungfer-Julie dauert nicht lange. Nach einer schnellen Dusche kleide ich mich an und verplempere lediglich ein paar Augenblicke damit, das wunderschöne Kleid an mir im Spiegel zu bewundern. Luftig fällt der duftige Chiffonstoff in der Farbe reifer Trauben bis zum Boden, eine silberne Spange rafft das Oberteil an der Taille zusammen und schmeichelt meinen Kurven. Ein Spritzer *Joy* vor dem Ankleiden und ein Spritzer danach hüllen mich in einen warmweichen Duft voller Lebensfreude.

Die Friseurin muss nicht viel machen, denn ich lasse die Haare heute offen. So wild und unbändig wie sie sind fließen sie mir über die Schulter und den Rücken.

Es fühlt sich wunderbar frei an, denn sonst trage ich sie immer irgendwie zusammengebunden, mit Tüchern umwickelt und weggesteckt, praktisch halt. Doch heute dürfen sie glänzen, was noch durch die Zauberbürste der Friseurin verstärkt wird, die mir die Haare bürstet, bis sie aussehen, als wären sie aus dunkler Schokolade gegossen.

Dann ist es so weit. Bald wird die Trauung stattfinden, doch ich gehe noch einmal zurück in die *Schokofee*. Zwar sind die Wege durch den Park vom Schnee befreit, dennoch nehme ich lieber meine Sneakers statt der silbernen High Heels zu dem Kleid. Meine alte pinke Skijacke, die ich mir über die Schultern werfe, gibt meinem Lotterlook den letzten Schliff. Ich hoffe nur, Vianne sieht mich nicht. Bei Modesünden versteht sie keinen Spaß, sicherlich schon gar nicht an ihrem Hochzeitstag.

Doch das alles verliert seine Wichtigkeit, denn das Wichtigste in meinem Leben läuft gerade auf mich zu.

Lukas' dunkler Smoking hebt sich gegen den weißen Schnee ab und sein Anblick lässt Schwärme von Schmetterlingen in mir flattern. Wie sehr habe ich diesen Mann vermisst!

Gemeinsam mit ihm komme ich vor der Chocolaterie an. Verlegen stehen wir voreinander und sein Blick bleibt an meinem hängen. »Ich habe deine Einladung erhalten.«

Ich lächele und nicke schüchtern. Meine sorgfältig zurechtgelegten Worte fallen mir nicht mehr ein. Alles was ich will, ist diesen Mann zu halten, ihn zu lieben, ihn zu küssen. Und das mache ich. Langsam nähere ich meine Lippen den seinen, zart treffen sie aufeinander und zart erwidert Lukas meinen Kuss. Unsere Liebe zueinander lässt unseren Kuss leidenschaftlicher werden und bringt uns wieder ganz nah zusammen.

Es dauert die Ewigkeit und doch nur einen Wimpernschlag, bis wir uns voneinander lösen und ich die Welt um mich herum wieder wahrnehme. Die weiße Atemwolke zwischen uns, das Glitzern des Schnees in den Bäumen, das Läuten der Andreaskirche und vor allem Lukas' liebes Gesicht, seine warmen braunen Augen, sein Lächeln, nur für mich.

Ich nehme seine Hand und gehe mit ihm in die *Schokofee*, die merkwürdigerweise nicht abgeschlossen ist. In dem ganzen Hin und Her vorhin mit den Süßigkeiten für den Sweet Table muss ich doch sehr abgelenkt gewesen sein.

»Sollten wir nicht lieber ins Schloss gehen? Die Trauung beginnt in einer Stunde und Vianne wartet sicher schon auf dich.« Lukas bleibt im Wintergarten stehen, doch ich ziehe ihn weiter bis zu dem kleinen Weihnachtsbaum, der am Fenster neben der Schokobar steht, behangen mit Rumkugeln in knallbunten Papieren mit Puscheln daran.

»Ich habe Vianne vorhin ein paar Lavendelsahnetrüffeln ins Zimmer gestellt, das wird sie über meine Abwesenheit hinwegtrösten. Vermutlich hat sie aber ohnehin schon selbst Trost an ihrem Sweet Table gesucht, denn sie war nicht in ihrem Zimmer. Hoffentlich verschmiert sie sich nicht ihr Hochzeitskleid mit Schokolade.«

Lukas wackelt an einer pink eingewickelten Rumkugel. »Die hast du seit Jahren nicht mehr gemacht. Die kenne ich nur von alten Fotos.«

»Um genau zu sein, habe ich diesen Weihnachts-
baumschmuck seit zehn Jahren nicht mehr gemacht,
denn bis dahin waren es immer Gweni und ich zusammen, die die Rumkugeln gemacht und in das bunte Papier gewickelt haben.« Ich nehme eine dunkelgrün verpackte Rumkugel vom Baum und schnuppere daran.
»In all den Jahren war Gweni nie weg und trotzdem
habe ich sie wie verrückt gesucht. Und dabei habe ich
fast dich verloren. Du hast mir vor ein paar Wochen gesagt, ich solle mein Zuhause für mich finden. Das habe
ich. Und es ist nicht Gwenis Haus oder deine Wohnung.
Mein Zuhause bist du, ist die *Schokofee*, ist genau dort,
wo meine Liebe und meine Leidenschaft sind, mein Zuhause bin ich, sind wir.«

Behutsam lege ich die Süßigkeit in Lukas' Hände und
sehe ihm in die Augen. »Es tut mir leid, wie sehr ich dich
in den letzten eineinhalb Jahren hingehalten habe, wie
sehr ich mich vor dir verschlossen habe. Doch dieser
Weg war notwendig, um zurück zu mir selbst zu finden. Und so möchte ich dir heute aus vollem Herzen
mein Ich anbieten, damit ein Wir aus uns wird.« Zart
küsse ich ihn auf die Wange. »Lukas, möchtest du mich
heiraten? Und ich verspreche dir, solltest du das noch
immer wollen, werden wir heiraten, noch ehe du all die
bunten Rumkugeln hier aufgegessen hast.«

»Wow, das sind aber verdammt viele Rumkugeln.«

Erschrocken fahren Lukas und ich auseinander und
drehen uns zur Schokoküche um, wo eine weiß gewan-
dete Vianne am Türrahmen lehnt. Schokolade ziert
ihre Mundwinkel und eine Träne läuft ihre Wange
hinab. In der Hand hält sie einen angebissenen Karamellriegel und die andere presst sie ergriffen an ihre

reich mit Perlen bestickte Brust, die nun nicht mehr blütenweiß leuchtet, sondern verziert ist mit hellbraunen Fingerabdrücken.

»Was machst du denn hier? Du heiratest gleich!« Ich nehme eine Serviette von der Theke, um das Schokoladenmalheur von ihrem Kleid zu tupfen.

»Ich habe Schokolade gebraucht«, schnieft Vianne. »Du kannst dir nicht vorstellen, wie es ist, nervös zu sein! Ich war noch nie nervös!«

Meine Fleckbemühung ist vergebens, der Stoff ist einfach zu rein, zu weiß, um solch einem Angriff standzuhalten. »Du bist als Kind echt kopfüber in einen Kessel mit Schokolade gefallen!«, schimpfe ich.

»Zum Glück, das schmeckt bestimmt besser als der Zaubertrank vom ollen Miraculix.«

»Das sage mal Obelix.« Wider besseres Wissen tupfe ich ein letztes Mal auf dem Fleck des Kleides herum. Er wird zwar heller, aber leider auch immer breiter.

Vianne trocknet sich die Wangen, schiebt den Rest Karamellriegel in den Mund und stupst meine Hände von sich. »Das macht nichts, das ist ohnehin nur das Ersatzkleid. Jetzt kann ich endlich guten Gewissens in meinem Lieblingshochzeitskleid heiraten. Und du bekommst mein zweites Lieblingskleid!«

»Wie bitte?« Ich drehe mich zu Lukas um, doch der zuckt nur mit den Schultern und wickelt eine Rumkugel aus seiner himmelblauen Verpackung.

Vianne stellt sich grinsend zwischen uns und hakt sich bei uns ein. »Du hast doch Lukas gerade einen Heiratsantrag gemacht und damit wir nicht wieder Jahre warten müssen, bis du dich endlich vor den Traualtar traust, heiratet ihr einfach gleich mit.«

Viannes blaue Augen strahlen silbrig und Lukas nickt mit gespitzten Lippen.

Verwirrt sehe ich von Vianne zu Lukas. »Aber du hast noch gar nicht ja gesagt.«

»Ja.«

»Und außerdem ist es deine Hochzeit!« Anklagend zeige ich mit dem Finger auf Vianne.

»Bleibt es doch auch. Und zusätzlich wird es deine.«

»Aber ...«

»Papperlapapp.« Vianne schnappt sich meinen Finger und drückt meine Hand nach unten. Sie lässt Lukas los und legt die Hände auf meine Schultern. »Es gibt kein Aber, Julie. Du hast ein Kleid, du hast ein Fest, sogar die richtigen Gäste sind da und vor allem hast du einen wundervollen Mann an deiner Seite, der dich liebend gern bei diesem Abenteuer begleitet.«

Lukas hinter ihr zwinkert mir zu und diese Leichtigkeit, mit der er das macht, und die Liebe, die in seinem Lächeln liegt, zerstäuben die Angst, die sich gewohnheitsmäßig wieder in mir breitmachen will. Vianne hat recht, es gibt kein Aber. Das hat es noch nie gegeben.

Ich beseitige einen Schokofleck an Viannes Mundwinkel und küsse sie auf die Wange. »Nun gut, wenn du wirklich bereit bist, deinen Sweet Table mit mir zu teilen, dann lass uns heiraten.«

Lachend drückt mir Vianne ihrerseits einen Schmatzer auf die Wange. »Oh nein, meine Liebe! Ich teile liebend gern meine Hochzeit mit dir, aber ganz sicher nicht meine Süßigkeiten, und darin schließe ich meinen Conrad ein.« Damit rauscht sie in ihrem pompösen Hochzeitskleid aus der Chocolaterie, doch im Wintergarten dreht sie sich noch einmal kurz zu mir um. »Ach und Julie, wenn wir uns gleich vor dem Altar treffen, will ich dich ohne pinkes Jackenungetüm sehen und vor allem ohne diese Treter an deinen Füßen. So lang kann gar kein Kleid sein, dass ich diese Schuhunsitte nicht zur Kenntnis nehme!«

»Wo bleibt denn dein Feminismus, Frau Karlsen?«, rufe ich ihr hinterher. »Gleiches Schuhwerk für Mann und Frau!«

»Wenn du für Lukas passende High Heels findest, bitte, tu dir keinen Zwang an, das sieht bestimmt schick aus zu seinem Smoking.«

Mit einem Krachen fällt die Tür der Chocolaterie zu und Vianne eilt winkend am Fenster vorbei in Richtung Schloss.

Langsam greife ich nach Lukas' Händen und drücke sie an meine Brust. »Ich glaube, auf meinen Antrag folgt die schnellste Hochzeit aller Zeiten.«

Für einen Moment sieht mich Lukas ruhig an. Zärtlich küsst er meine Stirn. »Wir müssen nicht heiraten, Julie, wenn du das nicht möchtest. Ich liebe dich genauso, wie du bist.«

»Das weiß ich. Und ich weiß auch, dass mich nichts auf der Welt davon abhält, gleich in einem geliehenen weißen Hochzeitskleid – und meinen geliebten Sneakers – den Weg zum Traualtar mit dir zu gehen. Ich weiß zwar nicht, was die Zukunft für uns bereithält, aber ich weiß, dass du Teil dieser Zukunft bist.« Ich küsse Lukas voller Liebe und Leidenschaft und dieser Kuss ist mehr ein Gelübde, als es eine Hochzeit je sein könnte. Wir sind uns so nah wie noch nie und ich werde mich hüten, diese Nähe je wieder aufzugeben.

»Frau Blum, darf ich bitten.« Lukas reicht mir den Arm, den ich nur zu gern ergreife.

»Aber bitte doch, Herr Weber. Und damit du es gleich weißt, meinen geliebten Blum-Namen gebe ich nicht her.«

Lachend zieht mich Lukas mit sich nach draußen in den wundervollen schneeweißen Weihnachtsnachmittag und nebeneinanderher rennen wir zum Schloss.

Vianne indessen hat die wehrlose Standesbeamtin ins Schlossbüro geschwatzt und gemeinsam mit ihr melden Lukas und ich uns online zu unserer Trauung an. Die Unterlagen haben wir dank unserer ausgedehnten Verlobungszeit längst zusammengesammelt. Wenigstens dafür war das Warten gut. Wow – das macht Spaß.

Atemlos lasse ich mir anschließend von Vianne und May beim Umziehen helfen und zum zweiten Mal an diesem wundervollen Tag verwandele ich mich, dieses Mal von Brautjungfer-Julie in Braut-Julie, und es fühlt sich großartig an.

Mit Verspätung schließlich stehen Vianne und ich im Eingang zum großen Ballsaal. Mein Herz klopft wie noch nie zuvor in meinem Leben und fest drücke ich die Hand meiner Freundin. Unsere Hochzeitsgäste wenden sich zu uns um und ich sehe die ersten Tränen der Rührung.

Und ich sehe Lukas, der nun nicht mehr auf mich warten muss. Ich kann gar nicht schnell genug den Gang entlang zu ihm schreiten. Die lange Schleppe hinter mir raschelt verheißungsvoll und die Hälfte von Viannes Brautstrauß schmiegt sich in meine Hand, während ich mit der anderen noch immer meine Freundin halte.

Bis wir die Männer erreichen, die wir lieben. Vianne und ich umarmen uns fest und ich wende mich Lukas zu, um ihn unter dem missbilligenden Stirnrunzeln der Standesbeamtin zu küssen.

»Mmh«, murmelt er an meinen Lippen. »Edelbitterschokolade?«

Ich nicke und küsse ihn erneut.

»Meine Lieblingsschokolade.«

»Ich weiß, und wo die herkommt, gibt es noch viel mehr.« Und wieder finden unsere Lippen in aller Süße zueinander, vereint in dem schokoladigsten Kuss aller Zeiten.

Danksagung

Vom ersten Moment der Sweet Romance-Reihe an stand fest, dass es eine Chocolaterie geben würde. Diesen leckeren Roman habe ich mir aus einem ganz einfachen Grund bis zum Schluss aufgehoben: So hatte ich vieeel Zeit zu recherchieren. Es gibt mindestens sooo viele Sorten Schokolade und all diese Leckereien müssen schließlich sorgsam verkostet werden. An dieser Stelle beste Grüße an die Damen meiner Stamm-Chocolaterie – wir duzen uns mittlerweile.
Auch winke ich von hier aus meiner Mutter zu und möchte noch einmal betonen, dass Essen keineswegs überflüssig ist. Und nein, Schokolade ersetzt keine Mahlzeit. Aber das sage ich nur ganz, ganz leise.

Danke, liebe Leserinnen und Leser, dass ihr mir bis hierher gefolgt seid. Der Kreis meiner Sweet Romance Mädels schließt sich und mit einer Träne im Auge und einem Lächeln auf den Lippen wende ich mich neuen Projekten zu. Doch Miela, Sunny, Claire und Julie werden noch häufig bei mir zu Gast sein, nämlich immer genau dann, wenn ich wundervollen Tee trinke, süßes Vanilleeis schlecke, aromatischen Kaffee trinke und mir herrliche Edelbittertrüffeln auf der Zunge zergehen lasse.
Wir lesen uns! Und wenn ihr mögt, schreibt mir: SweetRomance@web.de.

Eure Nadin

Rezepte

Alle Pralinen sind aufgefuttert, jede Trüffel einzeln genossen, die Schokolade sanft auf der Zunge geschmolzen. Zeit, unsere eigenen Schokoladen zu zaubern.

Zartbitter–Schokolade

Zutaten für eine Tafel Schokolade

- 50 Gramm Kakaobutter
- 50 Gramm Backkakao (lecker ist auch eine Kombination aus 25 Gramm Backkakao und 25 Gramm gemahlener Kakaobohnen)
- 2 bis 3 Esslöffel Süße, wie wäre es mit Wildblütenhonig oder Ahornsirup oder Rohrohrzucker (mittlerweile kennt ihr ja meine Vorliebe für herrlichen Muscovado Zucker)
- 1 Prise Salz
- wer mag, das Mark einer Vanilleschote
- zum Variieren: Nüsse, Schokolinsen, getrocknete Früchte, Gewürze, Keksstückchen ...

Zubereitung

- Vermischt den Kakao, das Salz und eventuell die Vanille.

- Schmelzt die Kakaobutter sanft über dem Wasserbad, bis ihr eine goldene Creme erhaltet.
- Verrührt die geschmolzene Kakaobutter mit der Süße und dem Kakaogemisch, bis ihr eine weiche, duftende Schokoladenmasse gezaubert habt.
- Gießt die Köstlichkeit in eine Schokoladenform oder in Förmchen oder streicht sie einfach auf Backpapier.
- Zwischendurch den Finger in die Leckerei stecken und abschlecken nicht vergessen, den Rest auskühlen und fest werden lassen.
- Ein Stück abbeißen, die Augen schließen und die Schokolade auf der Zunge schmelzen lassen.

Eine gute Trüffel darf auf unserem Sweet Table natürlich nicht fehlen:

Schokoladentrüffeln

Zutaten für etwa 20 Stück

- 250 Gramm leckerste Schokolade mit hohem Kakaoanteil
- 125 Milliliter Sahne
- 2 Esslöffel Butter
- Kakaopulver

Zubereitung

- Die Schokolade in kleine Stücke brechen – wenn ihr davon nascht, die aufgefutterten Stücken durch neue ersetzen.
- Die Sahne zusammen mit der Butter erhitzen, bis das Gemisch beginnt, sanft aufzublubbern.
- Die heiße Sahne über die Schokolade gießen – mmh, wie das duftet. Sanft diese Köstlichkeit umrühren, bis die Schokolade geschmolzen ist.
- Die Trüffelmasse etwa zwei Stunden abkühlen lassen. Die Wartezeit überbrücke ich gern mit einem Buch und dem Rest der Schokolade – ha ha, guter Witz, also das mit der restlichen Schokolade.

- Die Trüffelcreme nun kräftig aufschlagen und dann daraus gleichmäßige, kleine Portionen auf eine Unterlage setzen. Daraus formt ihr eure wundervollen Schokoladentrüffeln.
- Diese wälzt ihr in Kakaopulver, am besten in dem Rhythmus: eine wälzen, eine futtern ...
- Auch hier sind nun wieder tausend Variationen möglich: Die Trüffelmasse variieren mit Nüssen, Gewürzen, Keksen, Kokosnussflocken oder die Trüffeln nach dem Rollen nicht in Kakao wälzen, sondern mit flüssiger Schokolade überziehen ...
- Wie auch immer, jede einzelne Trüffel schmeckt superlecker.

Wunderbar lecker sind fruchtige Trüffeln in allen Varianten. Besonders zu Weihnachten passen natürlich hervorragend sonnige Orangen oder zuckersüße Mandarinen, aromatische Granatäpfel, säuerliche Cranberrys ...

Orangentrüffeln aka Mandarinentrüffeln aka Granatapfeltrüffeln aka ...

Zutaten für etwa 30 Stück

- ♥ 250 Gramm leckerste Schokolade mit hohem Kakaoanteil
- ♥ 125 Milliliter frisch gepresster Orangensaft (Mandarinensaft, Granatapfelsaft ...)
- ♥ 2 bis 3 Esslöffel Zucker
- ♥ 150 Gramm dunkle Schokolade für den Überzug

Zubereitung

- ♥ Den Saft zusammen mit dem Zucker so lange leicht köcheln und umrühren, bis der Zucker gelöst ist.
- ♥ Den süßen, warmen Saft über die zerkleinerte Schokolade gießen und sanft rühren, bis die

Schokolade geschmolzen ist. Mmh, wie das duftet.

♥ Die fruchtige Trüffelmasse mehrere Stunden auskühlen lassen und anschließend in süße, kleine Trüffeln rollen.

♥ Die dunkle Schokolade schmelzen und die Safttrüffeln darin eintauchen. Auf einem Gitter dürfen die Köstlichkeiten nun ruhen, die Schokolade fest werden und wir uns die Finger abschlecken.

♥ Stück für Stück genießen.

Schokokuchen! Unbedingt Schokokochen! Und das Ganze easy-peasy und in unter fünf Minuten. Bleibt mehr Zeit zum Lesen und Genießen.

Schokokuchen

Zutaten für eine 20er Backform

- ♥ 170 Gramm Schokolade
- ♥ 3 Eier
- ♥ Das war es schon – ganz wirklich ...

Zubereitung

- ♥ Zerteilt die Schokolade und schmelzt diese sanft zu flüssigem Glück.
- ♥ Die Eier trennen und das Eiweiß zu einem Fluff aus Eischnee aufschlagen.
- ♥ Verrührt die Schokoladenmasse mit den Eigelben und hebt dann ganz zart und in mehreren Portionen den Eischnee unter. Nicht zu doll rühren.
- ♥ Schon kann die Köstlichkeit in eine Backform gefüllt werden und ab geht es damit in den auf 170 Grad Celsius vorgeheizten Backofen.
- ♥ Etwa dreißig bis vierzig Minuten voller Vorfreude vor dem Backofen auf die schokoladige Leckerei warten. Der süße Duft hilft schon ein-

mal über die lange Wartezeit hinweg.

♥ Auskühlen lassen, anschneiden, genießen. Köstlich.

Nun fehlt nur noch ein angemessenes Heißgetränk, das immer, wirklich immer passt – Schokoladenmilch, heiße Schokolade, hot chocolate, chocolat chaud à l'ancienne, cioccolata calda, chocolate a la taza caliente, gorąca czekolada ...

Schokoladenmilch

Zutaten für eine Tasse des reinsten Schokoglücks

- 50 Gramm Schokolade
- 200 Milliliter Milch
- 30 Milliliter Sahne

Zubereitung

- Die Schokolade in kleine, köstliche Stücke zerteilen.
- Die Milch aufkochen, bis sie sanft blubbert.
- Nun die Magie geschehen lassen: Die Schokolade in der heißen Milch schmelzen, umrühren und den wunderbaren Duft erschnuppern.
- Die Sahne aufschlagen und als Sahne-i-Tüpfelchen-Tupf auf die heiße Schokoladenmilch klecksen.
- Mmh ...

Für all diese Rezepte gilt, probiert aus, was euch schmeckt. Ob dunkle Schokolade aus Ecuador, milde Schokolade aus Fidji, herrliche Kakaobutter aus Grenada, ob Haselnüsse, Mandeln oder Cashewkerne – schmeckt euch durch und lasst euch überraschen.

Herzlichst
Eure Nadin

P.S.: Was ist eure Lieblingsschokolade? Wie genießt ihr sie am liebsten? Schreibt mir, wenn ihr mögt, und schickt mir Fotos eurer Köstlichkeiten: Sweet-Romance@web.de

P.P.S.: Ich würde mich freuen, wenn wir uns wiedersehen. Im Frühling bei Sunny im *Schneeflöckchen*, im Sommer zu einer Tasse Hawaii-Kona-Kaffee bei Claire im *Coffee To Stay* und im Winter zu herrlichen Zimt-Macarons bei Miela im *Teetässchen.*

P.P.P.S.: Wenn ihr wissen mögt, was es mit Viktoria auf sich hat, dann schaut mal bei meinen MärchenFrauen vorbei: Lucinda, Viktoria und Rosanna freuen sich auf euch in *Happily Ever After - Das Glück wartet überall.*

CPSIA information can be obtained
at www.ICGtesting.com
Printed in the USA
BVHW042256121022
649158BV00017B/700